Die CLANS Von MULL ° 1

Ein Schottisches Mädchen In Not

KEIRA MONTCLAIR

Stammbaum des Grantham Clans

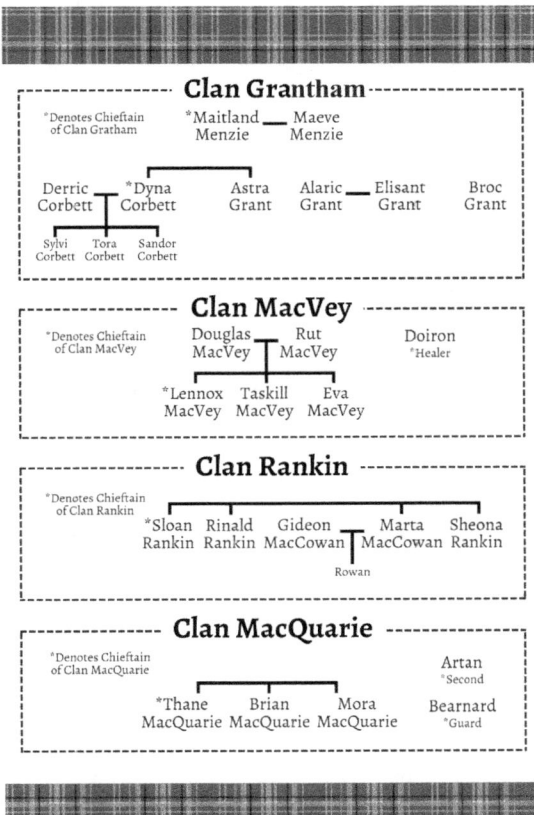

Clan Grantham

*Denotes Chieftain of Clan Gratham

*Maitland Menzie — Maeve Menzie

Derric Corbett — *Dyna Corbett

Astra Grant

Alaric Grant — Elisant Grant

Broc Grant

Sylvi Corbett Tora Corbett Sandor Corbett

Clan MacVey

*Denotes Chieftain of Clan MacVey

Douglas MacVey — Rut MacVey

Doiron *Healer

*Lennox MacVey Taskill MacVey Eva MacVey

Clan Rankin

*Denotes Chieftain of Clan Rankin

*Sloan Rankin Rinald Rankin Gideon MacCowan — Marta MacCowan Sheona Rankin

Rowan

Clan MacQuarie

*Denotes Chieftain of Clan MacQuarie

Artan *Second

*Thane MacQuarie Brian MacQuarie Mora MacQuarie

Bearnard *Guard

Prolog

»Neuankömmlinge auf der Isle of Mull? Ich fürchte, sie werden nicht lange hier bleiben.« Die Faust des Mannes spannte sich um den Griff seines Schwertes.

»Warum nicht?«

»Weil ich sie töten werde, wenn sie mir in die Quere geraten. Ich werde alle Bewohner der Insel unter meiner Kontrolle wissen. Sie werden sich meinem Wort beugen oder sie bereuen es.« Sein langes Haar flatterte in der Brise des Sommerabends, die raschelnd zwischen den Bäumen wehte, als wolle sie vor einer drohenden Gefahr warnen. Er war allerdings nicht beunruhigt. Trotzdem er jünger war als der andere Mann, bat er diesen angesichts dessen ruhmreicher Weisheit um Rat. Sein Alter wies auf eine nicht zu überbietende Erfahrung hin.

Niemand würde sie aufhalten.

»Wer sind sie?«

»Es heißt, dass König Robert the Bruce das Castle dem Ramsay Clan zum Geschenk gemacht hat«, erklärte der alte Mann. »Weil die MacDougalls das Castle verlassen haben, ist es nun ein Geschenk des Königs an seinen bevorzugten Clan. Sie sind gefürchtete Kämpfer und starke Bogenschützen und sie haben Schottland schon oft geholfen. Sogar ihre Frauen kämpfen.«

Der Mann schnaubte und versuchte gar nicht erst, seine Verachtung für das weibliche Geschlecht zu verbergen. »Ich fürchte sie nicht und schon gar nicht ihre Frauen. Wie viele sind es?« Er lenkte seine Schritte zu dem großen Felsblock, den er erklomm, um einen besseren Blick auf die Insel zu bekommen, die er eines Tages die seine nennen könnte. Augenblicklich fehlten ihm allerdings noch genügend Männer, doch mit seinem Geld würde er diesen Mangel bald behoben haben. Der Vorfall mit den neuen Bewohnern des Castles war nicht mehr als eine kleinere Komplikation und nichts, was ihn sonderlich beunruhigte. »Wie viele sind es?«

»Dessen bin ich mir nicht sicher. Wie ich gehört habe, ist ihr Waffenarsenal gewaltig und es ist noch mehr auf dem Weg hierher. Gewiss wird es eine Weile dauern, bis sie einen Kampftrupp aufgestellt haben, der schlagkräftig genug ist, um das Castle zu verteidigen.« Der ältere Mann ging zu einer Hecke aus Büschen hinüber, erleichterte sich und warf dabei seine Waffe in das hohe Gras neben sich.

»Ich werde mich nicht um sie scheren. Sie sind ein zu kleiner Trupp, als dass ich mir Sorgen machen müsste. Was hast du außerdem?«

»Leider liegst du damit falsch. Du solltest dir Sorgen machen. Als Feind werden sie einfach grauenhaft sein, denn ihr Ringwall misst fast eine Pferdelänge am Dicke. Die Mauern, die am Meer liegen, und die einst von den MacDougalls errichtet worden sind, gehören zu den dicksten, die ich je gesehen habe.«

»Solange sie jedoch so wenige sind, werden wir beharrlich sein.«

»Auf der Insel gibt es mehrere Gruppen. Wie gedenkst du, sie zu überwältigen, wenn sie sich in so großem Abstand zueinander befinden? Sie sind an den vier Küsten angesiedelt, und einer im Landesinneren in der Nähe der Berge. Ich kann nicht begreifen, wie du dir vorstellst, eine derart große Zahl zu überwältigen. Wahrscheinlich kannst du einen nach dem anderen besiegen, aber was passiert, wenn du dich dann dem nächsten zuwendest? Ihr Zusammenhalt macht es unmöglich, sie alle unter Kontrolle zu bringen, es sei denn du hättest zweihundert Mann mehr zur Verfügung.«

»Wenn wir alle umbringen, wird keiner mehr übrig sein. Dann werden uns ihre Reichtümer gehören. Pferde, Schafe, Rinder, Goldmünzen, Saatgut, Pelze und ein unbegrenztes Waffenarsenal. Du wirst schon sehen. Ich bin noch nicht so weit, doch sobald ich das bin, erwarte ich deine Unterstützung.«

»Diese sei dir gewiss. Lass mich einfach wissen, wenn du zum Angriff bereit bist.«

»Hast du noch andere wertvolle Informationen?« Der alte Mann verschwendete hier seine Zeit. Hätte sein Gegenüber das Castle höchstselbst besucht, so hätte er das meiste in Erfahrung bringen können.

»Die habe ich. Eine der Frauen ist Heilerin. Beide Frauen sind Bogenschützinnen, und die eine soll die Enkelin von Gwyneth Ramsay sein. Ihr Ehemann ist der Enkel von Alexander Grant. Die andere Frau ist die Tochter des Lairds der Grants. Wenn du einer der beiden das Leben nimmst, musst du damit rechnen, dass der Zorn des Ramsay Clans und auch des Grant Clans wie der Blitz über dich hereinbrechen wird.

»Ich fürchte keinen Clan, und warum sollte ich mir Gedanken um jemanden namens Gwyneth Ramsay machen? Dieser Name sagt mir rein gar nichts.«

Sein Bekannter lachte leise. »Einst war sie die beste Bogenschützin im ganzen Land. Einmal hat sie einem Mann eine Pfeil durch seine Hoden geschossen und ihn auf diese Weise an einen Baum genagelt. Ihrer Enkelin wird nachgesagt, dass sie genauso unerschrocken ist. Gib auf deine Familienjuwelen acht, wenn sie in der Nähe ist.«

Der Mann grinste. »Ich freue mich schon, sie kennenzulernen. Wenn sie eine Heilerin ist, werde ich sie wohl behalten müssen. Wir haben keine, und diese Heilerinnen haben einen gewissen Wert.« Er saß auf und wendete sein Ross. »Haben sie Pferde mitgebracht?«

»Ich habe gehört, sie haben zwei Streitrösser und eine Stute.«

»Kriegspferde. Ich kann sicher ein paar gute Hengste gebrauchen. Das ist eine gute Nachricht. Bis zu unserem nächsten Treffen.« Der Mann trieb sein Pferd in einen schnellen Galopp.

Der zweite Mann bestieg nun ebenfalls sein

Reittier und verschwand. Dies war der zweite Dummkopf, den er kennengelernt hatte und der glaubte, die Isle of Mull mühelos erobern zu können. Der andere Mann war der Bruder des Lairds des MacDougall Clans. Aber dieser hier? Er war nicht ganz sicher, wen er im Hintergrund hatte. Und ohne eine große Streitmacht im Rücken würde er niemals erfolgreich sein.

MacDougall war gerade beschämt worden, denn er hatte kein Geld, um seinen Fetisch zu befriedigen. Zudem, war er auch ein bisschen dumm. Man sollte nicht vergessen, dass dies einen guten Teil seiner Persönlichkeit ausmachte. Dumm zu sein bedeutete, verzweifelt zu sein. Doch bei diesem Mann hier? Er war sich nicht sicher, ob er verstand, was ihn antrieb. Allerdings würde er die Wahrheit darüber in Erfahrung bringen.

Als die beiden fort waren, trat ein Junge hinter einem Baum hervor und spuckte in beide Richtungen. »Ich muss die Neuankömmlinge kennenlernen, mein Freund.«

Er warf einen Blick über die Schulter auf seinen Begleiter und grinste dann.

KAPITEL EINS

Tamsin

Frühsommer, 1316,
Isle of Ulva, Schottland

»DIESES MAL WIRST du mir einen Sohn schenken, oder ich bringe dich um. Er schwang den Arm in einem schnellen Bogen zurück und schlug ihr heftig auf die Wange, sodass ihr Kopf durch die Wucht des Schlages von der Steinwand abprallte. Sie holte tief Luft und keuchte ein bisschen, denn das half ihr dabei, ihre Schreie zu unterdrücken.

Tamsin würde nicht reagieren. Sie würde weder schreien noch weinen. Denn aus Erfahrung wusste sie, dass ein zweiter Schlag folgte, würde sie dies tun.

»Mylord, wie soll ich das machen?« Sie war erst achtzehn. Wie konnte man aus einem Kind im Bauch ein Mädchen oder einen Jungen machen? Es musste eine Möglichkeit dazu geben, die sie nicht kannte. Aber zuerst musste sie wieder schwanger werden. Gab es eine Möglichkeit, die garantierte, dass der Samen dieses Unholds erneut in ihr fruchtete? Sie war so naiv, was Frauen und Männer betraf, dass das Thema sie in Verlegenheit brachte.

Abend für Abend betete sie, dass dies bald wieder passieren würde, damit er sich in das Bett einer anderen legen möge. Seit einer Weile schon hatte sie keine Menstruation mehr gehabt, also war sie hoffnungsvoll, doch ihr Bauch war noch nicht geschwollen. Die Gnadenfrist, die sie einmal genossen hatte, als sie vom Austragen ihrer Tochter einen riesigen Bauch gehabt hatte, erwartete sie dieses Mal nicht.

Sie genoss ihre Privatsphäre in vollen Zügen. Den Akt mit ihm hasste sie hingegen. Die Brutalität, mit der ihr Mann sie quälte, stellte sie ein ums andere Mal auf eine harte Probe. Ihr wäre lieber, er hätte drei andere Frauen im Bett, wenn er sie dafür in Frieden lassen würde.

Der nächste Hieb traf sie in den Bauch und er hatte ihn mit seiner Faust ausgeführt. Er hatte eine solche Wucht in seinen Schlag gelegt, dass sie von den Füßen gerissen wurde und auf dem Tisch landete, der hinter ihr stand.

Das Gesinde, das hinter ihm stand, keuchte vor Schreck.

Tamsin konnte nicht mehr klar sehen und kauerte sich zu einer Kugel zusammen, die Hände hatte sie auf den Bauch gepresst. Da stimmte etwas nicht. Etwas war schrecklich falsch.

»Extilda«, rief er. »Nimm Alana und bring sie zum Haus meiner Mutter.«

»Nein«, rief Tamsin und versuchte, sich aufzusetzen, doch wegen der Schmerzen, die sein

Schlag in ihrem Inneren ausgelöst hatte, wollte ihr das nicht gelingen. Alles konnte sie ertragen – Schläge, Erniedrigung, Hunger und sogar Gefangenschaft. Ihr einziger Wunsch bestand darin, nicht von ihrer Tochter getrennt zu werden. »Bitte, Mylord. Sie wird still sein, dafür werde ich sorgen.« Sie liebte ihre kleine Alana.

Er packte sie an den Haaren und zog sie vom Tisch hoch. »Du wirst sie nicht wiedersehen, bis du mir einen Sohn geboren hast.« Dann stieß er sie zurück.

Dieses Mal verfehlte sie allerdings die Tischkante und rutschte darüber hinweg auf den Boden, wo sie auf seitlich aufprallte. In einem Rinnsal lief das Blut aus ihrem Schoß und zwischen ihren Beinen fühlte sie Wärme. Sie umfasste ihren Bauch und eine plötzliche Furcht überkam sie. Sie hatte nicht geahnt, dass sie schwanger war.

Eine Bedienstete rief: »Holt die Hebamme! Sie wird entbinden.«

Raghnall beugte sich vor und spuckte sie an. »Ein Sohn. Vergiss nicht, dass es ein Junge sein muss.« Das Knirschen seiner Schritte auf den Steinfliesen verriet ihr, dass er sich entfernte. Sie sah ihm nach, als mit einem Mal der stechende Schmerz einsetzte, der sie unmissverständlich wissen ließ, dass ein Kind unterwegs war. Es war ein Kind, von dem sie nicht gewusst hatte, dass es in ihr war.

Das Gesinde nannte sie plump, unbeholfen und töricht. Ihr Mann hatte sie als unmöglich zu lieben bezeichnet. Warum nur hatte sie nicht erkannt, dass sie wieder schwanger war? Wenn doch nur ihre Mutter lange genug gelebt hätte, damit sie ihr diese Dinge erklärt hätte, aber so hatte sie die intimen Wahrheiten von den Dienstmägden erfahren müssen.

Ihr wurde ganz heiß, als ihr ein Gedanke kam, den sie am liebsten geleugnet hätte. Außer um sich ihren Mann vom Leibe zu halten, hatte sie kein Kind mehr gewollt. Angenommen, sie bekäme einen Knaben, der wie Raghnall war. Was wäre, wenn ihr Mann einen Jungen aufzöge, der ihm in jeder Hinsicht ähnlich war?

»Alana. Ich will Alana«, wimmerte sie, als eine der Frauen ihr auf die Beine half.

»Komm. Dieses hier wirst du sicher verlieren. Du bist noch nicht weit genug fortgeschritten. Die Hebamme ist unterwegs. Mach die Sache nicht noch schlimmer für dich.« Die Frau kniff ihr in den Arm, als wollte sie ihren Anweisungen mehr Nachdruck verleihen.

Tamsin kniff sie zurück.

KAPITEL ZWEI

Eli und Alaric

———∾∾∾———

In der Nähe der Isle of Mull,
Sommer, 1316

ELISANT RAMSAY GRANT lehnte sich über
den Bug des Schiffes, der Wind peitschte die
vereinzelten Strähnen, die aus glänzendem Gold
zu bestehen schienen und die sich aus ihrem Zopf
gelöst hatten. Sie selbst schenkte dem Desaster,
welches das Klima mit ihrem Haar anrichtete,
allerdings keine Beachtung. Die Herrlichkeit,
die sie auf ihrer Reise erlebte, überstieg ihre
Erwartungen und sie schwor sich, nicht das
Geringste davon zu verpassen.

»Alaric, hast du je so etwas Wunderschönes
gesehen?« Sie reckte ihre Hand nach oben
und strich ihm die blonden Strähnen aus dem
Gesicht, denn auf ihrer Reise war sein langes
Haar vollkommen durcheinander geraten. Da er
der bestaussehende Mann in den Highlands war,
schaute sie ihn immer wieder voller Inbrunst an,
was insbesondere für die Art und Weise galt, wie
sich seine Muskeln bewegten, wenn er sich im

Schwertkampf übte. Er hatte es sich zum Ziel gesetzt, den gleichen Ruhm wie Onkel Connor als Schwertkämpfer zu erlangen – er war der beste im ganzen Land.

Alaric legte ihr einen Arm um die Schultern und zog sie näher zu sich, ehe er ihr einen keuschen Kuss auf die Stirn drückte. »Aye, das habe ich. Die Schönheit ist mir sehr nahe.«

Grinsend stieß Eli ihn mit dem Ellbogen an und entgegnete: »Das meine ich ernst. Hast du das Meer vorher schon einmal gesehen?«

»In der Nähe von Roddys und Roses Castle hatte ich einen schönen Blick auf das Wasser, und es ist wirklich atemberaubend, aber es ist nicht so wie hier. Wenn du außerdem nach Norden schaust, kannst du Loch Linnhe sehen. Das ist so einzigartig, so ... faszinierend. Es bringt mich dazu, den Blick einfach nicht mehr abwenden zu wollen.«

Mit ihren Fingern strich sie über seinen markanten Kiefer. »Liebster Ehemann. Ich habe das Meer bis jetzt noch nie gesehen. Für mich ist es das erste Mal. Es ist atemberaubend. Das Wasser, die Wellen, das Glitzern, wenn die Sonne weit genug hinter den Wolken hervorkommt, um ihre Strahlen auf das herrliche Meer zu werfen. Ich weiß gar nicht, was davon ich am meisten liebe.« Dann beugte sie sich vor und flüsterte ihm ins Ohr: »Stell dir vor, wir würden uns hier auf diesem schaukelnden Schiff lieben. Wäre das nicht ein einzigartiges Erlebnis?«

Eli konnte sich für den körperlichen Aspekt ihrer Ehe ebenso begeistern wie Alaric. Sie wusste nicht, warum sich die Leute unbehaglich fühlten, über diesen Teil im Leben eines Paares zu sprechen, denn sie liebte ihren Mann.

Alaric drückte ihr die Hand, knabberte an ihrem Ohrläppchen und flüsterte dann: »Aye, das würde ich liebend gerne, doch es geht nicht. Denke nicht länger daran, oder du bringst mich noch in Verlegenheit.«

Er sah sie mit einem vielsagenden Blick an, der sie veranlasste, verstohlen auf seine Hose zu schielen und dann den Kopf in den Nacken zu werfen und zu kichern.

Das Schiff war ein Birlinn, obwohl die Segel dank des Windes im Moment die meiste Arbeit erledigten, aber die Ruderer waren bereit.

Maitland Menzie stellte sich zu dem Paar am Bug, während ihr Schiff durch das Wasser auf ihr Ziel, die Isle of Mull, zuhielt. Mit seinen siebenunddreißig Jahren war Maitland der Älteste der Gruppe, und sein braunes Haar samt Vollbart ließen ihn weitaus reifer als Alaric wirken. Er war zehn Jahre älter als Alaric, doch wegen des Funkelns in seinen Augen war er bei allen beliebt. »Dort ist es«, erklärte er und deutete auf einen weit entfernten Flecken Land vor ihnen. »Duart Castle. Unser Zuhause für die nächsten Jahre.«

»Du wirst Maeve vermissen, Maitland, aber sie wird noch früh genug hier eintreffen.«

»Ich vermisse meine süße Frau bereits. Ich bleibe eine Nacht, um zu sehen, welche Vorräte ihr braucht, und kehre dann zu den Camerons zurück. Was auch immer uns noch fehlt, bringe ich dann auf der nächsten Reise mit, und ich

hoffe nur, der Tag ist nicht mehr fern, an dem
Maeve und unser Sohn zu mir stoßen. Aber ich
werde tun, was für uns alle das Beste ist. Maeve
besteht darauf. Nach ihren Worten kann sie
nicht glauben, dass ich Gefallen am Anblick ihres
riesigen Bauchs hätte, während sie im letzten
Monat der Schwangerschaft ist.«

»Ich kann es kaum erwarten, ihn zu sehen«,
rief Dyna hinter ihnen. »Komm her, damit du
hören kannst, was der Kapitän über unser Ziel zu
berichten hat.« Sie zupfte an ihrem fast weißen
Haar, das sie mit einem breiten Band hoch
auf ihrem Kopf zusammengenommen hatte.
Mit ihrem Alter von dreißig Jahren galten ihr
Ehemann Derric und sie als ein Paar mittleren
Alters.

Alaric ergriff Elis Hand uns zog sie sanft vom
Bug weg, obwohl es ihr schwerfiel, sich von der
herrlichen Aussicht auf das Meer, die vor ihnen
liegende Insel und dem Castle in der Ferne, das
ihr neues Zuhause sein sollte, loszureißen.

Alle vier hatten sie gemeinsam in der
Schlacht von Skaithmuir gekämpft, die eine
der entscheidenden Schlachten zwischen den
Schotten und den Engländern gewesen war. Seit
dem Ableben von König Alexander III. im Jahr
1286 kämpften beide Länder insbesondere im
Grenzland um Gebiete und Castles. Robert the
Bruce war es gelungen, die Unabhängigkeit der
Schotten durchzusetzen, doch die Streitigkeiten
um die Ländereien im Grenzgebiet, insbesondere
um Berwick Castle, hielten noch immer an.
Sir James Douglas führte die Schotten in

Abwesenheit von König Robert an. Maitland und Dyna hatten den Auftrag erhalten, das Land der Schotten zu schützen, während Robert seinem Bruder in Irland beistand. Die Engländer waren nach der Schlacht von den Schotten in die Flucht geschlagen worden, und der schottische König war zufrieden gewesen.

Als Belohnung für ihre Loyalität und ihren Fleiß übertrug König Robert ihnen das Duart Castle auf der Isle of Mull. Es war ein wunderschönes Castle, das derzeit allerdings unbewohnt war. Der König hatte sie vor den Unruhen auf der Insel gewarnt. Zahlreiche Vorfälle von Diebstählen hatten den normalerweise bestehenden Frieden zwischen den Clans gestört, wenngleich die Übeltäter noch nicht gefasst werden konnten.

Um für Frieden auf der Insel zu sorgen, hatte er die Ramsays aufgefordert, die Kontrolle über das Castle zu übernehmen und sich mit den Bewohnern auf der Insel bekannt zu machen, um die notwendigen Maßnahmen zur Verhütung weiterer Angriffe und der unaufhörlichen Diebstähle einzuleiten, die ihm zur Kenntnis gebracht worden waren.

Der Zusammenschluss der Verbündeten — bestehend aus den Grants, Ramsays, Menzies, Camerons, Drummonds und Mathesons — hatte sich versammelt und gemeinsam entschieden, wen sie auf die Insel schicken wollten und dazu eine Gruppe von sechs Mitgliedern ausgewählt.

Alaric Grant, der mit Elisant Ramsay frisch vermählt war.

Derric und Dyna Grant Corbett.

Maitland Menzie und seine frischangetraute Ehefrau Maeve Grant, die kurz vor der Geburt ihres ersten Kindes stand. Maeve würde in einigen Monaten zu ihnen stoßen.

Dies war ein aufregendes Unterfangen, das Eli jeden Morgen, in Erwartung des Tages, an dem sie an ihrem Ziel ankommen würden, aus dem Bett springen ließ.

Der Kapitän des Schiffs war ein Fährmann, der seine Passagiere von Oban nach Craignure beförderte, einem Ort, der von Duart Castle aus gesehen, ein Stück weiter die Küste entlang lag. Somit war er mit der Isle of Mull mehr als vertraut.

»Kapitän, was wisst Ihr über die Inselbewohner? Wo leben die meisten Menschen? Welche Clans gibt es dort?«, fragte Dyna.

Der Kapitän grinste. »Ach, das sind eine ganze Menge. Der MacVey Clan und der Rankin Clan befinden sich am nördlichen Ende – die MacVeys sind eher in der Mitte bei Glen Aros und die Rankins am nördlichsten Punkt bei Tobermory. Ich habe von einem Clan im Westen der Insel gehört, dessen Mitglieder sehr ungehobelt sein sollen, dem MacQuarie Clan. Meines Wissens verhalten sie sich aber nicht über die Maßen feindselig. Sie leben an der Westküste, dicht am Meer und den anderen Inseln, aber sie bleiben meist unter sich.«

»Habt Ihr sie irgendwo hin befördert?«

»Die MacQuaries? Aber nein, denn sie haben eigene Boote. Sie sehen wie die Langboote der Norweger aus. Gut möglich, dass sie einige

Überreste repariert haben, die sie aus der Schlacht von Largs vor Jahren ergattern konnten.«

»Fahrt Ihr nach Süden?«, fragte Alaric.

»Nein, nur an die beiden Orte der nordöstlichen Küste. Ich fahre nach Craignure und nach Ardmore Point bei Bloody Bay. Das sind die Anlegestellen, die in der Nähe des Rankin Clans liegen.«

»Es hat niemand sonst das leerstehende Castle bewohnt?«

»Nein, nicht dass ich wüsste. Das Castle wurde von den MacDougalls erbaut. Sie gehören aber nicht zu König Roberts Anhängern, sondern unterstützen die Comyns. Sie zerstritten sich, trafen sich mit König Robert in Argyll und sind nie zurückgekehrt, sondern zogen es vor, dort zu bleiben, wo ihnen mehr Schutz gewährt wird. Das Castle steht noch kein Jahr leer. Im Süden der Insel leben die MacClanes und es wird gemunkelt, dass sie Duart Castle übernehmen wollen. Dazu ist es aber noch nicht gekommen. Ihr werdet also durch das Geschenk unseres Königs die neuen Bewohner des Castles, und die MacDougalls können nichts dagegen unternehmen. Ich wünsche euch viel Glück. Es wird gesagt, die Aussicht sei von der Landzunge aus sehr schön. Sie sei hoch genug, um den Adlern und Falken Auge in Auge gegenüber zu sein. Wir haben viele Raubvögel.

Eli ließ den Blick wieder zum Castle schweifen, das immer größer wurde, je weiter sie über das Meer dahinfuhren. »Wird dort im Wasser geschwommen?«, fragte sie, denn sie hatte es immer geliebt, im See bei Ramsay Castle zu schwimmen.

Der Kapitän lachte. »Gewiss, aber nicht direkt an der Spitze. Ihr solltet euch einen geschützteren Platz am Strand suchen. Und südlich von Duart gibt es einige herrliche Strände. Ihr solltet sie aufsuchen. An der Landspitze ist das Wasser sehr aufgewühlt. Das werdet ihr noch früh genug sehen. Ich werde nicht versuchen, dort anzulanden, sondern euch stattdessen zum Hafen von Craignure befördern. Dort gibt es ein kleines Dorf, in dem ihr ein paar Einheimische treffen könnt. Ihr könnt auch Vorräte besorgen oder im Wirtshaus ein Ale trinken.«

»Perfekt«, flüsterte sie und legte ihren Kopf an die Schulter ihres Mannes. Wie sehr sich ihr Leben doch in so kurzer Zeit gewandelt hatte.

———— ❧ ————

Das Schiff legte in Craignure am Sound of Mull an. Der Kapitän zeigte nach vorn. »Von hier aus führt ein schöner Weg durch den Ort, und wenn Ihr weiter Richtung Süden geht, führt er euch direkt zum Castle. Genauer gesagt zum Bergfried. Ihr werdet alles in bester Ordnung finden, aber ihr werdet ein wenig Zeit brauchen, um eure Vorräte bis dorthin zu tragen. Ich hole die Pferde aus ihrem Verschlag unter Deck. Sobald ich sie herausgeholt habe, werden wir nach einer Stelle Ausschau halten, an der wir die Kisten abstellen können. Einige davon könnt ihr dann später tragen. In dieser Gegend ist die Gefahr nicht groß, dass sie gestohlen werden, solange ihr sie vor dem nächsten Mond hier wegschafft. Bald wird die Kunde umgehen, dass das Castle neue Bewohner hat. Die Fackellichter werden weithin sichtbar sein, da das Castle so hoch auf der Landzunge liegt.«

Alaric folgte dem Kapitän unter Deck, um die Pferde zu beruhigen. Midnight Moon wieherte, als er sich näherte, also ging er hinüber und tätschelte seinen Widerrist, um ihn zu besänftigen. »Du hast dich auf deiner ersten Bootsfahrt gut geschlagen. Und wie ist es deiner süßen Stute ergangen?«

Er ging zu Elis Pferd hinüber, um es loszubinden, und die Stute freute sich sichtlich, jemanden zu sehen, dem sie vertraute. Sie stupste ihn an, um einen Leckerbissen zu ergattern. Er hielt ihr einen Apfel hin, den er für sie aufgehoben hatte, denn er hatte damit gerechnet, dass die Reise für das Tier anstrengend werden würde. Sie brauchten die Pferde aber mehr als alles andere. Maitland beabsichtigte, von seiner nächsten Reise weitere Tiere mitzubringen. Dynas Hengst stand neben Midnight, doch er hatte sich bereits beruhigt.

Alaric führte die Pferde über die Rampe an Land, und die Tiere waren heilfroh, von dem schaukelnden Gefährt wegzukommen. Eli lief hinüber und schlang die Arme um ihre Fuchsstute Golden Gwyn, ein Name, den sie dem jungen Pferd nach dem Tod ihrer geliebten Großmutter gegeben hatte.

Nachdem sie die drei Pferde versorgt hatten, banden sie ihre Habseligkeiten an die Tiere und schmiedeten Pläne, wie sie mit dem Rest verfahren sollten.

»Eli, kann deine Stute die Satteltasche und die Säcke mit dem Saatgut tragen? Das ist das Wertvollste. Derric, Maitland und ich können das, was in einigen der Kisten ist, auf unsere Pferde laden. Dyna, das Trockenfleisch und die anderen Lebensmittel sollten wir zuerst transportieren.«

»Einverstanden«, entgegnete Maitland. »Ich kann einen Teil der Waffen tragen. Davon dürfen wir nichts verlieren.«

Alaric und Derric transportierten zwei Kisten, während Maitland den Kapitän der Fähre entlohnte, ehe sie sich dann zu fünft daranmachten, alles gut in den Büschen zu verstecken, was sie nicht tragen konnten. Denn sie wurden gerade nicht beobachtet. An der Anlegestelle waren zwar einige Fischer, doch sie waren mit ihrer Arbeit beschäftigt. Derric ritt mit Dyna, während Eli und Alaric auf Midnight Moon ritten und Maitland die Stute nahm.

Es war Nachmittag, als sie in das Dorf ritten, das sehr ruhig war, als sie es durchquerten. Ein paar Zecher waren in der Taverne, doch sie blieben, wo sie waren und sahen die Gruppe nur an, ohne allerdings näher zu kommen.

»Alaric, du und ich werden später hier einkehren. Wenn wir die beiden zurückgelassenen Kisten abgeholt haben, können wir mit den Einheimischen ein Ale trinken. Schau dich im Gemischtwarenladen um, ob wir irgendetwas gebrauchen können.«

Alaric nickte. Er konnte nicht anders, als

sich zu fragen, ob sie beobachtet wurden. Aller Wahrscheinlichkeit nach war diese Umgebung die schönste, die er je gesehen hatte. Selbst im Frühsommer war die Landschaft üppig grün und voller Beeren.

»Papageientaucher!«, rief Eli aus. »Brigid hat mir immer erzählt, wie niedlich sie sind.« Sie zeigte nach vorne und brach über die putzigen Vögel mit den ungewöhnlichen Schnäbeln in ein freudiges Kichern aus. Ihre Cousins und Cousinen lebten auf Black Isle und erzählten gerne Geschichten über die unterschiedlichen Tiere, die dort zuhause waren. »Vielleicht sehen wir ja auch ein paar Delfine.«

Dyna zeigte auf einen Adler, der über ihnen am Himmel kreiste. »Wir sollten die Gegend irgendwann erkunden, um herauszufinden, was wir hier jagen können.«

»Ich werde für uns fischen, mein Diamant«, versprach Derrick. »Frischer Fisch ist das Beste. Ich kann es kaum erwarten, die Möglichkeiten hier zu entdecken. Sandor wird die Erkundung genießen. Du jagst, und ich fische.«

Nach einem kurzen Ritt führte Maitland die Gruppe den Hügel hinauf. »Mir wurde berichtet, es solle hier reichlich Otter und Kaninchen geben, aber auch Rotwild, das insbesondere in der Umgebung von Ben More, in der Mitte der Insel zu finden ist. Im Küstenbereich gibt es viele Otter, doch bislang habe ich noch nie Otter probiert. Hat einer von euch schon diese Erfahrung gemacht?« Alle schüttelten verneinend den Kopf.

»Ich habe gehört, dass ihre Felle sehr gut sein sollen«, bemerkte Derric.

»Bestimmt werden wir das sehr bald herausfinden«, gab Maitland zur Antwort. »Wir werden viel Zeit für unsere Erkundigungen haben.«

Die stets praktisch denkende Dyna meldete sich zu Wort: »Solange wir uns nicht um das Innere des Castles gekümmert haben, werden wir die äußere Umgebung nicht erforschen. Erst einmal müssen wir uns ein genaues Bild darüber machen, in welchem Zustand sich das Castle befindet. Wie lange steht es bereits leer? Wie viele Kreaturen hausen dort? Du weißt, wie ich zum Geräusch von scharrenden Füßen mitten in der Nacht stehe. Um gar nicht an unsere Kinder zu denken, Derric.« Sie erschauderte, und Derric lachte.

»Es werden wohl nur ein paar Eichhörnchen sein, Diamond, da bin ich mir sicher.«

»Dass es Eichhörnchen sein werden, kann ich nur hoffen. Weder Ratten, Waschbären oder riesige Spinnen werde ich tolerieren.«

Derric rieb sich an ihrem Hals und meinte: »Ich werde dich vor den großen boshaften Kreaturen beschützen. Fürchte dich nicht.«

Zwar war der Weg ein bisschen überwuchert, doch es war nicht so schlimm. Noch immer konnte Alaric das Gefühl nicht abschütteln, dass sie beobachtet wurden. Das würde ihn keinesfalls überraschen, doch er hatte keine Anzeichen von Nachbarn in der Gegend entdecken können, seit sie das Dorf verlassen hatten. Als sie die Stelle erreichten, wo vom Weg zum Castle ein Pfad zum Wasser abzweigte, zeigte er auf eine Ansammlung verlassener Hütten. In ihrer Nähe waren keine Anzeichen auf Feuer oder Feuerstellen zu sehen.

Kurz darauf kamen sie an der Vorderseite des Castles an, und Maitland stieß einen leisen Pfiff aus. »Das ist wirklich eine beachtliche Ringmauer. Und der Turm ist einfach enorm. Dort gibt es gewiss genügend Kammern für uns alle.« Dann führte er den Weg zum Eingang durch ein Torhaus mit einem Fallgitter an. Dahinter befand sich ein großer Innenhof aus Stein.

Alaric traute seinen Augen nicht. »Zwei Ställe? Einer aus Holz und einer aus Stein. Was für ein Glück wir haben!«

»Sehr schön«, murmelte Dyna und schlenderte zur Tür des aus Holz errichteten Stalls hinüber, um sie zu öffnen. »Wunderbar. Das sind mindestens zehn Verschläge hier drinnen.«

Alaric saß ab und lenkte seine Schritte auf den schützenden Ringwall zu. »Maitland, die Mauern müssen fünfmal so dick sein wie diejenigen von Grant Castle.«

»Da gebe ich dir recht, doch da sie die Vorderseite bilden, müssen sie gegen die Urgewalt des Meeres standhalten. Bislang habe ich noch nie einen Sturm auf dieser Höhe erlebt, aber mir sind viele Geschichten zu Ohren gekommen. Wir werden es wohl noch früh genug erfahren, aber ihr werdet sehen, dass die Wohnräume nicht zum Meer hin ausgerichtet sind. Vermutlich wurde diese Anlage so gebaut, um einen Schutz vor der Kälte und dem Salzwasser zu bieten.«

»Beeilt euch«, drängte Dyna. »Stellt alles auf die Treppe und lasst uns hineingehen. Ich möchte sehen, wie der Bergfried und der Turm aussehen. Wie ihr wisst, werden wir hier eine Weile leben und hoffentlich für uns fünf in kurzer Zeit neue Kammern einrichten können. Ich kann kaum erwarten, das Castle von innen zu sehen.«

»Soll ich irgendetwas für dich tragen, Eli? Wir sollten die Beutel mit den Samen ins Haus bringen, damit sie trocken bleiben. Ich werde eine Blechschatulle finden, um die Säcke aufzubewahren. In den Kisten sind noch welche.«

»Nein, ich brauche nichts. Auch ich möchte das Castle von innen sehen. Beeil dich, Maitland.« Sie hatten ihn geehrt, indem sie ihn als Anführer der Gruppe bestimmt hatten. Denn sie hatten Maitland und Dyna als zusätzliche Lairds erwählt, während Alaric und Eli die Wachen und Bogenschützen für eventuelle Kämpfe anführten.

Geschlossen stiegen sie die Stufen zum Bergfried hinauf und warteten, bis Maitland die Tür mit dem Schlüssel aufsperrte, den man ihnen ausgehändigt hatte, und ins Innere spähte. Er warf einen Blick über seine Schulter zurück und lächelte.

Dyna drängte sich an ihm vorbei. »Wenn du so grinst, gehe ich rein. Zur Seite mit dir, Menzie.«

Alaric legte Eli die Hand auf den Rücken und führte sie durch die Tür. Dann blieben sie jedoch wie Dyna, Maitland und Eli vor ihnen stehen, als ihr Blick auf die große Halle fiel.

Derric stand am anderen Ende der Halle an der Feuerstelle und rief ihnen zu: »Hier gibt es noch trockenes Holz! So viel, dass wir tagelang kein Holz schlagen müssen.«

»Alaric, unser neues Zuhause ist wunderschön«, flüsterte Eli. »Schau dir die kunstvollen Holzarbeiten an den Wänden an. Die Wände bestehen zwar hauptsächlich aus Stein, aber die Holzarbeiten sind herrlich.«

Dyna nickte zustimmend. »Ein bisschen schmutzig, aber nur, weil das Castle unbewohnt war. Das stammt nicht von irgendwelchen Schmutzfinken, die hier hausten. Es sind nur Spinnweben und Staub. Das ist leicht zu beheben. Die Herrin des Castles hat ein sauberes Haus geführt.«

Die große Halle war langgestreckt und majestätisch und an beiden Enden befanden sich riesige Feuerstellen. Zwischen den Feuerstellen befand sich an der äußeren Wand ein langes Podium mit mehreren Tischen, an denen viele Angehörige des Clans Platz fanden, um ihre Mahlzeiten einzunehmen. Ansonsten war in der Halle nichts von wirklichem Wert zu entdecken. Falls das einmal anders gewesen war, hatte hier jemand gestohlen, was er konnte, doch die Wände waren mit Wandteppichen dekoriert und es gab Kerzenleuchter sowie viele Tische, Hocker, Bänke und Stühle. Eine Treppe führte zu einem Balkon im zweiten Stock mit Kammern entlang des Gangs, der zu einer Seite hin abzweigte.

Die Halle war riesig und aus dunklem Holz und Stein, während die Stühle und der Tisch auf dem Podium mit kunstvollen Schnitzereien verziert waren.

»Stühle«, flüsterte Eli, die auf Ramsay Castle meist auf Hockern hatte Platz nehmen müssen. Die Älteren saßen auf den Stühlen, aber nicht die Jüngeren. »Und es ist mir einerlei, wenn es keine Kissen gibt. Ich mache mir meine eigenen.«

Alaric umarmte seine Frau, schloss die Augen und sagte: »Eli, wir werden hier ein wundervolles Leben führen. Ich bin sicher, dass wir die Isle of Mull lieben werden.«

Er ließ sich nichts von seiner Gewissheit darüber anmerken, dass sich jemand in den Büschen versteckt hielt, als sie angekommen waren. Später würde er den Narren aufspüren und fortschicken, obwohl er sich außerhalb des Ringwalls befunden hatte. Immerhin trug Maitland die offiziellen Dokumente des schottischen Königs bei sich.

Dieses Castle gehörte ihnen, und niemand würde es ihnen wegnehmen.

Kapitel Drei

Tamsin

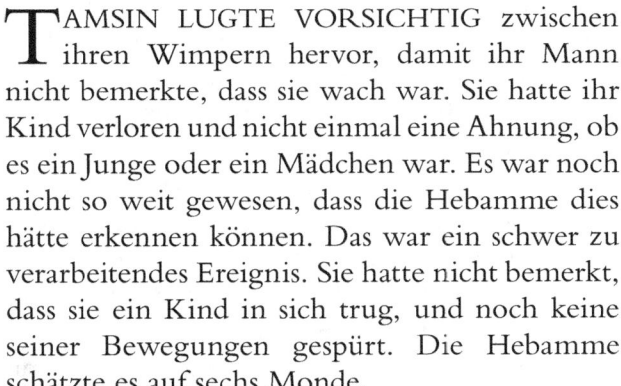

TAMSIN LUGTE VORSICHTIG zwischen ihren Wimpern hervor, damit ihr Mann nicht bemerkte, dass sie wach war. Sie hatte ihr Kind verloren und nicht einmal eine Ahnung, ob es ein Junge oder ein Mädchen war. Es war noch nicht so weit gewesen, dass die Hebamme dies hätte erkennen können. Das war ein schwer zu verarbeitendes Ereignis. Sie hatte nicht bemerkt, dass sie ein Kind in sich trug, und noch keine seiner Bewegungen gespürt. Die Hebamme schätzte es auf sechs Monde.

Wie konnte sie das nicht gewusst haben?

Von ihrem Mann hatte sie keine Reaktion erfahren. Er hatte sie in ihrer Kammer eingeschlossen und Extilda mit einer einfachen Mahlzeit hereingeschickt, doch er sagte nichts. In der Regel war er nicht so schweigsam, wenn es um solcher Art Ereignisse ging, und meist zog er es vor, seinen Worten mit seinen Fäusten Nachdruck zu verleihen.

Tatsächlich war sie eingeschlafen und aufgewacht, um sich in ihrer jetzigen Situation wiederzufinden, ohne die geringste Erinnerung, wie sie hierher gelangt war.

Sie lag auf dem Boden eines der Galeerenschiffe, die Wellen schaukelten sie, und jede Bewegung schickte die Tentakeln ihres Schmerzes durch ihren Körper. Ihre Entschlossenheit war fast gebrochen, und es interessierte sie nicht mehr, ob sie ihren Mann jemals wiedersehen würde.

Dieser kaltherzige Mistkerl.

Er hatte ihre Tochter zu seiner Mutter geschickt, ohne Tamsin Gelegenheit zu gewähren, sie zum Abschied zu umarmen. Ein letztes Mal ihren süßen Duft zu genießen, den Hauch ihrer Unschuld einzuatmen, der jeden Moment des anderthalbjährigen Lebens des kleinen Mädchens ausstrahlte.

Ihre grausame Schwiegermutter würde die Unschuld in diesem süßen Mädchen vernichten, während Tamsin sich geschworen hatte, sie mit einer solchen Behutsamkeit zu behandeln, dass sie immer eine schöne Aussicht auf das Leben haben würde. Es sollte nicht sein – nicht mit einem boshaften Vater und seiner rachsüchtigen Mutter.

Sie hatte Tamsin immer so behandelt, als verdiente diese nicht einmal, die Brosamen zu essen, die sie selbst zu Boden fallen ließ.

Das Boot wurde langsamer, und Tamsin schloss erneut die Augen, um sicherzugehen, dass sie Raghnall hören konnte, wenn er seine Pläne preisgab.

»Da oben. Auf diesem Felsen. Ich werde sie dort

lassen und sehen, ob sie ihre Lektion lernt. Das nächste Mal wünsche ich mir einen lebenden Sohn. Dieser hier hatte nicht einmal in ihrem Bauch die nötige Zeit überleben können.«

Einst war Raghnall ein recht stattlicher Mann gewesen, doch nun wurde er immer schlaffer, weil er so viel Nahrung in sich hineinstopfte und seine Zeit damit verbrachte, den anderen die ganze Arbeit aufzubürden. Sein mausbraunes Haar war bereits von grauen Strähnen durchsetzt. Er hielt es für unnötig, sein Haar öfter als einmal pro Mond zu waschen, was Tamsin abstieß.

Hatte er keinen Geruchssinn?

Er war höher gewachsen als viele andere, doch er war nicht der größte Mann, den sie je gesehen hatte. Früher war er breitschultrig gewesen, weil er sich für den Schwertkampf ertüchtigt hatte, was er aber nicht mehr tat. Vor allem, was mit großer Anstrengung verbunden war, scheute er zurück. Somit wurde sein Bauch immer schlaffer und seine Schultern fielen zusammen. Mit seinen Augen, die so dunkel waren und eine solche Kälte ausstrahlten, konnte er aber jeden einschüchtern.

Der Mann, der Raghnalls Streitmacht von Kämpfern befehligte, war unter dem Namen Odart bekannt und er begleitete seinen Herren überallhin. Einzig bei Odart hatte sie erleben können, dass er Raghnall in Frage stellte und das überlebte, um darüber zu sprechen.

Dieses Mal war sie von seiner Frage sogar überrascht.

Odart blickte seinen Herren von der Seite an. »Du willst sie auf dem Felsen zurücklassen? Sie kann nicht schwimmen, Raghnall. Oder hast du vergessen, dass bald die Flut kommt?«

»Ich hoffe, die Schlampe ersäuft. Auf diese Weise wird sie gezwungen, über all die Fehler nachzudenken, die sie sich hat zuschulden kommen lassen. Sie ist es nicht wert ist, mir die Füße zu küssen. Sie hat es gewagt, mir eine Tochter zu schenken und dann ein totes Kind. Ich werde allen erzählen, dass sie schwimmen gegangen und ertrunken ist.«

»Verzeihung, mein Freund. Ich bin schon seit vielen Jahren bei dir. Ich würde vorschlagen, dass du deine Faust nicht in ihren Bauch rammst, wenn du willst, dass das Baby das nächste Mal überlebt. Die Hebamme sagte, wenn sie ihn noch zwei Monde drinnen behalten hätte, hätte das Kind überlebt.«

»Das war vielleicht nicht die klügste Entscheidung, aber eine stärkere Frau hätte das Baby geschützt. Ich tadle Tamsin, die faule Kuh. Ohne das Gold, das ich dafür erhalten habe, hätte ich sie nie geheiratet. Sie ist zu schwach. Schwach im Geiste und auch sonst von schwacher Natur. Lass sie auf dem Felsen, und ich schwöre, dass ich mir eine starke Frau suchen werde, die eine Waffe schwingen kann und mir viele Söhne schenken wird, anstatt ein Kind, das nicht atmet. Du weißt, wie schwierig mein Leben ist, Odart, zwischen meinem Laird und meiner Mutter, der alten Hexe. Ich scheine keinen von beiden glücklich machen zu können.«

»Das verstehe ich, aber Tamsin macht dir keine Schwierigkeiten.«

»Genau das macht sie aber. Jeden Tag, an dem sie mir keinen Sohn schenkt, beschwert sich meine Mutter bei mir. Ich bin es leid, ihr Gemecker weiter über mich ergehen zu lassen.« Tränen benetzten ihre Wimpern, aber sie zwang sich, an die schlimmste Situation zu denken und einfach alles zu tun, um nicht zu weinen. Er hatte ihre Tränen nicht verdient.

Warum hatte ihr Vater einen solchen Mann für sie ausgewählt? So viele andere Männer lebten in diesem Land, dass sie nicht verstehen konnte, warum er sie unbedingt mit einer derart grausamen Person verheiraten musste.

Sie kannte den Grund dafür sehr wohl, wenn sie auch versuchte, die Wahrheit zu leugnen. Ihre Mutter starb, als Tamsin noch klein war, und zusammen mit ihrer Schwester war sie für ihren Vater immer eine Last gewesen. Sie lebten tief in den nördlichen Highlands, und das Wetter dort konnte besonders für ein Kind grausam sein. Er hatte die beiden Mädchen viele Jahre lang bei seiner Schwester leben lassen, aber selbst ihre Tante hatte sie loswerden wollen, sobald sie so groß waren, dass sie das Interesse der Männer weckten.

Ihr Vater hatte sich in einem seiner seltenen Momente, in denen er nicht von Whisky oder Ale benebelt war, bemüht, ein ehrliches Gespräch mit ihr zu führen. »Es sind deine Farben, Mädchen. Dein Haar ist rot, so feuerrot wie die aufschießenden Flammen in der Dunkelheit der Nacht. Das Schlimmste sind aber deine Augen. Ein blaues und ein grünes? Sie halten dich für die

Teufelin, die von den Feen geschickt wurde. Du hast zu viele Farben.«

»Sie ist hässlich genug«, hatte Raghnall gesagt, »aber ich brauche sie nur, um ihre Beine breitzumachen. Wegen der Augen wird es dich aber mehr kosten.«

Also verdoppelte ihr Vater seinen Brautpreis. Der Handel war abgeschlossen, und sie hatte weder ihren Vater noch ihre Tante je wiedergesehen. Außerdem wusste sie nichts über den Verbleib ihrer Schwester Meg, die nur ein Jahr jünger als Tamsin war, sodass sie sich fragte, ob sie ebenfalls zu einer Heirat gezwungen worden war.

»Dort oben, Odart. Auf diesem Felsen, der eine eigene Insel ist. Von dort wird sie niemand retten.«

Odarts Stimme hatte einen etwas schrillen Klang angenommen. »Dieser dort? Dieser Kleine?« Selbst der Stellvertreter ihres Mannes konnte dessen Grausamkeit nicht fassen, wenn sie den Tonfall seiner Stimme als Maßstab nehmen sollte. »Es herrscht aber gerade Ebbe. Die Flut wird den Felsen vollständig überspülen.«

Sie freute sich so sehr, von ihrem Mann fortzukommen.

»Es ist genau die richtige Stelle. Der perfekte Platz für die Schlampe.«

Der Mann warf einen kurzen Blick auf sie zurück. »Sie ist jetzt schon halbtot, Raghnall.«

»Dann sollen die Haie sie holen.«

Sie äußerte kein Wort, denn sie weigerte sich, ihren Mann anzubetteln, um bei ihm bleiben zu dürfen. Durch die Geburt war sie sehr geschwächt. In Wahrheit hatte der Verlust des Kindes sie traurig gestimmt, doch zum Teil war sie auch erleichtert darüber, dass das Kind nicht überlebt hatte. Im Umfeld von Raghnall Garvie und seiner Mutter aufzuwachsen, war kein Zuckerschlecken. Kein Kind hatte diese Strafe verdient. Inbrünstig betete sie, dass ihre Tochter Alana und sie eines Tages von den Garvies befreit sein würden.

Sie musste mit ihren letzten Kräften haushalten, denn wenn es eine Möglichkeit gab, dies zu überleben, schwor sie sich, zu ihrer Tochter zurückzukehren. Alana bedeutete für sie das einzige Licht in ihrem Tag.

Sie holte tief Luft, als die Galeere an Fahrt verlor, und nahm sich einen kurzen Moment Zeit, um den Schaden abzuschätzen, der ihr diesmal durch die Misshandlung entstanden war. Noch immer schmerzte ihr Bauch von dem Faustschlag, was sie allerding als etwas abtat, womit Frauen oft genug fertigwerden mussten. Sie würde sich davon erholen. Einzig und allein der Umstand, dass sie noch immer blutete, bereitete ihr Sorge. War es normal, nach einer Fehlgeburt so heftig zu bluten? Sie wusste es nicht.

Dazu kamen noch die Geschichten, die sie von den Haien gehört hatte. Sie wurden von Blut angezogen.

Sie hatte einen Dolch in der versteckten Tasche verborgen, die sie in ihr Kleid genäht hatte, wobei sie allerdings Zweifel hatte, ob sie sich damit gegen einen hungrigen Hai zur Wehr setzen konnte. Ihn gegen ihren Mann einzusetzen, wäre vergeudete Mühe. Er würde den Spieß nur umdrehen und die Waffe gegen sie richten. Er würde ihr das Gesicht zerschneiden, ihr die Brust aufschlitzen. Beides hatte er ihr schon so oft angedroht. Von dem Sturz, den sie erlitten hatte, als Raghnall auf sie losgegangen war, waren ihre Knöchel geschwollen. Er hatte ihr nur einmal ins Gesicht geschlagen und ihr dann zweimal rasch hintereinander die Faust in den Bauch gerammt. Er hatte sie am Arm gezerrt, der dick geschwollen war, wobei sie allerdings nicht glaubte, dass er gebrochen war.

Das würde sie überleben. Das musste sie auch für ihre geliebte Alana. Sobald sie erst einmal ihre Tochter hatte, würde sie alles in ihrer Macht Stehende tun, um diesen Mann zufrieden zu stellen.

Alles, damit die Misshandlungen aufhörten.

KAPITEL VIER

Thane

———❧❧———

THANE MACQUARIE KLETTERTE bis auf die Spitze der Klippe, die auf das Meer hinausragte. Selbst im Winter genoss er es, die frische Luft einzuatmen und den beißenden Wind im Gesicht zu spüren. Er stand auf dem höchsten Punkt und hielt das Gesicht in die Brise, während er sich den Wellen zuwandte. Da es Frühsommer war, versprach die Luft warme Brisen bei hoher Sonne, und die genoss er über die Maßen, denn dies hier war sein Land, seine Klippe, sein Boden unter seinen Stiefeln. Er hatte hart gearbeitet, um es so weit zu bringen.

Inständig wünschte er sich, diese Hexe, die seine Mutter war, könnte ihn jetzt sehen – als Laird seines eigenen Clans.

Er würde ihr zeigen, wie sehr er diesen Ort hier liebte. Er war vor nahezu acht Jahren gezwungen worden, hierher zu kommen und diese Tatsache hatte ihn oft in Rage gebracht, aber sie hatte ihm auch ein Ziel gegeben. Er würde sich für das Unrecht rächen, das ihm und seinen beiden Geschwistern angetan worden war. Täglich beschäftigte er sich mit diesem Ansinnen, denn er musste einen Weg zu finden, die grausame Frau aufzuspüren, um ihr zu zeigen, wie verkehrt sie gehandelt hatte. Bislang hatte sich jedoch noch keine Möglichkeit dazu gefunden. Sein Bruder hatte ihm seine Furcht davor gestanden, ihre Mutter aufzuspüren.

Im Gegensatz dazu würde er sich freuen, wenn er dieses Miststück irgendwann fand. In gewisser Weise hatte sein Bruder recht, denn sollte er sie je wiedersehen, würde er sie aller Wahrscheinlichkeit nach umbringen und dann wegen Mordes verurteilt werden. Sein Hals würde also in einer Schlinge stecken. Damit konnte er leben. Das Schlimmste wäre, wenn er sie niemals aufspürte, doch er würde nicht klein beigeben.

Dieses »eines Tages« stand kurz bevor. Das konnte er in seinen Knochen spüren.

Er kniff die Augen zusammen, als ein Boot in sein Sichtfeld kam. Es war eine kleine Galeere mit einem Segel und mehreren Ruderern. Doch in der Mitte der Galeere lag etwas Helles, das dem Gewand einer Frau ähnelte, sich aber nicht bewegte.

Könnte das eine Frau sein? Frauen sah man wahrlich nicht oft auf solchen Booten.

Das Boot pflügte durch die Wellen und verlangsamte dann seine Fahrt, als es auf einen Bereich zusteuerte, von dem er wusste, dass die Felsen dort bei Flut unter dem Wasser verborgen waren, aber jetzt war Ebbe. Die Felsen waren deutlich zu sehen, doch das Schiff steuerte geradewegs auf die Felsvorsprünge zu. Warum nur? Es gab dort nichts als diese drei Felsen, von denen einer flach genug war, um darauf zu stehen, die beiden anderen spitz zulaufend und ungeeignet, um irgendjemanden oder irgendetwas zu halten. Ihr einziger Zweck diente der Behinderung der Seeleute in der Dunkelheit der Nacht, wenn die Oberfläche den Mond schimmernd auf den Wellen reflektierte und Hindernisse verbarg, die zum Sinken eines Schiffes führen konnten.

Die Galeere manövrierte um die Felsen herum, und Thane wandte sich um, um zu seinem Castle zurückzukehren. Doch dann fiel sein Blick auf etwas, das ihm gar nicht gefallen wollte.

Und er konnte es auch nicht ignorieren.

Die Galeere machte neben dem Felsen Halt.

Inzwischen war er schon ein Stück den Hügel hinab in Richtung des MacQuarie Castles gegangen, doch er konnte das Gefühl nicht abschütteln, dass sich vor seinen Augen etwas Niederträchtiges abspielte. Es musste einen Grund geben, warum das Schiff an dieser Stelle Halt machte, als hätte es sein Ziel erreicht. Aber wozu? Dann ging ihm blitzartig ein Szenario durch den Kopf, das er einfach nicht glauben wollte. Die Frau rührte sich nicht. War das alles Teil eines Plans?

Er schüttelte den Kopf, denn seine Fantasie geriet außer Kontrolle. Diese Leute würden doch nicht einfach eine Leiche auf einem Felsen mitten im Meer zurücklassen, nicht wahr? Er drehte sich weg, doch dann starrte er wieder zu der Szene. Sein Verstand arbeitete auf Hochtouren, doch er kam immer wieder auf denselben Gedanken zurück.

Das würden sie doch nicht tun, oder doch?

Er ließ sich auf einem Felsbrocken nieder und nahm sich vor, sich genau anzuschauen, worauf die Leute auf der Galeere aus waren, ehe er sich auf den Weg machte. Letztendlich konnte es sich um einen Versuch handeln, seinen Clan auszuspionieren, oder jemand wollte eine Möglichkeit auskundschaften, wie sich ein Angriff gegen ihn bewerkstelligen ließe. Als Laird des MacQuarie Clans musste er auf Biegen und Brechen herausfinden, ob diese Galeere eine Invasion vorbereitete. Von ihrer Position aus konnten die Seeleute sein Castle deutlich ausmachen und die Bewegungen beobachten, ehe sie entschieden, ob sich der Aufwand lohnte. Sein Castle lag weit entfernt zu den meisten aktiveren Gebieten auf Mull. Seit er vor vier Jahren zum Laird ernannt worden war, war er noch nie angegriffen worden, doch das konnte jederzeit geschehen.

Unter keinen Umständen würde er zulassen, dass ihm genommen wurde, wofür er so hart gearbeitet hatte. Nach mehreren Jahren, die er und seine treue Gefolgschaft in den Wäldern von der Natur gelebt und sich von Fisch und Kaninchenfleisch ernährt hatten, waren sie auf ein verlassenes Castle am westlichen Ende der Isle of Mull gestoßen und hatten es zu ihrem eigenen gemacht. Seine Schwester hatte es mit ihren liebevollen Dekorationen und ihrer guten

Küche noch verbessert, und schon vor langer Zeit hatte er beschlossen, es niemals aufzugeben.

Sein Leben gefiel ihm.

Sobald er sein einziges Bedürfnis befriedigt hatte, das daraus bestand, seine Mutter zu finden und Rache zu üben, würde er sich entspannen. Er würde seinen Bruder und seine Schwester davon überzeugen, sich zu verheiraten, und anschließend könnte er seine Tage mit Jagen, Fischen und Schwertkämpfen verbringen. Dem Erreichen dieser Ziele war er inzwischen so nahe, dass er sie durch nichts gefährden durfte.

In der Hoffnung, dass er nicht bemerkt worden war, wich er zurück und stellte sich hinter einen Baum, um von seiner großen Gestalt abzulenken. Verdammt seien die Götter im Himmel, aber als das Boot still lag, beugte sich einer der Insassen vor, hob den hellen Flecken auf und legte ihn auf dem Felsen ab, bevor er sich abwandte und wieder in das Boot kletterte.

Hatten sie tatsächlich einen Menschen auf diesem Felsen ausgesetzt?

Eine Person inmitten dieses Meeres, das diesen Felsen innerhalb weniger Stunden bei Flut überspülen und verbergen würde?

Er fuhr sich mit der Hand übers Gesicht, als könne er die Zeit damit zurückdrehen und das Geschehene ungeschehen machen, doch leider lag der Körper noch immer da. Nachdem er das Objekt genauer in Augenschein genommen und studiert hatte, traf er seine Entscheidung über das gerade von ihm beobachtete Geschehen. Der

Mann von der Galeere hatte eine Frau auf dem Felsen abgelegt.

Nun ließ sich dieser Mann wieder im Boot nieder, doch ein anderer Mann stieg aus dem Boot auf den flachen Felsen, holte mit der Faust aus und schlug damit auf den Körper ein, den sie dort hingeworfen hatten.

Dieser brutale Akt bestätigte Thane darin, dass er recht hatte. Und dieser Grobian hatte gerade eine Frau geschlagen, die bereits unbeweglich am Boden lag. Er konnte sich nicht beherrschen und brüllte: »Hör auf mit deiner Brutalität, du rückgratloser Mistkerl!«

Ruckartig riss der Mann den Kopf in Thanes Richtung, ohne jedoch etwas zu sagen. Stattdessen sprang er einfach auf das Boot zurück und winkte den Ruderern, das Boot zu wenden und dahin zurückzukehren, woher auch immer sie gekommen waren.

Thane wollte bleiben, um herauszufinden, welches Ziel der Narr ansteuerte. Mull? Arran? Ulva? Wo hauste dieser Abschaum?

Das würde allerdings warten müssen. Wenn er sich auch noch so fest vorgenommen hatte, sich nur auf eine Sache zu konzentrieren, erlaubte ihm sein Gewissen nicht, den Umstand zu ignorieren, dass eine unschuldige junge Frau auf einem Felsvorsprung zum Sterben zurückgelassen wurde, nachdem sie zuvor misshandelt worden war.

Er stieg den Hügel hinunter und schlug dabei die Richtung zu ihrem Castle und dem Bergfried ein. Dann rief er den Wachen auf der Mauer zu.

»Wo ist Brian?« Brian war sein einziger Bruder und sein Stellvertreter. Oft beaufsichtigte er die Männer auf den Übungsplätzen bei ihren Kampfübungen. Die Brüder sahen fast gleich aus, mit Ausnahme ihrer Haare, die bei Brian fast schwarz und bei Thane braun waren. Beide waren sie hochgewachsen und stolz auf ihre athletischen Körper, die sie so oft es möglich war mit Schwertkämpfen stählten.

»Er ist mit deiner Schwester in der Halle«, antwortete Artan, einer ihrer besten Wächter.

»Artan, mach unser kleineres Boot bereit.«

»Aye, Chief.«

Thane eilte in die Halle und unterbrach die Unterhaltung seiner Geschwister. »Brian, wir müssen rüber zu den Felsausläufern.«

Ihre Schwester Mora machte ein finsteres Gesicht. »Was ist los? Ist etwas passiert? Bitte sag es mir, Thane. Du regst dich nie über etwas auf, außer ... na ja ... egal. Du regst dich nie auf.«

»Irgendein Idiot hat eine junge Frau auf den Felsen ausgesetzt. Meiner Vermutung nach hat er sie misshandelt und zum Sterben dort liegen lassen.« Thane war überzeugt, dass hinter der Tat eine Mordabsicht stand, denn das konnte er tief in seinen Knochen spüren.

»Ist das wieder eines deiner Bauchgefühle, Thane?«, fragte Brian gedehnt.

»Komm mit oder bleib einfach hier. Wenn du zu beschäftigt bist, werde ich einen anderen finden, der mich begleitet.«

Brian war zwei Jahre jünger als Thane und zwei Jahre älter als Mora. »Ich komme!«, rief er.

Dann packte er sein Schwert, das in der Nähe des Eingangs stand, schob es in die Scheide und folgte seinem Bruder durch die Tür in den mit Steinen gepflasterten Innenhof, Mora war direkt hinter ihnen.

»Soll ich mitkommen?«, rief sie, während ihre Stiefeltritte über den Burghof hallten. »Wer ist das? Was glaubst du? Bist du sicher, dass es eine junge Frau ist? Und wenn es ein Kind ist? Ich bin sicher, dass ich mitkommen sollte.«

»Nein«, riefen die Brüder im Chor.

»Aber ich könnte mich doch nützlich machen«, protestierte Mora, deren kastanienbraunes Haar wild im Wind flatterte. »Ganz bestimmt kann ich euch helfen. Ich könnte doch ihre Hand halten. Ich könnte euch dirigieren, wenn ihr in die Nähe der Felsen kommt? Vielleicht sollte ich diejenige sein, die auf den Felsen klettert?«

Ganz bestimmt sah seine Schwester von allen drei Geschwistern am besten aus, aber sie interessierte sich keinen Deut für ihr Erscheinungsbild und sie weigerte sich, ihr Haar zu flechten. Das war womöglich der Grund, warum er sie so verehrte. Sie war kein gewöhnliches Mädchen aus den Highlands, dem ihr Kleid und ihre Bänder so viel bedeuteten und das von jedem Mann schwärmte, der vielleicht um es freien könnte. Er hatte schon von diesen Frauen gehört, die er ganz und gar nicht anziehend finden würde. Das war ihm allerdings einerlei, denn er hatte sich geschworen, niemals zu heiraten.

»Nein, Mora, ich nehme nur das kleine Boot und darin ist nicht genügend Raum für dich«, entgegnete Thane und hielt in der Bewegung inne. Wie hartnäckig sie war, wusste er nur zu gut. »Der Platz reich gerade für Artan, Brian und mich.«

»Nein, da passen vier oder fünf rein. Ich passe schon rein. Ich werde mich ganz still verhalten«, versprach sie mit einem Ausdruck in ihren Augen, den er hasste. »Kann ich nicht in der Mitte sitzen? Oder hinten? Oder irgendwo anders? Bitte, Thane?«

Er empfand tatsächlich Mitgefühl mit seiner Schwester. Für Mora war es schwierig, die einzige Frau neben der Haushälterin zu sein, die täglich kam, insbesondere weil er fürchtete, ihr könnte es an Vorbildern mangeln. Unter den gegebenen Umständen tat er das Beste für Mora, was in seinen Möglichkeiten lag.

»Nein, denn den Platz benötigen wir für die junge Frau, und ich habe keine Ahnung, wie groß sie ist. Du bleibst auf dem Steg, Mora. Verstanden?« Sie kamen an der Stelle an, wo die Boote versteckt lagen. Es waren mehrere kleine Boote, die sie gebaut hatten, und eine große Galeere, die von mehreren Ruderern bewegt werden konnte. Sie lag nicht weit von der Küste entfernt an einem sicheren Ort. Drei weitere Wachen waren bereits damit beschäftigt, das Boot auf Artans Anweisung hin zum Ufer zu tragen, was Thane dankbar erkannte. Artan besaß die Gabe, jeden von Thanes Gedanken vorweg zu nehmen. Dies war eine unschätzbare Eigenschaft des Mannes, der die Wachen befehligte.

Laut dem Familiennamen sollte Brian eigentlich Thanes Stellvertreter sein, aber Artan war um zehn Jahre reifer, und sein Wissen wurde dringend gebraucht. Der MacQuarie Clan konnte auf Artan nicht verzichten.

Thane stieg in das Boot und erteilte Anweisungen, während er das Boot zum Auslaufen bereit machte. »Artan, du wirst uns zu dieser Felsgruppe leiten, dem Trio of Fate, wie wir sie früher genannt haben.« Die Felsgruppe hatte diesen speziellen Namen erhalten, weil bereits viele Schiffe durch ihre Existenz das Ende ihrer Reise gefunden hatten, da die Formation bei Flut unter der Wasseroberfläche versteckt war. Diejenigen unter den Seeleuten, die schon häufig auf dem Meer gesegelt waren, kannten jeden Felsvorsprung, doch gerade die jüngeren unter ihnen hatten dieses Wissen nicht.

Mora stand auf dem Steg, die Hände in die schlanken Hüften gestemmt. »Darf ich mitkommen? Bitte! Ich bin winzig, Thane. Ich passe schon rein. Erlaube mir doch bitte, mich als Teil dieser Rettungsmission zu fühlen. Du weißt, wie gern ich in jedem Boot mitfahre.«

»Nein, auf dieser Fahrt kannst du nicht mitkommen. Sorge bitte dafür, dass Agnes bereit ist, einen Patienten zu versorgen, wenn ich richtigliege. Meines Glaubens handelt es sich um eine junge, misshandelte Frau, die dem Tod überlassen wurde. Wir werden es bald erfahren. Halte dich bereit, Agnes dabei zur Hand zu gehen, Mora. Bitte enttäusche mich nicht.«

Mora stampfte mit dem Fuß auf und verschränkte die Arme. »Wie du wünschst, liebster Bruder.«

Er unterdrückte sein Grinsen über die Art und Weise, wie seine Schwester ihre Worte am Ende in die Länge zog, um einen dramatischen Effekt für ihn zu erzeugen.

Sie würden nicht lange brauchen, um zu der Felsgruppe zu gelangen, und es waren noch einige Stunden bis zur Flut, aber er wollte nicht warten.

Brian kletterte ins Boot und legte seine Waffe auf die Planken. »Warum bist du mit einem Mal so bereitwillig, anderen zu helfen, Bruder? Das liegt ganz und gar nicht in deiner Natur, was du genau weißt.« Er zog eine Augenbraue hoch, während er das Seil losmachte, das sie daran hinderte, abzulegen. »Leg dich in die Riemen, Artan. Fahre los, damit ich zum Mittagsmahl zurück bin.«

»Denkst du je an etwas anderes als daran, dir den Bauch vollzuschlagen, Brian?«

Brian spuckte über die Reling des Bootes, als sie ablegten.

»Widerlich!«, schrie Mora, die noch immer mit dem Fuß auf den Steg stampfte, als das Boot von der Küste wegfuhr. »Ich verstehe nicht, warum ich nicht mitfahren kann. Wie konntet ihr mich hier zurücklassen? Es muss doch eine Möglichkeit geben, wie ich helfen kann. Kommt zurück, bitte!«

Wieder spuckte Brian mit einem breiten Grinsen auf dem Gesicht aus und sein Speichel landete unmittelbar vor ihr im Wasser. »Bis später, Mora.«

Thane konnte nicht umhin, sich zu fragen, wie sich die beiden wohl entwickelt hätten, wären ihre Eltern hier gewesen, um sie aufzuziehen. Wären sie dann reifer? Oder schneller erwachsen geworden? Er gestand sich ein, dass sie schneller gereift waren als viele andere, denn er hatte seinen Geschwistern sowohl als Mutter als auch als Vater gedient. Das jahrelange Leben in der Wildnis hatte sie erwachsen werden lassen. Zu ihrem Glück hatten sie eine sichere Höhle gefunden und sie zu ihrer eigenen gemacht. Sie waren drei kleine Kinder ganz allein in der Wildnis gewesen.

Eines Tages würde er dieses Unrecht wiedergutmachen.

Im Augenblick hatte er allerdings keine Zeit, sich darüber Gedanken zu machen. Er musste helfen, das Boot zu der Stelle zu dirigieren, an der er die junge Frau hatte liegen sehen. Dann würde er erfahren, ob sie die unschuldige Frau retten konnten. Er betete, dass sie noch am Leben war.

War sie aber unschuldig? Das wusste er nicht.

Vielleicht war es seine Neugierde, die ihn trieb.

»Bislang hast du mir noch nicht verraten, warum du dich wegen dieser Frau sorgst«, erinnerte Brian ihn. Wie du weißt, ist sie keine MacQuarie, warum also diese Besorgnis um jemanden, der nichts mit unserem Clan zu schaffen hat?«

Thane konnte nicht viel gegen diesen Einwand vorbringen. Er zuckte mit den Schultern. »Das kann ich nicht mit Sicherheit beantworten.

Aber ich werde es dir sagen können, wenn wir dort sind. Mich treibt die Neugier und ich will herausfinden, was dort passiert ist. Du kannst es als den Wissensdurst eines Mannes beschreiben, der auf der Klippe stand, um die Aussicht zu bewundern, bevor sie ruiniert wurde.«

Brian legte den Kopf schief, als ob er sich von der Antwort seines Bruders verwirrt fühlte. »Oder vielleicht von jemandem, der vor acht Jahren beinahe in der gleichen Situation war? «

Thane ignorierte die Bemerkung seines Bruders. »Als Laird des Clans ist es meine Aufgabe, Sorge dafür zu tragen, dass kein Boot in diesen Gewässern eine Bedrohung darstellt. Dies schien eindeutig ein gewalttätiger Akt gegen eine unschuldige Person zu sein. Es ist meine Pflicht, die Wahrheit darüber herauszufinden.«

Brian grinste.

»Was um alles in der Welt soll das bedeuten?«

»Das bedeutet, dass ich jetzt das wahre Motiv für die Reise erkenne. Es geht gar nicht so sehr um die Rettung dieses Menschen, sondern darum, herauszufinden, wer hinter dieser Missetat steckt. Du bist deinem unstillbaren Bedürfnis erlegen, alles und jeden um uns herum zu kennen. Lass es gut sein, Thane. Die Vergangenheit spielt keine Rolle.«

Für ihn spielte sie eine verdammt wichtige Rolle.

KAPITEL FÜNF

Tamsin

TAMSIN KONNTE NICHT länger verheimlichen, dass sie bei Bewusstsein war. Sobald Odart sie aus der Galeere hob, schlug sie die Augen und flüsterte: »Bitte tu das nicht, Odart. Ich werde alles tun, was du verlangst, ich muss nur meine Tochter sehen.«

Odart setzte sie auf den Felsen, das kühle Wasser plätscherte am unteren Ende über ihre Beine und ließ ihren Atem stocken. Es war nicht nur kühl, es war kalt.

Wie lange konnte sie in dem kalten Wasser überleben? Es war Sommer, aber das Wasser hatte sich noch nicht auf eine erträgliche Temperatur erwärmt.

»Wirst du mir ein anderes Boot schicken, Odart?«, flüsterte sie. »Bitte?«

Raghnalls Stimme brüllte seine Meinung für alle hörbar heraus. »Ich wusste, dass du lügst, Frau. Du lügst immer. Du warst die ganze Zeit wach. Ich wusste es.« Er sprang vom Boot und rannte zu ihr hinüber, zerrte an ihren Haaren, um ihren Kopf vom Felsen zu heben, bevor er ihr zwei weitere Schläge versetzte, einen ins Gesicht und den anderen in ihren Magen. »Nächstes Mal wirst du mein Abendessen nicht anbrennen lassen.«

Sie wich vor den Schlägen zurück und schluckte die Galle hinunter, die ihre Kehle hinaufstieg. Wenn sie sich auf ihn erbrechen würde, würde er sie wahrscheinlich umbringen. »Bitte, Raghnall. Ich werde vorsichtiger sein.«

»Du bist eine nichtsnutzige Kuh, Tamsin. Du hast mir eine Tochter geboren, obwohl ich einen Sohn wollte. Und ich habe dir aufgetragen, wieder zu gebären, diesmal einem Jungen, doch du bist nicht stark genug, um das Kind in dir zu halten. Der angebrannte Eintopf hat das Fass zum Überlaufen gebracht. Ich werde nicht erlauben, dass du mich weiter beleidigst. Du wirst hier bleiben, bis ich mich entschließe, dich zu holen. Wir werden sehen, ob ich finde, dass du eine weitere Chance verdient hast. Bis dahin solltest du dir Gedanken darüber machen, wie du all die Fehler, die du an mir begangen hast, wiedergutmachen kannst.«

Raghnall kletterte ins Boot, nachdem er sie mit dem Rücken auf den Felsen geschleudert hatte. Nun blutete sie auch noch am Ellbogen von der Schürfwunde, die sie sich auf der rauen Oberfläche zugezogen hatte. Sie wischte sich mit der Hand über den Mund und war nicht überrascht, dort ebenfalls auf Blut zu stoßen. Wie sollte sie sich bloß aus diesem Schlamassel befreien?

Ach, wie sehr sie sich wünschte, ihr Vater hätte sie niemals mit diesem teuflischen Mann verheiratet. Waren alle Männer so niederträchtig wie Raghnall?

Sobald Raghnall die Galeere betrat, riss er den Kopf herum und richtete den Blick an Land, als würde er dort zum ersten Mal etwas wahrnehmen. Sie hatte keine Ahnung, um was es sich handelte, aber es regte ihn eindeutig auf, denn er sagte etwas zu Odart, das sie nicht hören konnte, und als sie dann abstießen, befahlen sie den Ruderern, ein schnelleres Tempo anzuschlagen.

Hatten sie jemanden an der Küste erspäht, der die grausame Tat beobachtet hatte?

»Beeilung«, meinte Raghnall fordernd zu Odart. »Machen wir, dass wir hier wegkommen.«

»Wer ist das?«

»Das weiß ich nicht. Irgendjemand von Mull. Ich will mit dieser Tat nicht in Zusammenhang gebracht werden.« Ihr Mann legte sich flach auf die Bootsplanken, während die Ruderer das Tempo erhöhten und in die Richtung zurückfuhren, aus der sie gekommen waren.

»Dann bleib unten«, entgegnete Odart. »Niemand wird die Ruderer erkennen. Sondern nur dich.« Damit spähte er über seine Schulter und blickte sich suchend nach anderen Fischerbooten auf dem Wasser um.

Gab es irgendwelche Zeugen? Tamsin wusste, dass Odart im Gegensatz zu ihrem Mann ein Gewissen hatte.

Odart bellte weiter Befehle, doch Tamsin konnte ihn nicht verstehen. Wahrscheinlich lag das an dem Rauschen in ihren Ohren, das zu einer lauten Invasion angeschwollen war, die sich nicht ignorieren ließ. Denn sie beruhte auf der traurigen Wahrheit, dass ihr Schicksal bei einem schnellen Herannahen der Flut nicht abgewendet werden konnte.

Ihr Tod würde durch Ertrinken eintreten. Damit war letzten Endes der Tag gekommen, an dem sie ihr Versäumnis bereute, schwimmen zu lernen.

Trotzdem musste sie alles in ihrer Macht Stehende versuchen, um sich zu retten. Sie biss sich auf die Lippe, damit sie nicht aufschrie, während sie sich in eine sitzende Position aufrappelte und alle paar Herzschläge einen tiefen Atemzug tat, um Kraft zu schöpfen, mit der sie diesen Schmerz überwinden und weitermachen konnte.

Als sie sich endlich halbwegs aufgerichtet hatte und das Wasser ihr bereits bis zur Hüfte reichte, schaute sie zum Ufer und freute sich über den Anblick eines Bootes, das unmittelbar auf sie zusteuerte. Der Galeere ihres Mannes, die inzwischen fast außer Sichtweite war, schenkte sie keine weitere Beachtung. Sie winkte dem herannahenden Boot zu, um die Insassen wissen zu lassen, dass sie noch über Wasser war und Hilfe nötig hatte.

Inzwischen musste sie stehen, denn sonst würde das Wasser ihr Gesicht verdecken, also versuchte sie, sich in eine senkrechte Position aufzurichten. Doch immer dann, wenn sie es fast geschafft hatte, glitt ihr der Fuß unter dem Wasser weg und mit den Armen rudernd fiel sie zurück, da sie fürchtete, sie würde ertrinken.

Dreimal gelang es ihr, sich wieder aufzurichten,

bis sie sich dann dafür entschied, auf die Knie zu gehen, anstatt weiter zu versuchen, eine stehende Position einzunehmen. Das genügte, um ihren Kopf über Wasser zu halten, und sie war imstande, das Boot zu sehen, das über das Wasser hinweg auf sie zukam.

Wie hatte sie diesen Punkt in ihrem Leben erreicht? Sie rief sich ihre Kindertage in Erinnerung, als sie mit ihrer Schwester, ihrer Mutter und ihrem Vater in einem kleinen Cottage gelebt hatte. Den größten Teil ihrer Zeit war sie ihrer Mutter beim Kochen und Nähen zur Hand gegangen, während ihr Vater tagsüber auf die Jagd ging. Sie hatte jeden Moment der Tage genossen, die sie zusammen mit ihrer Schwester in der Obhut dieser liebevollen Frau verbracht hatten. Meg und sie hatten damals kochen und nähen gelernt, aber auch wie man Pflanzen hegt und pflegt.

Die Zeit mit ihrem Vater hatte sie allerdings in weniger guter Erinnerung. Er war ein von Natur aus unglücklicher Mensch, weshalb ihre Schwester und sie sich fürchteten, wenn ihr Vater ohne Jagdbeute heimkehrte und dann seinen Händen und Fäusten freien Lauf ließ, um auf alles einzuschlagen, was sich in seiner Reichweite befand.

Auch bei großer Kälte war Tamsin lieber nach draußen gegangen.

Sie hatte angenommen, das Eheleben würde eine Verbesserung darstellen, doch darin hatte sie sich gründlich geirrt.

Scheinbar bestand das Los der Frauen darin,

dem Mann als Mittel zum Zweck zu dienen, an dem er seine Wut und Enttäuschung abreagieren konnte. Von den Frauen wurde erwartet, Tag und Nacht auf ihre Männer zu warten und all ihren Bedürfnissen nachzugeben. Obendrein sollten sie dann auch noch für sie da sein, um ihre Frustration an ihnen auszulassen. Warum schlugen Männer so heftig zu?

Sie selbst hatte nie gelernt, mit ihrer eigenen Frustration fertigzuwerden, außer sie zu ignorieren und vorzugeben, sie existiere nicht.

Als sie ein weiteres Mal ausglitt und ins Wasser stürzte, geriet dabei ihr Kopf unter Wasser und stotternd kämpfte sie darum, ihn hoch genug zu halten, um das Boot nicht aus den Augen zu verlieren, das sie retten konnte.

Leider geschah dann das Schlimmste, was nur denkbar war. Das Boot drehte ab und kehrte zur Isle of Mull zurück.

»Nein!«, schrie sie aus vollem Halse, denn sie wusste, dass ihre Worte ohnehin keine Rolle spielten. Ihren Vater hatte sie nicht interessiert und nun war sie auch ihrem Mann egal. Sie war dem Untergang geweiht, und die Zeit war gekommen, dies stillschweigend hinzunehmen. Vielleicht wäre der Himmel ja ein besserer Ort für sie.

KAPITEL SECHS

Thane

———∿∿———

THANES BOOT WAR fast auf halbem Weg zu den Felsvorsprüngen, als er hinter sich ein lautes Platschen hörte. Er drehte sich um und fluchte so laut er konnte. »Mora, was ist das für ein Blödsinn? Könntest du nicht einmal tun, was man dir sagt?«

Seine Schwester tauchte wie eine schöne Meerjungfrau unter, und als sie an die Oberfläche kam, warf sie den Kopf zurück und spuckte eine große Wasserfontäne aus ihrem Mund.

»Sollen wir umkehren, Thane?« fragte Artan.

»Wenn wir umkehren, wird die junge Frau auf dem Felsen unweigerlich ertrinken. Es gelingt ihr nicht, aus eigener Kraft im Wasser zu stehen«, bemerkte Brian, der auf sie deutete, als sie schon wieder ausrutschte und unter Wasser geriet, wobei sie mit Armen und Beinen ruderte, bis ihr Kopf wieder über der Oberfläche auftauchte.

»Mora kann ausgezeichnet schwimmen«, stellte Artan fest. »Diese junge Frau dort allerdings nicht.«

»Aye, wobei ich allerdings nicht glaube,

dass Mora den ganzen Weg zu den Felsen schwimmend zurücklegen könnte.« Thane drehte sich um und sah erst zu seiner Schwester und dann zu der jungen Frau, die im Wasser ruderte. Es war noch genug Zeit, um zu Mora zu gelangen, ehe die junge Frau der Flut zum Opfer fallen würde. Er hörte ein weiteres Platschen und drehte sich gerade noch rechtzeitig um, um zu sehen, wie sie wieder um sich schlug. Und was, wenn sie von dem Felsen fiele? Dann müsste er unweigerlich mitansehen, wie sie ertrank, ehe er bei ihr angekommen wäre.

Nun warf er wieder einen Blick zu seiner Schwester und ihren kräftigen Schwimmbewegungen, dann starrte er auf das Mädchen auf den Felsen.

»Sie ist nicht mit uns verwandt«, murmelte Brian. »Wir müssen zuerst Mora holen. Du weißt, dass es unsere Pflicht ist.«

Thane nickte und wusste, dass sein Bruder recht hatte. Er musste sich entscheiden.

»Du bist der Laird. Du triffst die Entscheidung«, stellte Artan fest.

Beide Männer hatten recht und Thane wusste das. Er musste mit seinem Gewissen ins Reine kommen. »Wendet das Boot, holt Mora und kommt dann zu mir zurück.«

»Du? Wo willst du hin?«, fragte Artan, als Thane seine Waffe auf den Rumpf des Bootes fallen ließ, seine Tunika, seinen Gürtel und seine Stiefel auszog und ins Wasser sprang.

Als er auftauchte, rief er ihnen zu: »Ich halte ihren Kopf über Wasser.«

Artan wendete das Boot, und Mora schrie Brian an: »Beeil dich. Es ist kälter, als ich dachte. Ich habe einen Fisch an meinen Füßen gespürt, und ich glaube, er könnte mich beißen, und ich möchte nach Hause.«

»Dann hättest du vielleicht nicht ins Wasser springen sollen.«

»Oder vielleicht hättest du mich mitfahren lassen sollen«, rief sie, strampelte im Wasser und spuckte in Brians Richtung.

Thane grinste, doch er verkniff sich einen Kommentar und richtete seine Aufmerksamkeit auf die junge Frau vor ihm. Sie hatte bemerkt, dass das Boot gewendet hatte; das konnte er deutlich an ihrer Miene ablesen. »Ich komme, um dir zu helfen«, rief er ihr zu.

Sie sah ihn nicht. Obwohl er noch fünf oder sechs Bootslängen von ihr entfernt war, konnte er die Panik in ihren Augen erkennen. »Ich bin hier! Hier! Ich lasse dich nicht im Stich.«

Endlich heftete sie ihren Blick auf ihn, und die Erleichterung malte sich auf ihrem Gesicht ab. Je näher er ihr kam, umso deutlicher wurde ihm, woran er vorher gar nicht gedacht hatte.

Das Mädchen war wunderschön. Selbst mit nassem und zerzaustem Haar war sie eine Schönheit, wie er schon lange keine mehr gesehen hatte. Sie war rothaarig, ihre Nase besaß einen kecken Schwung und sie war auf ihn als Retter angewiesen. Sie hatte blaue Augen, glaubte er, doch er war zu weit entfernt, um sicher ganz zu sein. Oder waren ihre Augen grün?

Dann fiel ihm allerdings noch etwas anderes

auf, als er ihr immer näher kam und mit seinen kräftigen Schwimmzügen so schnell wie möglich durch das Wasser pflügte, da er fürchtete, sie würde sich nicht mehr lange über Wasser halten können. Er hatte mit seinen Beobachtungen von der Klippe aus recht gehabt.

Im zarten Gesicht der jungen Frau waren mehrere Verletzungen zu erkennen. Ein blaues Auge, eine geprellte Wange und eine aufplatzte Lippe waren die Blessuren, die er mühelos aus der Ferne erkennen konnte. Ihr Blick blieb an ihm haften und sie flüsterte: »Hilf mir, bitte. Ich kann mich nicht mehr lange über Wasser halten.«

Ihre schwanden die Kräfte, was wahrscheinlich mit der Belastung zusammenhing, unter der sie litt, weil sie von Menschen, die sie kannte, über Bord geworfen, misshandelt und dem Tod ausgesetzt worden war.

»Bleibe stark. Ich komme schon.«

Sie antwortete mit einem Nicken, aber er glaubte, Tränen zu erkennen, die sich mit den Spritzern des Meerwassers auf ihrem Gesicht vermengten. Sollte das wirklich der Fall sein, dann war diese Frau keineswegs so kalt und herzlos wie seine Mutter. Nie hatte er sie weinen sehen und diese Hexe war sein Maßstab, anhand dessen er Frauen bewertete.

»Wer hat dir das angetan?«, rief er. »Dein Mann?«

Wieder antwortete sie mit einem Nicken und als sie noch einmal versuchte, sich aufzurichten, kippte sie dabei nach hinten über und ihr gesamter Körper tauchte unter Wasser.

Die arme Frau schlug panisch um sich, denn offenbar hatte sie sich noch nie zuvor in einer ähnlichen Situation befunden. Würde sie einfach ihre Beine ausstrecken, dann könnte sie ihren Kopf weiter über Wasser halten.

So wie es jetzt aussah, würde sie sich mit ihre Panik noch umbringen.

»Drück deine Füße nach unten. Stell dich auf deine Zehenspitzen. Du kannst den Felsen noch berühren!«

Sie musste sich nur beruhigen und ihr würde nichts passieren. Doch sie hörte nicht auf ihn und der Schreck stand ihr ins Gesicht geschrieben.

KAPITEL SIEBEN

Tamsin

———∽∾∾∽———

TAMSIN KÄMPFTE SO lange wie möglich, doch dann verließen sie ihre Kräfte. Der Mann schwamm auf sie zu, und das sehr schnell, doch wie lange gelänge es ihr, sich noch über Wasser zu halten? Hätte Raghnall sie nur nicht so misshandelt, dann wäre sie jetzt vielleicht noch imstande, ihr Gleichgewicht zu halten, doch sobald sie auf ihren linken Knöchel trat, gab dieser nach und sie konnte sich nicht aufrecht halten.

Sie glaubte, den Mann mit ihr sprechen zu hören, doch seine Worte waren ein reines Kauderwelsch, denn die durch die Wellen erzeugte Brandung, die auf die Felsen traf, übertönte seine Worte.

Dann tauchte sie wieder unter und suchend ruderte sie mit den Armen nach irgendetwas, woran sie sich festhalten konnte. Doch es war vergeblich. Sie hielt den Atem an, und ihr innerer Kampf ließ ob ihrer Erschöpfung nach und sie ergab sich ihrem Schicksal.

Und dann schoss ein heftiger Schmerz in ihr

auf. Dieser Schmerz in ihrem Bauch war zu heftig, um ihn einfach nicht zu beachten.

Ihre Gedanken wanderten zu ihrer süßen Tochter und wie unschuldig sie war. Sie dachte daran, wie dieses kleine Mädchen von ganzem Herzen liebte, immer lächelte und glücklich mit jedem schmuste. Alana war das Einzige, was ihren Kampfgeist anstachelte. Der Gedanke, dieses arme Mädchen könnte auf Gedeih und Verderb Raghnall und seiner Mutter ausgeliefert sein, trieb sie dazu, mit aller Kraft zu strampeln, um wieder an die Oberfläche zu gelangen. Endlich stieß sie mit dem Fuß an den Felsen, auf dem sie sich aufrichten konnte, und ihr Gesicht durchbrach die Oberfläche des kalten Meerwassers.

Sie schnappte nach Luft, wischte sich das Wasser aus den Augen und blickte sich erschrocken um, als sie den Mann in einiger Entfernung sah.

»Ich bin bei dir. Das Boot wird zu uns zurückkehren, also keine Panik. Ich werde deinen Kopf über Wasser halten. Versuche, dich zu beruhigen.«

Als er näher kam, packte sie ihn an den Armen, um sich in Sicherheit zu bringen.

Seine Augen fixierten die ihren, und er versicherte ihr: »Vorsicht, jetzt. Ich halte dich jetzt fest, aber du musst mir vertrauen. Du darfst mich nicht runterziehen, sonst klappt das nicht.«

Er stand auf dem Felsen und hob sie mühelos hoch, bis ihr Kopf weit über das Wasser ragte. Er musste ein großer Mann sein. »Sobald wir schwimmen, musst du dich von mir festhalten lassen, denn nur so kann ich dich vor dem Ertrinken bewahren.«

Sie nickte und fügte sich seinem Wunsch. »Bitte verlass mich nicht.« Sie zitterte und gewährte ihm die Gelegenheit, sie festzuhalten, wobei er seinen Körper so einsetzte, dass er sie in Sicherheit bringen konnte. Er stieß sich vom Felsen ab, und sie sank gegen seinen kräftigen Oberkörper, sein Arm glitt um ihren Hals, um sich dann unter ihrem anderen Arm zu verankern und sie zu führen, bis sie auf den Rücken rutschte und sich an ihn lehnte, wobei sein Körper sie über Wasser hielt. Das hatte sie noch nie erlebt.

Seine Stimme liebkoste ihre Seele, als würde er ihre Haut streicheln. »So ist es wunderbar. Lehn dich an mich und ich werde dich über Wasser halten. Konzentriere dich darauf, deine Augen in den Himmel zu richten. Schau nirgendwo anders hin. Halte deinen Kopf nach hinten geneigt und du wirst mit mir schwimmen.«

Wenn es ihr auch schwerfiel, tat sie, was er von ihr verlangte. Sie neigte den Kopf und blickte zu den Wolken über ihr auf, wobei ihr Körper einen Schwung erhielt, den sie nicht für möglich gehalten hatte.

Eine Stimme ertönte aus der Ferne. Ein weiteres Boot.

»Wir haben sie, Thane.«

Sofort verkrampfte sie sich und sein Griff wurde fester. »Keine Panik«, sagte er. »Es ist nur mein Bruder. Er redet von meiner Schwester. Entspann dich.«

Tamsin gelang es, seiner Aufforderung zu folgen und sie verlangsamte ihren Atem, als sie durch das Wasser glitten. Der Mann war riesig, und sein Körper in alle Richtungen größer als ihrer. Seine Füße durchbrachen die Oberfläche weit unter der ihren, was ein weiterer Beweis für seine Größe war. Die Muskeln seines Oberarms kräuselten sich durch seine Bewegungen und die starken Wellen beeinträchtigten ihn nicht im Geringsten.

»Von welcher Insel kommst du?«

»Ulva.«

»Dein Mann hat dich hier ausgesetzt?«

»Aye. Als Strafe dafür, dass ich ihm keinen Sohn geschenkt habe und sein Abendessen anbrennen ließ.«

»Ein mürrischer Mistkerl und ein gemeiner dazu. Wie ist dein Name?«

»Tamsin. Mein Mann ist Raghnall Garvie.«

»Da du auf Ulva lebst, nehmen wir dich mit auf die Insel Mull, wo du bei unserem Clan leben kannst.«

Sie spannte sich wieder an. »Nein. Meine Tochter. Ich muss zurückkehren.« Sie konnte ihr Töchterchen nicht bei dem grausamen Mann und seiner kaltherzigen Mutter lassen.

»Zuerst musst du gesund werden. Dann kannst du zurückkehren. Du brauchst eine Heilerin, wenn du deine Tochter wiedersehen willst.«

»Wirst du mir helfen, eine Heilerin zu finden? Hilfst du mir dann auch nach Ulva zu kommen?« Sie wusste nicht, wie sie sonst dorthin gelangen sollte. Schwimmen konnte sie jedenfalls nicht.

»Das kann ich dir nicht versichern, aber ich verspreche, jemanden zu finden, der dir hilft.«

Tamsin entspannte sich. Wenn sie auch wusste, dass es eine Dummheit war, musste sie zurückgehen. Sie war nicht einmal sicher, wo ihre Tochter war, aber sie musste es mit eigenen Augen sehen.

Denn wenn ihr Mann so herzlos war, seine Frau zu töten, würde er das Gleiche mit ihrer Tochter tun.

KAPITEL ACHT

Lennox MacVey

———∽∾∽———

LENNOX MACVEY, DER Laird des MacVey Clans, starrte den Laird des Rankin Clans, Sloan Rankin, an. »Warum zum Teufel sollte König Robert Duart Castle einem Angehörigen des Ramsay Clans übertragen?«

»Weil die MacDougalls keine Günstlinge von Robert the Bruce sind. Also hat unser König es den Ramsays geschenkt.«

»Was ist dir über den Clan bekannt?«, fragte Lennox. Er selbst wusste gar nichts über die Ramsays, was wahrscheinlich daran lag, dass er schon so lange hier auf der Isle of Mull zuhause war. Sein Vater hatte ihr Castle mit Blick auf den Sund von Mull erbaut, und da Taskill, sein einziger Bruder, der jüngere von beiden war, sollte das Amt des Lairds an Lennox übergehen. So war es auch an dem Tag vor zwei Jahren geschehen, als sein Vater das Zeitliche gesegnet hatte.

Er war auf Reisen in Europa gewesen und unverzüglich heimgekehrt, wobei er allerdings hauptsächlich in Frankreich und Spanien

Erfahrungen gesammelt hatte. Über die regionale Politik wusste er wenig.

Seine Mutter Rut, deren langes, geflochtenes Haar vom Alter ergraut war, schritt hinter dem Tisch hin und her. Ihr Untergewand war von einem atemberaubenden Goldton, der perfekt zu dem goldbraun karierten Obergewand passte. Er war auf seine Mutter angewiesen, von der er das meiste über die Führung des Clans – die Buchführung, die Nahrungsmittellager, die Boote, einfach alles – erfahren konnte. Er lernte allerdings schnell. Über beinahe jeden Clan in Schottland und auf den Inseln wusste sie etwas.

Sie blieb nicht stehen, um zu einer Erklärung anzusetzen, sondern setzte ihre Wanderung fort. »Der Ramsay Clan ist ein ehrenwerter Clan. Er ist durch einen ihrer Älteren, Logan Ramsay und seine Frau Gwyneth, berühmt geworden. Beide standen vor vielen Jahren als Spione bei König Alexander im Dienst. Seine Frau war eine bekannte Bogenschützin, wie auch die weiblichen Mitglieder des Clans. Wir könnten hier ein paar Bogenschützen gebrauchen, Lennox. Wir müssen uns mit ihnen anfreunden, anstatt sie gegen uns aufzuhetzen.«

Lennox lachte über diesen Vorschlag. »Ich für meinen Teil halte an meinen Schwertkünsten fest, und das werden unsere Wachen ebenfalls tun.«

»Viel mehr als das weiß ich auch nicht«, meinte Sloan, »aber ich würde liebend gern Bogenschützen in den Kampf führen. Am liebsten würde ich mich selbst zu einem Bogenschützen ausbilden lassen. Hast du sie schon besucht? Du bist ihr nächster Nachbar.«

»Nein, aber ich habe die Gegend von einem Mann auskundschaften lassen, und die Leute sind angekommen. Drei Pferde, drei Männer, zwei Frauen. Es heißt, es seien noch mehr unterwegs. Zwei ihrer Pferde sind Schlachtrösser.« Lennox sah zu Sloan, um seine Reaktion einzuschätzen. »Und sie sind prachtvoll, wie man mir berichtete.« Genau wie er erwartet hatte, zog Sloan die Stirn kraus.

Sie alle liebten Schlachtrösser.

Auf der Isle of Mull lebten fünf Clans, mit denen sie bekannt waren. Die MacDougalls, oder jetzt die Ramsays, hielten Duart Castle im Nordosten. Der Rankin Clan besetzte die nördlichste Region der Insel. Der MacVey Clan war zwischen den Rankins und Duart Castle angesiedelt. Es gab zwei weitere Clans auf der Insel, die MacQuaries im Westen und die MacClanes im Süden. Da sich in der Mitte der Insel Berge befanden, sahen sie beide Clans nicht oft.

»Vielleicht vermieten sie einen Hengst. Ich würde zahlen.«

»Das würden wir alle.«

»Wann sind sie angekommen?«

Sloan blickte zu den Balken über ihm auf und sein braunes Haar traf auf seinen Kragen und stellte sich auf. Es war Lennox´ Bruder Taskill, der die Gunst aller Frauen genoss. Er hatte das Charisma, an dem es Sloan und ihm mangelte. Lennox war der Flinkste unter den Geschwistern, aber Sloan war ein Zahlengenie. Ganz im

Gegensatz zu Sloans Bruder Rinaldo, der das ganz und gar nicht war. Sein Bruder besaß zwar ein großes Herz, doch ihre Mutter hatte ihnen vor langer Zeit erzählt, dass sie ihn um ein Haar bei der Geburt verloren hätten.

Lennox wusste, dass er mit seinem dunklen Haar für viele Frauen nicht anziehend wirkte. Er war immerhin inzwischen siebenundzwanzig und noch unverheiratet. Er hegte auch keine konkreten Heiratspläne, obwohl seine Mutter ihn häufig aufforderte, nach einer Ehefrau Ausschau zu halten, und sei es nur, weil er einen Erben brauchte, damit das Castle in der Familie blieb. Lennox hatte in dieser Angelegenheit keine Eile.

Seine blauen Augen waren sein attraktivstes Merkmal. Manch einer würde sie als eiskalt bezeichnen, denn sie waren von einem hellen Blau. Er wurde auch als kalt beschrieben, weil er nicht viel redete. Meist übernahm Taskill das Reden für ihn und er war auch sein Stellvertreter. Das gefiel ihm. Lennox ergriff lieber das Wort, wenn es um Sloan oder seine Mutter ging, oder wenn das Wohlergehen des Clans zur Debatte stand oder die Aufstellung eines Wachtrupps zum Schutz des Castles erörtert wurde. Taskill übernahm das Reden, wenn es um die alltäglichen Dinge des Clans ging.

Ihm war zu Ohren, gekommen, dass die MacClanes darauf hofften, die gesamte Insel zu beherrschen, was sich allerdings als schwierig erweisen würde, wenn sie noch einen weiteren Clan bekämpfen müssten. Das gesamte Gespräch kam zum Erliegen, als die Tür zu Lennox´

Kabinettstube geöffnet wurde. Taskill stand da und verkündete: »Besucher. Ein MacQuarie und eine junge Frau, die misshandelt wurde. Sie wollen Doiron sehen. Was sagt ihr dazu?«

Ihre Mutter schob sich zur Tür hinaus. »Ich sage, holt die Heilerin. Und ich kümmere mich darum, in Erfahrung zu bringen, wer der Schuft ist, der sie geschlagen hat.«

Lennox folgte seiner Mutter, Sloan und Taskill hielten sich hinter ihm.

Auf den Anblick, der sich ihnen bot, war er nicht gefasst. Das Mädchen war nicht nur misshandelt worden.

Die Gräueltat an ihr war in der Absicht begangen worden, sie zu töten. Und den Gesichtern nach zu urteilen, dachten alle anderen dasselbe.

Die arme junge Frau war nicht imstande, aus eigener Kraft zu laufen.

Thane sagte: »Sie braucht die Heilerin. Sie hat nicht mehr viel Zeit.«

KAPITEL NEUN

Thane

GELASSEN SCHÄTZTE THANE seine Verbündeten ab. Wenigstens betrachtete er den MacVey Clan und den Rankin Clan als Verbündete. Oft schon war ihm vorgeworfen worden, sich kalt und distanziert zu geben, aber das war die Wahrheit.

Der MacQuarie Clan lag weit entfernt von allen anderen, denn er siedelte auf der Westseite der Insel. Deshalb kamen sie auch nicht häufig in diese Gegend. Doch nach einem Blick auf Tamsin wusste er, dass er mit ihr zu den MacVeys musste. Der MacVey Clan hatte jedenfalls eine Heilerin, worauf er sehr neidisch war.

Der MacQuarie Clan brauchte eine eigene Heilerin, doch er wusste beim besten Willen nicht, wen er dorthin in die Ausbildung schicken sollte. Doiron war in die Jahre gekommen, also war es unwahrscheinlich, dass sie eine Reise auf sich nehmen würde. Und der Clan hatte nur wenige weibliche Angehörige, die ein kostbares Gut waren, das er nicht an einen anderen Clan verlieren wollte.

»Folgt mir. Ich bringe euch zu ihrem Cottage«, forderte Lennox sie auf und führte den Trupp zu einem kleinen Häuschen im hintersten Winkel des inneren Burghofs.

Die dort ansässigen Bewohner gaben ihr Bestes, um ihre Neugier zu kaschieren, doch sie alle erkannten den Zustand der wunderschönen jungen rothaarigen Frau in seinen Armen. Er starrte sie alle an und zwang viele von ihnen dazu, den Blick abzuwenden, aber nicht, ehe sie einen ausgiebigen Blick auf sie erhascht hatten.

Thane bemerkte, dass Tamsin nicht mehr bei sich war. Er wollte sie schütteln, aber sie rührte sich nicht. Dann kontrollierte er, ob sie regelmäßig atmete, und wenn ihre Atmung auch immer flacher wurde, konnte er das schwache Heben und Senken ihres Brustkorbs erkennen.

»Wer ist sie, MacQuarie?«

»Ihr Name ist Tamsin. Ihr Mann hat sie mitten im Loch Tuath ausgesetzt. Er hat sie auf einem Felsen zurückgelassen, in der Hoffnung, dass sie dort den Tod findet, wenn die Flut kommt. Das nehme ich jedenfalls an, denn sie kann nicht schwimmen.«

Lennox riss den Kopf zurück und starrte Thane an. »Wer ist ihr Mann?«

»Raghnall Garvie. Ich weiß nichts über ihn. Kennst du ihn? Sie sagte, sie leben auf Ulva.« Thane legte Wert darauf, sich um seine eigenen Angelegenheiten zu kümmern.

Sloan begann zu husten. »Garvie? Hast du Raghnall Garvie gesagt?«

Thane zuckte mit den Schultern. »Ich werde sie fragen, wenn sie überlebt.«

Sloan warf einen Blick auf Lennox und sagte: »Erwähne nicht meinen Namen, wenn du irgendjemandem erzählst, du hättest sie gerettet. Er wird an jedem Rache nehmen, der sie gerettet hat, wenn seine Absicht gewesen war, sie zu töten. Nimm mich beim Wort. Ein teuflischer Schuft.«

Thane schnaubte. »Offensichtlich.« Von einem grausamen Mann würde er sich nicht einschüchtern lassen. In der Regel ließen sie sich mühelos überwältigen, wenn einem die nötigen Wachen und Waffen zur Verfügung standen – wovon er mit Sicherheit mehr brauchte.

Sie hatten das Häuschen erreicht und Lennox klopfte, bevor er die Tür öffnete. »Doiron, ich habe einen Patienten für dich. Eine arme junge Frau braucht deine Hilfe.«

Doiron kam zur Tür und betrachtete das Mädchen mit finsterem Blick. Sie hatte graues Haar, aber gütige Augen. Um die Hüfte war sie breit und ihre Bewegungen waren behäbig, aber ihre Augen registrierten alles. »Irgendwelche Wunden? Tierbisse? Irgendetwas dergleichen? Wie lange hat sie nicht mehr gesprochen?«

»Ein paar Stunden.«

»Legt sie dort auf die Pritsche und dreht ihr den Rücken zu.« Thane tat, was sie verlangte, und die Männer wandten sich von ihr ab. Thane konnte hören, wie sie Tamsin etwas zuflüsterte, dann hörte er das Rascheln von Stoff, gefolgt von einem scharfen Einatmen der Heilerin.

Thane drehte sich schnell weg und war

schockiert, als er die blauen Flecken auf Tamsins Körper sah. Er warf den Kopf zurück, als ob er sich verbrannt hätte. Er hatte schon Männer gesehen, die so verprügelt worden waren, aber noch nie eine Frau. Was zum Teufel war Raghnall Garvie für ein Mann?

Doiron raschelte erneut, dann sagte sie: »Ihr könnt euch umdrehen. Ich kann ihr nicht helfen.«

Da Thane keine Heilerin hatte, war er mehr als verwirrt. »Warum nicht?«

»Wahrhaftig, Doiron. Du musst doch imstande sein, irgendetwas für sie zu tun.«

»Das kann ich nicht. Sie wurde schlimmer verprügelt als jeder Mann, der mir je unter die Augen gekommen ist. Ich versorge gebrochene Knochen und nähe Wunden. Ich bringe Kinder zur Welt. Ich kann niemandem helfen, der keine Wunde und keinen Knochenbruch hat. Wir müssen sie einfach in Frieden lassen und abwarten, ob sie wieder zu sich kommt.«

»Können wir denn gar nichts tun?« Thane sah sich suchend in dem kleinen Häuschen um. Überall standen Fläschchen und Tinkturen. Ganz bestimmt gab es hier irgendetwas, das Tamsin bei der Heilung helfen konnte.

Doiron zuckte mit den Schultern. »Vielleicht gibt es noch eine andere Möglichkeit.«

»Was? Ich werde alles tun, was ich kann«, versprach Thane, der überhaupt nicht verstand, warum er sich darauf einließ. Vielleicht sollte er Tamsin hier lassen und zu seinem Clan zurückkehren.

»Ich bin mir nicht sicher, aber es gibt

wahrscheinlich eine andere Heilerin, die bei dieser Art von Leiden helfen kann.«

Er konnte Tamsin nicht einfach hier zurücklassen, denn er fühlte sich von einer sonderbaren Kraft angetrieben, ihr zu helfen. »Sag es mir, bitte.«

»Ich hörte, die Neuen auf Duart Castle sind vom Ramsay Clan. Lady Brenna Ramsay ist die beste Heilerin auf dem ganzen Festland. Eine der jungen Frauen dort ist glaube ich ihre Enkelin. Es wäre einen Versuch wert, sie zu fragen, ob sie irgendwie helfen kann.«

»Hat jemand von euch dort schon einen Besuch gemacht?«

»Nein, aber meine Männer haben sie beobachtet. Es sind nur fünf, und sie scheinen nicht feindlich gesinnt zu sein«, erklärte Lennox.

Thane dachte einen Moment lang nach. Ganz bestimmt würden sie keinen Mann angreifen, der um Hilfe ersucht. Er musste alles versuchen. »Also schön. Ich werde sie dorthin bringen. Vielen Dank für eure Hilfe.«

»Ich bedauere wirklich, dass ich nicht helfen konnte«, meinte Doiron. »Allerdings würde ich liebend gern Bekanntschaft mit diesem fiesen Kerl machen, der ihr dies angetan hat.«

Lennox, Sloan und Thane drehten sich alle zu ihr um und waren überrascht, dass sie so lautstark darüber sprach. »Warum?«, fragte Lennox.

»Weil ich ihn zu den Ramsay Bogenschützinnen schleifen würde. Ich hoffe, dass eine der beiden Ramsay Frauen auf Duart Castle Bogenschützin ist.«

»Warum?«, fragte Sloan und schürzte die Lippen.

Mit einem süffisanten Grinsen verschränkte Doiron die Arme. »Ihr habt doch sicher schon von ihrem Ruf gehört.«

Alle drei schüttelten den Kopf. Thane hatte nicht die geringste Ahnung, worauf sie anspielte.

Doiron gluckste. »Der letzte Mann, der sich mit einer Ramsay Bogenschützin angelegt hat, bekam einen Pfeil direkt durch die Hoden. Und sie war nicht die Erste, die das getan hat. Ihre Großmutter hat es ihr beigebracht. Wie ich gehört habe, war einmal ein Mann dumm genug, eine ihrer jungen Bogenschützinnen als Braut zu stehlen. Das ist nicht gut für ihn ausgegangen. Der Ehemann des Mädchens hat ihn festgehalten, während sie einen Pfeil aus der Ferne abschoss.« Sie zeigte auf einen Bereich von Thane. »Sie traf ihn genau an seiner empfindlichsten Stelle. Er hat es nicht überlebt. Die anderen, die in seiner Begleitung gewesen waren, hatten nicht schnell genug das Weite suchen können. Dann stieß Doiron ein herzhaftes Lachen aus. »Ich wünschte, ich hätte das miterleben können.«

Lennox schluckte schwer, Sloan trat hinter Lennox von einem Bein aufs andere, und Thane meinte: »Das muss er dann wohl verdient haben. Hoffentlich ist sie auf Mull und findet Garvie. Bestimmt wäre es das reinste Vergnügen, ihr zuzuschauen.«

Thane ging zu der Pritsche hinüber und hob Tamsin herunter, aber sie gab nicht den geringsten Laut von sich und sie rührte sich auch nicht.

»Gott sei mit dir, mein Junge, und auch mit deinem Mädchen. Doiron versetzte ihm einen kleinen Klaps auf die Schulter, als er durch die Tür trat.

»Sie ist nicht mein Mädchen«, rief er noch über die Schulter zurück.

Doiron lachte leise und legte den Kopf schräg. »Bist du dir da sicher?«

Thane runzelte zwar die Stirn, doch es wollte ihm keine passende Antwort darauf einfallen. Nie zuvor hatte ihn jemand so aus dem Konzept gebracht wie Tamsin Garvie. Und weil er die meisten Frauen als nutzlos erachtete, kam er nicht darauf, was ihn so zu ihr hinzog.

Im Augenblick konnte er einfach gar nichts erklären.

KAPITEL ZEHN

Eli und Alaric

ELI UND ALARIC arbeiteten auf einem Abschnitt fruchtbaren Landes, das sich an einer Seite des Castles anschloss, aber innerhalb der Mauern lag und damit vor wilden Tieren und Salzwasser geschützt war. Sie mussten dringend Gemüse aussäen. Als sie die Umgebung erforschten, hatten sie Glück und stießen dabei auf einen schönen Hain mit Apfelbäumen und auch einen Hain mit frisch gesetzten Birnbäumen und Beerensträuchern, der außerhalb der Mauer lag.

Sie benötigten allerdings mehr als Obst und Fleisch.

Maitland war auf das Festland zurückgekehrt, um nach Maeve zu sehen und weitere Vorräte herbeizuschaffen. Zudem beabsichtigte er, ein paar Wachen unter Vertrag zu nehmen, wenn er konnte. Eines ihrer Ziele hatte darin bestanden, zunächst einmal herauszufinden, viele Kammern und den Zustand der Stallungen und Keller zu überprüfen, ehe sie irgendjemanden einluden, sich ihnen anzuschließen.

Mit den Räumlichkeiten, die sie vorfanden, waren sie mehr als zufrieden gewesen. Obwohl es bereits ein bisschen spät für die Aussaat war, hofften sie, Kürbis, Rüben und Erbsen anbauen zu können. Maitland wollte außerdem mit weiteren Vorräten zurückkehren. Hoffentlich würde er mehr Saatgut, einiges an Wolle für Kleidung und zusätzliche Küchengerätschaften zum Kochen und Essen mitbringen. Zwar gab es hier einen kleinen Vorrat, aber wenn sie Besuch bekämen, würde ihr Geschirr nicht reichen.

Im zweiten Stockwerk befanden sich zahlreiche Kammern und der Turm enthielt ebenfalls einige. Die aus Stein errichteten Stallungen besaßen einen Anbau und sie konnten mit Pritschen für die Wachen ausgestattet werden, da das Gebäude nahe an der Mauer lag. Der hölzerne Stall lag dichter bei den Toren und wurde den Hengsten vorbehalten, da er geräumig war und über eine gute Belüftung und Lagerung verfügte.

Die MacDougalls hatten ein wunderschönes Castle erbaut.

Eli fasste sich an den Bauch und beugte sich beinahe vornüber.

»Was stimmt nicht Eli?« Alarics Gesicht zeigte ihr genau, wie besorgt er um sie war. Ihr Mann wusste von ihrer seltenen Fähigkeit – der Fähigkeit, den Schmerz eines anderen Menschen zu spüren.

»Ich fühle mich, als hätte man mir mehrmals eine Faust in den Bauch gerammt. Siehst du hier jemanden?« Sie beugte sich vor, um ihre Körpermitte zu schützen, und richtete den Blick suchend auf die Umgebung, bis sie beim Tor anlangte. »Ein Fremder nähert sich.«

Sobald sie nach draußen trat, erkannte sie das Problem. Zwei berittene Männer näherten sich, von denen einer eine junge Frau in den Armen hielt, die entweder schlief oder bewusstlos war. Als sie nahe genug waren, um abzusteigen, entgingen ihr die blauen Flecken im Gesicht der Frau nicht.

Ein Teufel musste sie schwer misshandelt haben.

Alaric trat vor seine Frau und sagte: »Wer seid ihr? Was führt euch nach Duart Castle?«

»Ich habe hier eine junge Frau, die Eure Hilfe braucht. Die Heilerin des MacVey Clans hat mich zu Euch geschickt. Sie sagte, sie wisse nicht, was man für sie tun könne«, antwortete der Mann, der die Frau auf den Armen trug. Er trat näher und hielt sie fest an sich gedrückt.

»Eure Namen? Und ist sie deine Frau?«, fragte Alaric.

»Ich bin Thane MacQuarie, Laird des MacQuarie Clans an der Westküste. Das ist mein Bruder Brian. Ich habe die junge Frau halbtot auf einem Felsen in einiger Entfernung von der Küste gefunden. Wir wissen nicht, wer sie ist, aber sie hat mit uns gesprochen, nachdem ich sie von dem Felsen mitten im Wasser rettete, wo ihr Mann sie zurückgelassen hatte. Dort nannte sie mir ihren Namen. Wir werden euch keinen Schaden zufügen. Wir brauchen Hilfe.«

Alaric schob sein Schwert in die Scheide und trat zurück, damit Eli vortreten konnte, um das Mädchen zu inspizieren. Eli warf einen kurzen

Blick auf sie und fragte dann: »Hat sie irgendwelche Wunden oder gebrochene Knochen?«

»Nein«, entgegnete Thane. »Die Heilerin der MacVeys verneinte dies. Sie erklärte uns, dass sie sich nur mit gebrochenen Knochen, Wunden und Entbindungen auskennt. Wir wissen nicht, warum sie nicht aufwacht, aber sie ist von ihrem Mann misshandelt worden.«

»Von welchem Clan ist sie?«, fragte Alaric, wobei seine Verärgerung deutlich in seiner Stimme zu hören war.

»Sie gehört nicht zu unserem Clan, sondern zu einem von Ulva. In meinem Clan würde es niemand wagen, seine Frau so zu misshandeln«, entgegnete Thane schnaubend.

»Wo ist euer Clan noch mal, Laird?«, fragte Alaric.

»Wir leben im Westen. Ihr seid neu hier. Man sagte mir, ihr hättet eine gute Heilerin.«

Eli nickte. »Ich wurde von Jennie Cameron und Brenna Ramsay ausgebildet. Die Besten im ganzen Land. Bringt sie rein, und ich untersuche sie dann.« Eli war für immer dankbar, dass Tante Jennie bereit gewesen war, sie auszubilden. Der Bedarf an Heilerinnen war enorm, und sie hatte ihre Aufgabe immer als interessant erachtet. Tante Brenna hatte sich nicht gut gefühlt, und so war Eli zu den Camerons umgesiedelt, um die Heilkunst zu erlernen, womit sie näher bei Alarics Familie lebten, was ihm ermöglichte, seine Brüder zu besuchen, während sie ausgebildet wurde.

Tante Jennie hatte für Eli einen Lederbeutel vorbereitet, der mit Tränken und Salben,

Leinentüchern und speziellen Nadeln zum Nähen von Wunden gefüllt war. Zum Glück hatte sie ihn schon ausgepackt.

Brian starrte sie mit einem merkwürdigen Gesichtsausdruck an. »Seid Ihr eine dieser Bogenschützinnen der Ramsays, von denen man so viel spricht?«

Eli konnte ihr Lächeln unterdrückten. Sie liebte es, wenn ihr Ruf als gute Bogenschützinnen ihnen vorauseilte. »Aye, so ist es. Ich bin aber auch eine gute Heilerin. Was wisst ihr über die Frauen der Ramsays?«

Wie von selbst bewegte sich Brians Hand, um seinen Intimbereich zu schützen. »Nur, dass Ihr sehr gut mit dem Bogen umgehen könnt.«

Eli brauchte keine weiteren Fragen zu stellen. Männer waren so dumm. Sie konnte nicht umhin, sich zu fragen, wie diese Leute hier im fernen Mull wohl davon gehört hatten.

Alaric führte sie nach drinnen und wies auf eine Pritsche in einer Kammer am Ende des Korridors, wo die junge Frau abgelegt werden sollte. Dann winkte er die Männer heran. »Ich hole euch allen ein Ale.«

Brian folgte Alaric zurück in die große Halle, doch der Laird blieb.

Eli inspizierte die junge Frau ganz genauso, wie Tante Jennie es ihr beigebracht hatte, und fragte dann: »Wie lange ist es her, dass ihr sie gefunden habt?«

»Kurz nach dem ersten Licht.«

»Ihre Prellungen befinden sich noch im Anfangsstadium. Ich vermute, dass sie vor

Erschöpfung und Schmerzen schläft. Würdet ihr wohl meinen Mann bitten, etwas Ziegenmilch zu besorgen?«

Thane nickte und ging.

Eli nutzte die Privatsphäre, um den Körper der Frau unter ihrer Kleidung zu betrachten, indem sie sie auszog und ihr ein sauberes Nachthemd überstreifte. Die Ärmste hatte blaue Flecken von den Oberschenkeln bis zum Gesicht, und das Schlimmste war ihr Bauch. Dann bemerkte sie noch etwas anderes.

Sie blutete ziemlich stark zwischen ihren Beinen. Hatte sie vor kurzem ein Kind zur Welt gebracht oder war das ihre normale Blutung? Als sie diesen Bereich untersuchte, schlug die Frau die Augen auf und hätte fast geschrien, doch Eli gelang es, sie zu beruhigen. »Ich werde dir nicht wehtun. Ich bin eine Heilerin. Hast du kürzlich ein Kind zur Welt gebracht?«

»Nein. Ich habe das Kind verloren.«

Das erklärte vieles. Sie war zu schwach, vermutete Eli. Durch den Blutverlust und die Schmerzen würde sie Zeit brauchen, um wieder zu gesunden. Ein bisschen Flüssigkeit, etwas Essen und Ruhe, um ihre Prellungen zu heilen, wären ein guter Anfang. »Wie ist dein Name?«

»Tamsin Garvie.«

»Wer hat dir das angetan, Tamsin?«

Sie stieß einen tiefen Seufzer aus und antwortete dann: »Mein Mann. Ich habe sein Essen anbrennen lassen.«

»Herzloser Narr. Ich würde gerne ein Weilchen mit ihm verbringen. Ist er hier bei dir?« Eli stellte ihr die kühne Frage, denn es wäre nicht das erste Mal, dass jemand über seine Identität log.

»Nein. Er ist nach Ulva zurückgefahren, nachdem er mich auf einem Felsen im Meer zurückgelassen hatte, um mir eine Lektion zu erteilen.«

»Oder war es vielleicht seine Absicht, dass du stirbst? Hast du diese Möglichkeit in Betracht gezogen? War er böse auf dich?«

»Ja. Ich habe den Topf zu lange über dem Feuer gelassen und ihm eine Tochter statt eines Sohnes geschenkt. Kannst du mir sagen, wie ich sicherstellen kann, dass das nächste Kind ein Junge wird? Ich weiß nicht, wie man das macht.«

»Ich weiß es nicht und niemand weiß es. Es liegt in der Natur Gottes, zu entscheiden, und niemand wird es wissen, bis das Baby sich entscheidet, geboren zu werden. Dein Mann ist ein Narr.« Eli beugte sich vor, um die wunderschöne junge Frau genauer zu betrachten. »Sind deine Augen von unterschiedlicher Farbe?«

»Ja, aber ich bin keine Hexe oder Ähnliches. Mein Vater musste extra bezahlen, um einen Ehemann für mich zu finden.«

Eli lehnte sich ein wenig schockiert zurück. »Dein Vater hat deinen Mann bezahlt?«

»Aye, doppelt.«

»Der Ehemann soll deinen Vater bezahlen.«

Tamsin wirkte verwirrt und ihre Augen trübten sich.

»Schon gut.« Sie tätschelte Tamsins Hand. »Das geht mich nichts an. Sag mir, wo du Schmerzen hast.«

»Außer den Prellungen schmerzt mein linker Knöchel. Ich hatte Schwierigkeiten, darauf zu stehen.«

Eli untersuchte ihr Bein und sagte: »Ich lege einen Verband an.«

»Vielen Dank an dich. Werde ich überleben?«

Eli nickte gerade, als die Tür aufging und Thane mit der Ziegenmilch zurückkam, Brian und Alaric hinter ihm.

Thane bemerkte das sofort. »Du bist wach?«

»Aye. Ich bin durstig und müde. Vielen Dank, dass Ihr mich gerettet habt, Mylord.«

Eli half ihr, die Milch in Schlucken zu trinken.

Thane sagte: »Wir werden in ein paar Tagen zurückkehren. Kann sie bis dahin bei euch bleiben?«

Eli nickte. »Ja, gewiss. Sie wird Zeit brauchen, bevor sie wieder reisen kann.« Maitland und Derric waren auf das Festland zurückgekehrt, sodass sie nur noch zu dritt waren, aber sie hatten noch keine Bedrohung entdeckt.

Hätte sich die Gelegenheit dazu ergeben, würde sie den Laird jetzt gefragt haben, warum er es so eilig hatte und warum er aussah, als ob er jemanden töten wollte. Sie ließ ihn vorerst ziehen, aber sie würde alles über diese Frau und die beiden Männer in Erfahrung bringen, ehe diese zurückkehrten.

Hier ging etwas Merkwürdiges vor sich. Sie hatten noch viel über ihren neuen Clan und die Isle of Mull zu lernen.

KAPITEL ELF

Tamsin

———◆———

ALS TAMSIN AM nächsten Tag aufwachte, stellte sie überrascht fest, dass die Sonne gerade aufging und sie in einem unbekannten Bett anstatt ihrem eigenen lag. Mit Mühe richtete sie sich in eine sitzende Position auf, rieb sich die Stirn und versuchte, sich an den vergangenen Abend zu erinnern.

Am Ende fiel ihr alles wieder ein und die Schmerzen an den verschiedensten Körperstellen brachten ihr das Geschehene wieder in Erinnerung.

Raghnall hatte sie auf einem Felsen ausgesetzt, damit sie dort den Tod fand, und ein gutherziger Mann hatte sie gerettet. Dann war sie von ihm hierher gebracht worden, worauf er dann offenbar gegangen war. Sie erinnerte sich an eine junge Frau, die sie versorgt hatte, anders als die alte Heilerin, die sie auf der Insel Ulva hatten. Die Frau war so alt, dass niemand ihr wahres Alter kannte.

Die Tür ging auf und die junge Frau, die sie gestern kennengelernt hatte, lugte herein, sodass

Tamsin ihr Bestes tat, sich zurechtzusetzen. Sie musste herausfinden, wo sie war, und dann zu ihrer Tochter zurückkehren.

»Du bist wach?«, fragte die Heilerin.

Tamsin antwortete mit einem Nicken und wartete darauf, dass sie eintrat. »Wer bist du?«

»Mein Name ist Elisant Ramsay. Ich bin mit meinem Mann Alaric Grant frisch verheiratet. Mein Clan hat dieses Castle von König Robert geschenkt bekommen, da es unbewohnt war. Wir werden hier einen neuen Clan gründen, den Grantham Clan.«

Tamsin zuckte mit den Schultern, weil sie nicht wusste, was sie antworten sollte. Sie wusste nichts über König Robert, abgesehen von seinem Namen, und hatte keine Ahnung von den Grants und Ramsays. Das hatte für sie keine Bedeutung, also dachte sie nicht weiter darüber nach. »Wo genau bin ich? Ich muss zugeben, ich bin durcheinander.«

»Das ist die Isle of Mull. Du sagtest, dein Mann lebt auf Ulva. Stimmt das?«

»Aye. Ich lebe auf Ulva, seit ich verheiratet bin. Auf Mull war ich noch nie. Wie weit ist Ulva entfernt?«

Eli kam herüber und ließ sich auf einem Schemel gegenüber von Tamsin nieder. »Ich bin neu auf der Insel, und deshalb weiß ich das nicht mit Sicherheit. Wir werden dir aber auf jede nur erdenkliche Weise helfen, die du dir wünschst. Wenn du lieber hierbleiben möchtest, kannst du das tun. Aber zuerst musst du wieder zu Kräften kommen. Da ich dir dein Kleid ausgezogen und dein Nachthemd angezogen habe, sah ich all die blauen Flecken an deinem Körper, Mädchen.«

Tamsin zog den Ausschnitt ein Stück vor, sodass sie einen Blick auf ihre Brust und ihren Bauch werfen konnte. Eli hatte recht. Sogar ihre Beine wiesen Prellungen auf. Kein Wunder, dass ihr alles wehtat. Sie hob den Kopf und meinte: »Ich danke dir.«

»Wie geht es dir heute Morgen, Tamsin?«

»Ich fühle mich immer noch wie zerschlagen. Im Augenblick bin ich hungrig. Darf ich etwas essen?«

»Wir haben Porridge. Aber noch keinen Honig. Ich bringe dir welchen, und auch etwas Ziegenmilch. Um zu heilen, musst du essen, damit du wieder zu Kräften kommst.«

»Ich würde gern etwas Porridge haben, wenn es nicht zu viele Umstände macht. Und ich bleibe ein oder zwei Tage, wenn dir das recht ist. Dann muss ich heimkehren.« Tamsin musste unbedingt zu ihrer geliebten Tochter. Als Allererstes musste sie aber herausfinden, wo genau Alana war. Sie könnte bei Raghnalls Mutter sein, doch diese Frau brachte nur wenig Geduld für ein Kleinkind auf. Wo würde Raghnall sie sonst unterbringen? Genau das würde sie herausfinden müssen.

Eli erhob sich von ihrem Schemel und meinte: »Wir haben Feuer im Kamin gemacht. Willst du lieber in unserer großen Halle essen, wo es warm ist? Wir haben auch warme Felle für deinen Schoß. Ich bin im Moment die Einzige in der Halle. Ich kann dir in einen der größeren Stühle helfen. Es gibt kleine Tische, die wir neben dich stellen können.«

»Das klingt wundervoll.« Tamsin stand auf, doch dann hielt sie inne, um ihre Kräfte zu sammeln. Noch hatte sie die Realität dessen, was geschehen war, nicht in ihrem vollen Umfang begriffen. Worin die Absichten ihres Mannes bestanden hatten, war die wichtigste Frage, auf die sie eine Antwort finden musste. In welcher Absicht hatte Raghnall sie auf diesem Felsen zurückgelassen, obwohl ihm sehr wohl bekannt war, dass sie nicht schwimmen konnte?

Sie zwang ihren Geist, sich anderen Gedanken zuzuwenden, da ihr davor graute, die Wahrheit ihrer Situation anzuerkennen. Ihr Mann hatte ihren Tod gewollt und sie zu töten versucht.

Eli half ihr in die Halle, und vorsichtig setzte sie sich auf den Stuhl beim Kamin. Der Porridge duftete herrlich, und Tamsins Bauch reagierte mit einem vernehmlichen Knurren. »Ich bin hungrig. Verzeih mir.«

»Da gibt es nichts zu verzeihen. Du musst dich ausruhen. Setz dich hin und iss. Ich werde dir eine Weile Gesellschaft leisten.«

Die wohlige Wärme vom Kamin durchdrang sie und brachte sie zum Lächeln. »Das ist so eine schöne Halle.« Sie war viel schöner als irgendeine Kammer in Raghnalls Heim. Viel größer, viel sauberer, viel wärmer.

»Das ist sie«, antwortete Eli, die ihr half, sich auf dem Stuhl zurechtzusetzen und ihr dann ein Fell für ihren Schoß reichte. »Sobald wir all unsere Ausrüstungsgegenstände erhalten haben, hoffe ich, einen schönen Teppich für diesen Bereich der Halle zu finden und einige neue Wandteppiche für die Wände. Wir haben nach Kissen für die Stühle geschickt. Wenn wir erst einmal Lavendel getrocknet haben, wird der Duft hoffentlich auch angenehm sein.«

Eli stellte Tamsins Essen auf den Beistelltisch und holte dann die Ziegenmilch. Nachdem Tamsin ein paar Löffel von ihrem Porridge gegessen hatte, fing Eli an, ihr Fragen zu stellen. Tamsin beantwortete die Fragen nach bestem Wissen, aber sie musste erfahren, wer der Mann war, der sie hierher gebracht hatte. Zumindest schuldete sie ihm ihren Dank dafür, dass er zu ihr geschwommen war, um ihr zur Hilfe zu kommen.

»Der Mann, der dich hergebracht hat, sagte, dein Mann habe dich auf dem Felsen zurückgelassen, damit du dort den Tod findest. Glaubst du, dass das wahr ist?«, fragte Eli.

Tamsin war noch nicht bereit, diese Frage zu beantworten, also umging sie eine Antwort. »Wer war dieser Mann? Ich muss ihm meinen Dank aussprechen. Ist er draußen?« Über das Zittern ihrer Hände überrascht, aß sie trotzdem weiter, denn sie hatte nur ein Ziel vor Augen: Alana zu finden.

»Sein Name ist Thane MacQuarie, und er ist der Laird des MacQuarie Clans. Er lebt auf der Westseite der Insel, weshalb er das Boot deines Mannes von der Klippe in der Nähe seines Heims sehen konnte. Er hat mitangesehen, wie dein Mann dich auf dem Felsen absetzte und dich schlug.«

Unfähig, der Heilerin in die Augen zu sehen, aß Tamsin einen Löffel Brei und fragte dann: »Darf ich ihn bitte sehen?«

»Thane ist zu seinem Clan zurückgekehrt. Er hat uns alles erzählt, was er über dich und deine Umstände weiß, aber er ist Laird. Er muss sich um seine Verpflichtungen kümmern.«

»Was hat er gesagt?«

»Dass dein Mann dich töten wollte.« Eli sprach ohne Umschweife, aber ihre Worte überraschten Tamsin nicht.

Es bestand nicht der geringste Grund, ihr die Wahrheit vorzuenthalten. »Er hat es so gewollt. Dank Thane ist es nicht dazu gekommen. Er schwamm zu mir und hielt mich über Wasser, bis ein Boot uns abholte. Raghnall wusste, dass ich nicht schwimmen kann, also dachte er, wenn die Flut kommt, würde ich auf den Felsen sterben.«

»War er aus irgendeinem Grund wütend auf dich? Wir haben gestern Abend darüber gesprochen, das weiß ich wohl, aber ich möchte deine Antworten noch einmal hören. Meine Befürchtung ist, dass du gestern Abend vielleicht im Delirium warst. Ich möchte sichergehen, dass ich genau begreife, was sich zugetragen hat.«

Nur mit Mühe konnte sich Tamsin überhaupt an gestern Abend erinnern, und sie wusste nur, dass sie dank eines gutherzigen Mannes überlebt hatte. Und würde man sie fragen, so würde sie sagen, dass dieser Mann sehr gut aussah. Es störte sie keineswegs, die Fragen dieser sanftmütigen Frau zu beantworten. »Aye. Ich habe sein Abendessen anbrennen lassen. Das war der letzte

Tropfen, wie er sagte, der das Fass zum Überlaufen brachte. Er schleifte mich zum Wasser und warf mich ins Boot.«

Eli kaute auf ihrer Lippe, also nutzte Tamsin die Gelegenheit, um noch einen Löffel Porridge zu essen, wobei sie erstaunt war, wie köstlich dieses einfache Gericht schmeckte. Irgendwie wusste sie, dass Eli überlegte, wie sie ihre nächste Frage formulieren sollte.

Nach einigen Augenblicken schlenderte Eli zum Kamin hinüber, lehnte sich an den Sims und verschränkte die Arme. »Und ich habe noch eine Frage an dich. Warst du schwanger? Denn du hast geblutet, als du hereinkamst.«

Tamsin nickte, Tränen trübten ihre Sicht. »Raghnall war wütend, weil ich ihm mit unserem ersten Kind keinen Sohn geschenkt hatte, also schlug er mir zweimal mit der Faust auf den Bauch. Ich verlor das Kind, das ich trug. Eigentlich wusste ich noch nicht einmal, dass ich schwanger war. Im Boot sagte er dann, es sei meine Schuld, dass ich das Kind nicht bis zum Ende ausgetragen habe. Er sagte, seine Mutter habe dieses tote Kind für einen schwachen Jungen erklärt. Also entschied er, dass ich es nicht verdient hätte, weiterzuleben, da ich ihm keinen starken Sohn schenken konnte.« Diesmal konnte sie die Tränen nicht mehr zurückhalten und bedeckte ihr Gesicht mit den Händen.

Eli kam herüber und nahm Tamsin in den Arm. »Dein Mann ist ein widerwärtiger Schuft, der dich nicht verdient hat. Und seine Mutter ist ein verschlagenes Miststück. Erstens bezweifle ich, dass sie zu diesem Zeitpunkt erkennen konnte, ob es ein Junge war. Wenn er mein Sohn wäre, würde ich ihm die Hoden abschneiden.«

Tamsin traute ihren Ohren nicht und stieß sich von Eli ab, um sie anzustarren. »Was hast du gesagt?«

»Ich sagte, dass er dich nicht verdient hat.«

»Nein, danach.« Hatte sie über die Männlichkeit ihres Mannes gesprochen?

»Seine Mutter ist ein Miststück. Aber ich würde ihm die Eier abschneiden. Oder ihm einen Pfeil hindurch schießen. Ich habe das schon mal gemacht, und es ist seltsam befriedigend, wenn der Schuft das verdient hat.«

»Dein Ehemann?«

Eli machte große Augen. »Mein Mann? Nein, ich bete meinen Mann an. Er würde nie die Hand gegen mich erheben oder so etwas zu mir sagen. Du hast das Kind verloren, weil Raghnall dir die Faust in den Bauch gerammt hat. Er trägt die Schuld am Tod dieses Kindes, und nicht du.«

Tamsin hörte so viele seltsame Formulierungen, dass sie ihre Tränen abwischte, um ihre Gastgeberin anzustarren. Hatte sie das wirklich gesagt? Wieder bedeckte sie ihr Gesicht und schüttelte den Kopf über all diese Neuigkeiten. Das Schockierendste an allem war allerdings nicht die Männlichkeit ihres Mannes. Sie ließ die Hände sinken und fragte: »Du liebst deinen Mann?«

»Gewiss. Ich habe ihn selbst ausgewählt. Hast du deinen Mann nicht ausgewählt?«

Sie schüttelte den Kopf, und durch diese seltsamen Worte bildete sich ein Kloß in ihrem

Hals. Wann hatte sie jemals bei irgendetwas ein Mitspracherecht gehabt? »Nein. Mein Vater hat eine große Summe für mich bezahlt. Er wählte Raghnall. Zum ersten Mal habe ich ihn am Tag unserer Hochzeit zu Gesicht bekommen. Du hast dir deinen Mann ausgesucht? Dein Vater hat dir erlaubt, bei deiner Heirat mitzubestimmen?«

»Oh, du Ärmste. Du hast ein furchtbares Leben führen müssen. Unser Clan lebt anders. Du solltest vielleicht bei uns bleiben und nicht zu deinem Mann zurückgehen. In unserem Clan werden die Frauen von den Männern respektiert und auch entsprechend behandelt. Es ist nicht erlaubt, eine Frau zu schlagen.«

Tamsin musste den merkwürdigen Schmerz anerkennen, der sich in ihrem Kopf bemerkbar machte, und die durcheinanderwirbelnden Gedanken würde sie am liebsten für später aufheben, um sie dann in Ruhe zu überdenken. Verglichen mit dem Leben, das sie kannte, war dies so merkwürdig, dass sie über alles in Ruhe nachdenken musste, was Eli ihr gerade erzählt hatte. Respekt? Liebe? »Ich muss mich, glaube ich, hinlegen. Vielen Dank für den Porridge und die Ziegenmilch, aber ich bin übermüdet. Könntest du mir zurück in die Kammer helfen?« Was Eli ihr darauf antwortete, hörte sie nicht mehr.

All diese Dinge, die sie gerade gehört hatte, brachten sie vollkommen aus dem Konzept, denn sie standen im krassen Gegensatz zu dem Leben, wie sie es kannte.

Würde sie ein solches Leben führen können? Inzwischen war es zu spät, um manches in ihrem Leben noch ändern zu können. Wie ihren Ehemann Raghnall. Seine Mutter hasste sie. Sie hatte ihr zweites Kind verloren. Ihr Mann hatte versucht, sie dem Tod auszuliefern. Und dann war da noch das einzig Gute, das ihrer Seele etwas bedeutete – ihre Tochter.

Nun blieb ihr nur noch, herauszufinden, wie sie ihr Leben ändern konnte. Aber ihre geliebte Alana war ein Teil von ihr und sie musste sie bei sich haben. Etwas anderes konnte sie nicht akzeptieren.

Was um alles in der Welt sollte sie unternehmen?

KAPITEL ZWÖLF

Thane

———— ⚘ ————

THANE WAR AUF dem Weg über die Brücke, die zu seinem Castle führte, und als er die Tore passierte, winkte er den Wachen auf der Mauer zu. Er warf einen Blick zurück auf den Graben und bemerkte, dass der Wasserstand gestiegen war. Das war nur gut so.

»Hör auf, in den Graben zu pissen, oder ich schneide dir den Schwanz ab.«

»Verzeihung Chief. Es war ein Missgeschick. Ich habe es zu lange hinausgezögert«, entgegnete der Mann mit einem Grinsen.

»Vielleicht siehst du deinen Stecken im Wasser treiben, wenn dir noch ein Missgeschick unterläuft.« Verflucht nochmal, aber es war ihm einfach zuwider, wenn seine Männer sich wie Schweine benahmen. Alle hatten sie so hart gearbeitet, um dieses Castle zu pflegen, sodass er niemals erlauben würde, auch nur einen winzigen Teil davon zu beschädigen.

Das galt auch für den Graben.

»Piss in den Wald oder du verlierst dein bestes Stück, Bearnard.«

»Aye, Chief!«

Es war Bearnard, der für die Männer zuständig war, wenn er selbst, Artan und sein Bruder nicht anwesend waren. Vielleicht sollte er diese Entscheidung noch einmal überdenken. Als hätte er die Gedanken seines Bruders lesen können, meinte Brian: »Er leistet gute Arbeit, ob er nun in den Graben pinkelt oder nicht.«

Thane bedachte Brian mit einem Seitenblick, um ihm zu verstehen zu geben, dass er es trotzdem nicht mochte, wenn die Leute sein Land herabwürdigten. »Wir haben zu lange und zu hart dafür gearbeitet.«

Sein Bruder folgte ihm zu den Stallungen, und zwei Stallburschen eilten herbei, um sich um ihre Pferde zu kümmern, während er absaß und das Tier lobte, wie es sich gehörte. »Ich werde ihn abbürsten, Chief.«

»Vielen Dank an dich, Theo. Pass gut auf ihn auf. Ich hoffe, dass ich bald ein Streitross für dich habe.«

Mora musste sie gesehen haben, denn sie stürmte die Treppe des Bergfrieds hinunter und dann mit wild winkenden Armen über den Hof, ehe sie sich auf ihn stürzte, und die Arme um ihn schlang. »Wo ist sie?«

Er setzte seine Schwester ab, damit sie Brian umarmen konnte. Dann wandte sie sich wieder zu Thane um und folgte ihm, als er mit langen Schritten auf den Bergfried zuhielt.

»Tamsin. Das Mädchen im Wasser, das fast ertrunken wäre. Kommt sie her? Wo wohnt sie? Ist sie gestorben?«

Die Burgbewohner hatten ihre Arbeit niedergelegt und waren mit hereingekommen, um zuzuhören, doch er winkte sie mit einer Armbewegung fort, um sie aufzufordern, einfach weiterzumachen und ihrer Unterhaltung keine Bedeutung beizumessen. Ihm war sehr wohl bewusst, dass dies nicht passieren würde, doch ihm lag daran, dass sie ihr Tagwerk schafften, anstatt Maulaffen feilzuhalten.

»Wir haben sie bei der neuen Heilerin auf Duart Castle gelassen.«

Mora begann ihr übliches Bombardement mit Fragen. »Wer ist sie? Und wer wohnt auf Duart Castle? Wie heißen sie? Woher kommen sie? Wer...«

Nun drehte er sich direkt zu ihr hin und nahm ihre beiden Hände in seine. »Mora, ich verspreche dir, alles zu berichten, aber sei bitte so lieb und besorge deinen Brüdern ein paar Fleischpasteten. Lamm, Rind, was immer verfügbar ist. Und bring mir ein oder zwei Becher Ale in meine Kabinettstube, und dann werde ich alles erzählen. Es war eine lange Reise.«

»Natürlich, Thane. Ich werde dir gerne etwas zu essen bringen. Die Köchin hat gerade Beerenkuchen gebacken. Möchtest du einen? Oder vielleicht auch zwei?«, entgegnete Mora lächelnd.

»Nein, nur die Fleischpastete und einen Kanten Brot. Aber einen, der noch nicht zu alt ist.«

Mora eilte los, sobald er ihr die Tür geöffnet hatte, und dann trat er mit Brian im Gefolge ein. Er hängte seinen Umhang an den Haken neben der Tür und deponierte sein Schwert in der Halterung daneben. Es war seine eigene Halterung, die er unbedingt für sich allein beanspruchte. Er konnte sich nicht vorstellen, die Waffe eines anderen zu benutzen. Außerdem konnte er damit verhindern, dass die Hände eines anderen sein Schwert berührten.

Brian folgte ihm in die Kabinettstube und ließ sich auf einem Stuhl auf der anderen Seite des Schreibtisches nieder, wobei er seine Füße auf einen Schemel bettete, nachdem er seine Stiefel ausgezogen hatte.

»Liegst du jetzt bequem, Brian?«

»Aye, einigermaßen. Das war eine lange Reise, auf die du mich da geschleppt hast, Thane. Wir waren beinahe zwei Tage unterwegs. Wir hätten nicht so lange bleiben müssen. Ich weiß nicht, warum du darauf bestanden hast, mit dem Mann zu reden, der gerade mit seinem Wagen voller Waren abfuhr. Woher wusste er überhaupt, dass sie dort waren?«

»So etwas spricht sich auf der Isle of Mull schnell herum.«

Die Tür öffnete sich und Mora kam, ein Tablett balancierend, herein. Dann wirbelte sie herum und stellte es auf dem Schreibtisch ab. »Vier Fleischpasteten und ein großer Brocken Schwarzbrot wurden hier gerade geliefert. Ganz frisch. Und es ist köstlich. Die Köchin hat es erst heute Morgen beim fahrenden Minsterl gekauft. Es ist ungewöhnlich, aber er hatte Brot zum Verkaufen übrig. Zudem bin ich sicher, dass du es lieben wirst, Thane. Es ist die dunkle Sorte, die du bevorzugst.«

Thane lief das Wasser im Mund zusammen, als sein Blick auf die duftende Fleischpastete und den Kanten Brot fiel. »Du hast Honig mitgebracht, Mora. Danke.«

»Aye. Ich habe euch beide vermisst, Thane«, gab sie lächelnd zurück. Ihre Unschuld und ihr fröhlicher Blick waren Dinge, auf die er jeden Tag angewiesen war. Nach der prekären Situation, in die sie alle drei vor vielen Jahren geraten waren, fragte er sich oft, wie sie so positiv und glücklich hatte bleiben können, aber er wollte es nicht anders.

»Ich bin also bereit, alles zu hören«, verkündete seine geliebte Schwester. Sie setzte sich, faltete die Hände im Schoß und schaute von einem Bruder zum anderen. »Ich kann still sein, damit ihr reden könnt. Entweder einer von euch oder alle beide. Wer möchte den Anfang machen? Ich liebe es, von allem zu hören, was außerhalb unseres Clans vor sich geht.«

»Es gibt gar nicht so viel zu berichten«, entgegnete Brian, ehe er sich einen großen Bissen von der Rinderpastete gönnte.

Ihre Miene wurde finster, doch dann wandte sie sich an Thane. »Nein? Nichts?«

Thane biss zweimal von seiner Fleischpastete ab und schloss genussvoll die Augen, ehe er sich mit einem wonnigen Seufzer auf seinem Stuhl zurücklehnte. »Vielleicht hat Brian nicht viel herausgefunden, aber ich habe mehr erfahren, als ich erwartet hatte.«

Brian stand auf und sagte: »Was? Was hast du über diese Welt der Namenlosen herausgefunden?«

Sein Bruder gab sich für sein Leben gern dramatisch und auch das bedeutete Thane sehr viel. Wenn er jemanden brauchte, der die Dorfbewohner aufrütteln musste, konnte Brian dies sehr gut übernehmen.

»Ich habe einen Besuch abgestattet und Fragen gestellt. Mora, würdest du mir gestatten, dir zu berichten, was ich in Erfahrung gebracht habe, ohne mich zu unterbrechen?« Er biss ein weiteres Mal von seiner Fleischpastete ab und trank einen Schluck Ale dazu, während er darauf wartete, dass sie seiner Bitte nachkam.

»Dazu bin ich gern bereit, Thane«, erklärte sie mit einem breiten Lächeln und nickte dazu.

»Also, während du im Stall geschlummert hast, Brian, habe ich mich mit Alaric Grant unterhalten. Ich habe auch mit Eli und Dyna Grant gesprochen, sowie mit einem Händler, der gerade sein Castle verlassen hat.«

Brian sagte: »Dyna Grant? Ich habe nur eine junge Frau gesehen, und ihr Name war Eli.«

Thane grinste. »Stimmt. Du hast geschnarcht, als ich sie auf einer Wiese mit einer auf Heubündeln aufgestellten Zielscheibe zum Bogenschießen entdeckte. Was für ein Pech, denn noch nie habe ich eine bessere Bogenschützin als diese Frau gesehen. Sie hat mich tatsächlich auf den Gedanken gebracht, dass es auf dieser Welt wohl ein paar Frauen gibt, die es im Gegensatz zu vielen Frauen aus meiner Vergangenheit wert wären, ihre Bekanntschaft zu machen.

Mora runzelte die Stirn. »Wir sind doch nicht alle wie Mama oder ihre kleinliche Freundin Maidline.«

»Du hast recht, Mora. Ich habe großen Respekt vor Eli Grant, der Heilerin, Dyna Grant, der Bogenschützin, und vor dir. Das sind schon drei.«

»Und Tamsin«, verkündete sie mit finsterem Blick.

»Nein, ich kenne sie nicht gut genug, um das zu behaupten. Darf ich also fortfahren?«

Mora nickte und ließ den Kopf hängen. »Bitte fahre fort.«

»Der Ramsay Clan und der Grant Clan haben eine Patrouille angeführt, um die Highlands vor den Engländern zu schützen, deren Mission es war, so viele Schotten wie möglich zu töten. König Robert weilte in Irland, um seinem Bruder beizustehen. Nach gewonnener Schlacht vermachte er Duart Castle bei seiner Rückkehr den Ramsays, damit sie frei darüber verfügten. Sein Zorn auf die MacDougalls hat sich offenbar nicht gelegt. Zusammen mit seinen Verbündeten hat der Ramsay Clan beschlossen, sechs ausgewählte Leute zu entsenden, um Duart Castle unter dem Namen Grantham Clan zu führen. Eli Ramsay ist seit kurzem mit Alaric Grant verheiratet.«

»Wer um alles in der Welt sind die Ramsays und die Grants? Warum kannte die Heilerin der MacVeys diese Leute?«

Brians Miene war von Langeweile in Neugier umgeschlagen. Nie hatte sein Bruder verstanden, welcher Bedeutung die Beschaffung von

Informationen zukam. Sie hätten Artan oder ihr Castle nie gefunden, wenn Thane nicht ein Mann gewesen wäre, der mit anderen sprach. Wie sein Bruder auf der Suche nach der besten Fleischpastete war, so war er auf der Suche nach Informationen.

»Alarics Großvater ist Alexander Grant und Elisant Ramsays Großeltern sind Logan und Gwyneth Ramsay.«

»Zum Teufel nochmal. Im Ernst? Sogar ich habe von Alexander Grant und seiner Kampfkunst gehört. Haben sie Schlachtrösser mitgebracht?«, fragte Brian mit weit aufgerissenen Augen.

»Wenn du dir die Tiere angesehen hättest, die in dem Stall neben dem standen, in dem du geschlafen hast, wäre dir der Anblick eines der schönsten schwarzen Schlachtrösser nicht entgangen, die mir je unter die Augen gekommen sind. Midnight Moon war sein Name, und er war eine Wucht. Er tänzelte ein wenig für mich, und ich war sehr beeindruckt. Als ich dann in Dynas Nähe trat, hat er mich angeschnaubt. Scheinbar liebt er die beiden jungen Frauen. Noch nie habe ich eine Frau auf einem Schlachtross reiten sehen.«

»Ich habe noch nie ein Schlachtross gesehen«, murmelte Brian. »Ich habe nur von ihnen gehört.«

Mora wedelte mit den Händen vor sich, wie sie es häufig tat, wenn sie aufgewühlt war. »Einen Augenblick. Du hast die Frage nicht beantwortet. Wer sind sie? Die Grants und die Ramsays.

Was haben sie geleistet? Warum kennst du sie? Und woher wusstest du, dass sie Schlachtrösser besitzen?«

Thane senkte den Tonfall seiner Stimme, sodass er nun einen ruhigeren Tenor anschlug, den er oft für seine Schwester benutzte. Es war nicht leicht für sie, hauptsächlich mit Männern zu leben. »Alexander Grant und seine Brüder haben in der Schlacht von Largs gekämpft, und sein riesiges Schlachtross war mit Kettenhemden geschützt. Die Grants haben die besten Pferde unter all den Clans. Dazu noch sind er und seine Söhne sind als die besten Schwertkämpfer auf Erden bekannt. Ihre Pferde können sich im Kampf seitlich stellen, sodass ihr Reiter das Schwert auf beiden Seiten schwingen kann, so sagen sie.«

»Und die Frau? Wer ist sie?«

Da er wusste, wie sehr sich Mora nach weiblicher Gesellschaft sehnte, beschloss er, ihr alles zu erzählen, was er über die Frauen wusste, die er dort kennengelernt hatte. Diese Frauen waren die richtige Art von Vorbild, nach der sie sich richten musste, anstatt der Art von Frau, die ihre Mutter war. Rücksichtslos, böse und egoistisch. Er hoffte, diese Eigenschaften nicht in seiner Schwester zu finden. Bei seinem nächsten Besuch könnte Mora ihn vielleicht zum Grantham Clan begleiten. »Logan und Gwyneth Ramsay haben vor König Alexanders Tod für ihn als Spione fungiert. Gwyneth Ramsay genießt den Ruhm, die beste Bogenschützin und sogar besser als die Männer zu sein. Sie hat ihre Töchter dazu ausgebildet, das Gleiche zu leisten.«

»Eli ist eine und Dyna? Aber du hast gesagt, sie sei eine Grant.«

»Eli ist Gwyneths Enkelin. Doiron wusste, dass ihre Tanten die besten Heilerinnen des Landes sind. Kannst du unser Glück fassen?«

Brian schaute fragend zu Mora, die seinen Blick erwiderte. »Nein, bitte erkläre dies, Thane«, bat Mora.

»Wenn wir uns mit dem Grantham Clan verbünden, könnten wir Bogenschießen lernen, jemanden zu einer Heilerin ausbilden, unsere Wachen schulen, damit sie bessere Schwertkämpfer werden und für das Decken unserer Stuten durch ihren Hengst zahlen. Dieser Clan hat alles, woran es unserem Clan mangelt.«

»Wunderbar. Was wird aus mir werden?«, fragte Mora. »Und was ist mit Tamsin? Hat die Heilerin sie gesund gemacht? Wird sie kommen und hier bei uns leben? Werde ich endlich eine neue Freundin bekommen.«

Thane verspeiste zwei weitere Bissen seiner Fleischpastete, ehe er wieder sprach und langsam kaute. Er wusste, wie enttäuscht Mora sein würde. Sie war die einzige im Castle lebende Frau, obwohl es zwei andere Frauen gab, die gelegentlich zu Besuch kamen. Allerdings waren diese beiden nicht gerade von der Art, mit der seine Schwester Freundschaft schließen sollte. Alle seine Wachen lebten in dem Dorf, das unterhalb des Castles lag. Manche waren verheiratet und hatten Kinder, manche nicht.

»Tamsin hat auf unserer Reise aufgehört zu sprechen, Mora. Sie ist nicht mehr aufgewacht, als wir beim MacVey Clan ankamen. Doiron hat sie angeschaut, kam dann heraus und schüttelte den Kopf. Sie sagte, sie habe noch nie ein Mädchen gesehen, das so verprügelt worden ist. Dann sagte sie auch, dass sie ihr nicht helfen könnte, da Tamsin keine Wunden oder Knochenbrüche habe. Das arme Mädchen atmete kaum noch, als wir bei Duart Castle ankamen. Eli war guter Hoffnung, ihr helfen zu können, und sie sagte, sie wüsste genau, was sie für sie tun könne.«

»Was konnte sie denn tun?«, fragte Mora. »Hat sie Tamsin gerettet? Wie lange wird es dauern?«

»Das weiß ich nicht. Ihrer Aussage nach würde es eine Weile dauern, bis Tamsin wieder gesund ist.«

»Was willst du jetzt unternehmen?«, fragte Mora. »Wolltest du nicht Duart Castle übernehmen? Trägst du dich noch immer mit diesem Gedanken? Ich denke, du solltest deine Pläne jetzt ändern. Wir sollten uns doch mit ihnen anfreunden, nicht wahr?«

»Wir hatten gehofft, Duart Castle übernehmen zu können, ehe jemand gekommen ist«, meinte Brian. »Aber wir können es ganz bestimmt nicht mit einer Horde von Bogenschützen aufnehmen. Deshalb müssen wir bald eine Entscheidung treffen, solange nur zwei Frauen und ein Mann dort wohnen. Meinst du nicht auch, Thane? Sobald ihre Verstärkung eintrifft, werden wir nicht mehr angreifen können. Wir müssen uns beeilen.«

»Nein, wir werden die Grants und Ramsays nicht angreifen, Brian. Sei kein Dummkopf.

Wenn wir das täten, hätten sie keine Mühe, das Castle mit ihrer Verstärkung zurück zu erobern. Wir haben keine Streitmacht, um es gegen zwei so große Clans aufzunehmen, auch wenn der größte Teil von ihnen auf dem Festland wohnt. Stirnrunzelnd dachte er daran, wie diese eine Entwicklung für seinen Clan und ihn alles verändert hatte.

»Gut. Dann könnten wir Freunde werden. Dort leben junge Frauen. Werden wir sie wieder besuchen? Kann ich dieses Mal mitkommen?«, fragte Mora.

Brian nickte. »Du hast wohl recht, Thane. Wir könnten von ihrer Existenz und ihrem Wissen profitieren. Wie schaffen wir es also, Verbündete des Grantham Clans zu werden?«

»Und was ist mit dem Mann, der Tamsin misshandelt hat?«, fragte Mora. »Wird ihn jemand zur Rechenschaft ziehen? Oder werdet ihr ihn vergessen und euch auf den Grantham Clan konzentrieren?«

Thane rieb die Hände aneinander, denn ihm wurde klar, dass alles eine für ihn unvorhergesehene Wendung genommen hatte. Er würde nicht einmal versuchen, Duart Castle zu übernehmen, zumal König Robert es als sein Eigentum betrachtete. Wenn Thane seinen eigenen Clan vergrößern wollte, musste er ernsthaft darüber nachdenken, welche neuen Möglichkeiten sich ihm auftaten, und das würde Zeit brauchen. Diese Entscheidung würde er nicht überstürzen.

»Ich habe mich noch nicht entschieden.«

Er hatte viel zu bedenken.

KAPITEL DREIZEHN

Tamsin

TAMSIN ERHOLTE SICH allmählich. Nun war sie bereits seit drei Tagen auf Duart Castle. Inzwischen war sie imstande, sich ein wenig zu bewegen und sie machte sich nützlich, indem sie Dyna und Eli in der Küche half, denn sie hatte viel für Raghnall gekocht.

Sie war mehr als überrascht, als sich eines Tages die Tür öffnete und gellend geschrien wurde, ehe drei Kinder und eine Gruppe von Reisenden hereinkamen, worauf Eli und Dyna vor Freude jubelten und quiekten. So etwas hatte Tamsin schon lange nicht mehr erlebt.

Das lag sogar sehr lange Zeit zurück. Es weckte die Erinnerung an ihre Schwester, die sie schon seit Jahren nicht mehr gesehen hatte. Sie hätte sie so gerne wiedergesehen, aber Raghnall hatte ihr diesen Wunsch verwehrt.

Nachdem sie den Eintopf zum Kochen gebracht hatte, kehrte sie in die große Halle zurück und nahm sich einen Stuhl, um sich dann mit dem Pelz zuzudecken, den sie zuvor schon benutzt hatte. Sie beobachtete die Gruppe bei ihrer freudigen Wiedervereinigung.

Doch dann vermochte sie ihre Augen nicht von den drei Kindern abzuwenden.

Zwei Mädchen und ein Junge waren bei Dyna Grant, und ihr Vater stand zusammen mit einem älteren Mädchen hinter ihnen. Sie beobachtete das Zusammentreffen und zählte zwölf neue Besucher plus die drei Kinder.

Nach einer Weile kam eines der Mädchen mit einer kleinen Schleife in der Hand auf sie zu. »Wer bist du?«, fragte das weißhaarige Mädchen.

Tamsin schloss sie sofort ins Herz, denn die Kleine erinnerte sie an Alana. »Mein Name ist Tamsin. Und wie heißt du?«

»Ich bin Towa. Ich bin fast vier Winter alt. Das ist meine Schwester Sylvi und mein Bruder Sandor und meine Tante Astwa. Und unser Papa. Wir sind mit einem großen Schiff gekommen. Ich war vorher noch nie auf einem Schiff. Du etwa?«

»Das war ich. Hat es dir auf dem Schiff gefallen?«

Sie nickte heftig. Ihre Augen wurden groß. »Es hat Spaß gemacht.«

»Kennst du all die anderen?«

»Sie sind alle meine Freunde«, antwortete sie mit einem vehementen Nicken. »Ich bin froh, wieder bei Mama zu sein. Papa hat gesagt, dass wir hier bei Mama wohnen sollen.«

»Und wer ist deine Mama?«

Tora zeigte auf Dyna Grant.

»Du siehst genauso aus wie sie.«

»Meine Mama ist klein.«

»Wer ist der Mann, der mit Elis Mann lacht?«

Tora drehte sich um und sah zu, dann antwortete er: »Das ist mein Cousin Bwoc. Er wird Alawics Stellvater sein. Meine Mutter führt den Clan zusammen mit Maitland an. Ich habe auch neue Freunde gefunden. Hawk ist von Black Isle und hat das Schiff gebracht. Er wird mit dem Schiff zurückfahren, um mehr zu holen. Er hat ein paar Freunde mitgebracht, aber ich kenne sie nicht.«

»Wie heißt dein Vater?«

»Papa«, antwortete Tora mit einem Stirnrunzeln.

Tamsin entfuhr ein leises Lachen, und das war schon lange nicht mehr passiert. Es war befreiend. Das Lächeln auf ihrem Gesicht war eine kurze Erinnerung daran, dass ihre Welt wieder heil werden konnte, wenn es ihr nur gelang, sich von Raghnall zu trennen.

Tora sauste zu ihrer Mutter zurück und umarmte sie erneut, wobei sie kichernd in ihre Arme sprang.

Es geschah so viel vor ihren Augen, dass niemand Tamsin Beachtung schenkte. Das verschaffte ihr ein wenig Zeit, die Gruppe zu beobachten, was sie ungemein genoss, da die Atmosphäre so anders als beim Garvie Clan war.

Tatsächlich bemerkte sie zahlreiche Unterschiede:

Die Art und Weise, wie Dyna ihren Mann anlächelte und ihn in aller Öffentlichkeit auf die Lippen küsste.

Wie Alaric immer wieder zu Eli zurückkehrte und seine Hand sehr oft auf ihren unteren Rücken legte. Raghnall berührte sie nur mit seinem Handrücken oder seiner Faust.

Wie die drei Kinder vergnügt durch die Halle stürmten und erst ermahnt wurden, wenn sie dem Kamin zu nahe kamen. »Weg vom Feuer!«, rief ihre Mutter dann. Die Kinder reagierten unverzüglich und sausten in die andere Richtung. Die drei spielten wunderbar zusammen, und wenn ab und zu dann doch ein Streit ausbrach, wurde er schnell wieder geschlichtet.

Das viele Lächeln war für Tamsin allerdings die größte Überraschung. Noch nie hatte sie sich in einer Umgebung befunden, in der sie von so vielen lächelnden Menschen umgeben war. Maitland brachte Wein für alle, während Alaric einen Krug Ale hereintrug, den er auf der Anrichte abstellte. Eli brachte eine Platte mit Käse, Brot und Beeren, die ebenfalls auf der Anrichte Platz fand, und die Leute konnten sich bedienen, während sie plauderten und sich schließlich an den Tischen niederließen.

Tamsin hing ihren Tagträumen über ein Leben ohne Raghnall nach, und einer Zeit, in der sie einen Ehemann haben würde, der sie anlächelte, und kichernde, spielende Kinder, die an ihrem Rock zerrten, während sie sich um das Essen und die Hausarbeit kümmerte.

War es ihr beschieden, jemals solch ein Leben zu führen?

Sie bezweifelte dies, denn Raghnall hatte ihre Tochter in der Hand. Wenn sie jemals von ihm loskäme und eine Möglichkeit hätte, ihre Tochter aus seiner Gewalt zu befreien, um an einem neuen, fremden Ort ein neues Leben und Arbeit zu finden, würde sie nie wieder einen anderen Mann wollen.

Beziehungen verabscheute sie zutiefst und nie wieder wollte sie damit etwas zu tun haben. Den Schmerz und die Demütigung konnte sie nicht mehr ertragen.

Nein, wenn sie je von Raghnall fortkäme, würde sie niemals wieder heiraten. Stattdessen würde sie sich auf die Suche nach ihrer Schwester machen.

Sie musste sich darüber klar werden, dass sie dieses Monster irgendwie loswerden müsste, denn er hatte ja bereits versucht, ihr das Leben zu nehmen. Wenn sie nur nicht zu ihm zurückkehren müsste. Wenn sie doch nur ihre Tochter bei sich hätte. Wenn sie doch nur vollständig genesen wäre.

Eines hatte sie das Zusammenleben mit den Grants und Ramsays allerdings gelehrt. Zwar war sie erst wenige Tage hier, aber sie erlebte mit diesen Menschen eine Fröhlichkeit, wie sie sie seit dem Tod Mutter nicht mehr gekannt hatte. Das Leben konnte lebenswert sein. Es war möglich, ein glückliches Leben zu führen. Doch wie sollte ihr das als erwachsene Frau gelingen, die mit einem Mann wie Raghnall verheiratet war?

Wenn sie nur in Erfahrung bringen könnte, wie sie ihre Tochter zu sich holen könnte, wäre sie von Herzen glücklich.

Alles andere hatte keine Bedeutung für sie. Sie musste gesund werden und zu ihrer Tochter zurückkehren.

Eine andere Wahl hatte sie nicht.

KAPITEL VIERZEHN

Eli

———— ⁓ ————

SPÄTER AM ABEND saßen Eli und Dyna vor dem Kamin. Fast alle hatten sich schlafen gelegt und die drei Männer waren draußen, um nach den Pferden zu sehen. Auf ihrer Fahrt hatten sie zwei weitere Hengste und drei Stuten mitgebracht, womit sie insgesamt acht Pferde hatten. In den Stallungen war Platz für weitere Tiere, und Eli freute sich über die Neuzugänge.

Seufzend lehnte sich Dyna auf ihrem Stuhl zurück. »Ich bin so aufgeregt, alle hier zu haben. Und ich bin begeistert, dass auch meine Schwester gekommen ist. Ich hatte nicht erwartet, Astra in der Gruppe zu finden. Es überrascht mich, dass Mutter es erlaubt hat.« Astra war ihre einzige Schwester und sie war noch nicht verheiratet. Sie sah wie Dynas Gegenstück aus, denn sie hatte das dunkle Haar ihres Vaters geerbt. Dazu hatte sie aber die gleichen blauen Augen wie ihre Mutter und ihre Schwester.

»Du brauchst jemanden, der dir hilft, auf deine drei wilden Rangen aufzupassen. Ich liebe ihre Begeisterung für das Leben. Forme sie nicht zu etwas anderem. Astra wird Sorge dafür tragen, dass sie werden wie du. Derrics Fähigkeiten werden sich anderweitig nutzen lassen. Alle Männer, die sich auf der Insel finden lassen, müssen zu Wachen ausgebildet werden. Derric ist ein guter Schwertkämpfer. Er wird sie wunderbar anleiten können.« Noch war Eli nicht bereit, Kinder zu bekommen, doch wenn es einmal so weit war, würde sie Dyna um Rat fragen.

»Wenn Astra hier ist, werden unsere Eltern uns besuchen.« Sie sah mit einem ihres für sie typischen schiefen Lächeln an. »Es ist schwierig, einen Laird dazu zu bringen, seinen Clan zu verlassen, doch nun, da Papa das Amt weitergegeben hat, kommt er vielleicht eines Tages hierher.«

»Vorerst wird das wahrscheinlich nicht passieren. Ich freue mich über Besuch, doch alle wissen, dass wir uns erst einmal einleben müssen. Wir haben jede Menge zu tun, und es war zu ruhig, als Maitland und Derric unterwegs waren. Jetzt ist es besser. Wir sind jetzt beinahe zwanzig Leute. Das ist eine aufregende Entwicklung.« Eli trank einen weiteren Schluck Wein. »Ich habe eine Frage, die ich dir stellen wollte und es vor lauter Aufregung fast vergessen hätte, Dyna. Hast du dich viel mit dem reisenden Händler unterhalten? Dem, der das Brot verkauft hat?«

»Das habe ich. Er sagte, es gäbe ein Dorf ein Stück westlich von hier, wo viele für die MacDougalls arbeiteten. Er sagte, er sei sicher, dass einige gern als Wachmänner zu uns kommen wollen. Ich habe mich nach einer Haushälterin erkundigt. Und nach einer Köchin. Seiner Aussage nach gäbe es sicherlich einige, die daran interessiert sein könnten. Er versprach, die Kunde über unsere Suche nach Personal weiterzugeben, sobald er ins Dorf käme. Bei all diesen Neuankömmlingen brauchen wir auf jeden Fall jemanden, der beim Auftragen der Speisen, Kochen und Putzen hilft. All das. Wir haben das Geld.« Dyna stand auf, griff nach dem Weinkrug und schenkte beiden noch ein wenig nach. »Ich bin so froh, dass wir diesen Wein im Keller gefunden haben. Er ist ausgezeichnet. Was ist mit der jungen Frau, Tamsin? Glaubst du, sie wird bleiben?«

Eli macht ein trauriges Gesicht, denn sie hatte Zuneigung zu der jungen Frau gefasst, doch sie hatte nicht viel Hoffnung, dass sie noch lange bei ihnen bleiben würde. Jeder, der sich sorgen musste, so verprügelt zu werden, hatte keine andere Wahl, als sein Leben zu ändern, doch diese Aufgabe war nicht leicht zu bewältigen. »Sie ist auf dem Weg der Besserung, aber sie wird zu ihrem Mann zurückkehren, sobald sie wieder gesund ist. Dessen bin ich mir sicher, denn sie haben eine gemeinsame Tochter. Ihr Name ist Alana, und sie ist noch keine zwei Jahre alt. Er hat Tamsin das Kind weggenommen. Er sagte, sie dürfe es erst wiedersehen, wenn sie ihm einen Sohn schenkt.«

Dyna sprang von ihrem Stuhl auf und lief im Kreis um die Stühle herum. »Wo, sagtest du, wohnt dieses Scheusal? Ich würde ihn liebend gern aufs Korn nehmen. Genau das ist ein Aspekt der mir an der Gründung eines neuen Clans missfällt. Immer hatten wir Hunderte von

Wächtern, die wir im Bedarfsfall zu Hilfe rufen konnten. Und nun haben wir nur eine Handvoll, die uns unterstützen können. Wären wir auf dem Festland, würde ich mit meinem Vater sprechen, damit wir diesem Scheusal morgen gemeinsam das Handwerk legen.«

»Innerhalb von einer Woche sind wir von fünf Leuten auf beinahe zwanzig angewachsen. Fasse dich in Geduld. Da wir nun mehr als zehn Personen sind, fühle ich mich wohler dabei, das Castle zu verlassen und nach weiteren Menschen zu suchen – Händler, Wachen, jeden, den wir anheuern können, um uns bei der Entstehung und dem Aufbau unseres Clans zu helfen. Alaric ist in den Ort gegangen. Dort ist er auf ein paar reisende Händler gestoßen, die bereit sind, uns Waren zu liefern.«

Dyna blieb stehen, schaute Eli unverwandt an und stemmte die Hände in die Hüften. »Ich meine es ernst.« Ihre Stimme sank auf ein Flüstern. »Wo wohnt Garvie?«

»Auf der Isle of Ulva. Es ist gar nicht weit, aber wir brauchen Boote und Ruderer, wenn wir seiner habhaft werden wollen.«

Eli sah Dyna an, über deren Gesicht ein kleines Lächeln huschte. Genau diesen Blick hatte sie schon einmal gesehen. Wenn Dyna mit Raghnall fertig war, würde er nicht mehr sehr erfreut sein.

»Morgen früh habe ich etwas mit meiner Mitstreiterin zu besprechen. Du wirst schon sehen.«

Raghnall Garvie steckte ernstlich in Schwierigkeiten.

Eli würde von Tamsin so viele Informationen beschaffen, wie sie nur bekommen konnte.

Tamsin trat von der Tür zurück, an der sie gelauscht hatte. Ihr war sehr wohl bewusst, wie unhöflich das war, doch sie hielt es für unabdingbar, sich ein genaues Bild darüber zu machen, wie vertrauenswürdig diese Fremden waren.

Dynas Kommentar über Raghnall hatte ihr sehr gefallen, doch sie konnte nicht solange warten, bis der Grantham Clan genügend Ruderer gefunden hatte. Bis dahin könnte ihre Tochter längst verkauft sein.

Die Mutter ihres Mannes gab sich Mühe, diesen Bereich ihrer geschäftlichen Aktivitäten zu verheimlichen, doch Tamsin hatte genug darüber gehört. Wenn kleine Kinder zu Waisen geworden waren, verkaufte sie sie am liebsten auf schnellstem Wege. Es gab Schiffe aus fernen Ländern, die vor Anker gingen und sämtliche Waren aufkauften, die sie anzubieten hatten.

Einschließlich Kleinkindern.

Wäre Dagga tatsächlich so kaltherzig? Brächte sie es wirklich über sich, ihre eigene Enkelin zu verschachern?

Tamsin wollte am Morgen schon unterwegs sein. Eine andere Möglichkeit blieb ihr nicht.

KAPITEL FÜNFZEHN

Thane

———❧❧———

THANE TRAT VOR das Tor, um den Besucher willkommen zu heißen, den man ihm angekündigt hatte, doch als er erkannte, um wen es sich handelte, erstarrte er. Er gab sich alle Mühe, seinen Schock zu verbergen, was ihm allerdings nicht gelang.

Vor ihm stand Tamsin, die ihren Rock zwischen ihren Hände knetete, doch sie sah vollkommen anders aus als bei ihrer letzten Begegnung. Sie war eine der schönsten Frauen, derer er je ansichtig geworden war. Inzwischen waren die blauen Flecken verschwunden, ihre Haut war makellos und ihr Haar hatte die Farbe seines bevorzugten Abendrots am Himmel. Dazu noch ihre Augen, die so anders waren. Ein blaues und ein grünes, was ihm auch vorher schon aufgefallen war, doch nun reflektierten diese Augen die Sonne, und in jedem von ihnen blitzten goldene Flecken auf.

Er hatte Schwierigkeiten, seinen Blick von dem Mädchen zu lösen.

Ihre Worte rissen ihn aus seiner Verblüffung. »Mylord, ich möchte Euch bitten, mir bei der

Rückkehr zu meinem Heim behilflich zu sein. Ich muss mich vergewissern, dass meine Tochter gesund ist.«

Artan hatte sie vor den Toren entdeckt und er war überrascht, sie allein zu sehen. Doch sie stand da und war so hübsch wie keine andere, die seinen Weg bislang gekreuzt hatte. In ihrem frischen Kleid sah sie ganz anders aus als die bedauernswerte junge Frau, die sie aus dem Wasser gezogen hatten. »Wie bist du hierher gekommen, Tamsin? Der Grantham Clan ist bestenfalls eine Tagesreise zu Fuß entfernt.«

»Ich habe jemanden aus dem Nachbardorf angeheuert, der mich mitgenommen hat. Es war nicht das schnellste Pferd, aber ich habe es an einem Tag schaffen können. Ich habe für Lady Grant gekocht, und sie hat mich mit Geld bezahlt.« Tamsin strich die losen Haare zurück, deren Zopf sich durch die raue Brise auf der Insel gelockert hatte.

»Tritt ein, Tamsin. Ruh deine Beine aus. Du bist zwar genesen, aber du wirkst erschöpft. Iss einen Happen und wir unterhalten uns darüber.«

Tamsin nickte und gestattete Thane, ihr den Vortritt zu lassen, während er ihr folgte. Viele seiner Männer gafften sie beide an, sodass er einen Pfiff ausstieß, um sie an ihre guten Manieren zu erinnern.

Brian trat hinter ihn und flüsterte: »Die Männer sehen nicht viele Frauen, und sicher nicht viele mit ihrem Aussehen.«

»Das ist keine Entschuldigung für ihre Unhöflichkeit«, presste Thane zwischen den

Zähnen hervor. Tamsin war zu diesem Zeitpunkt weit genug voraus, sodass er hoffte, sie würde nicht verstehen, was gesprochen wurde. Dann machte er Brian ein Zeichen, damit dieser zurückblieb und nur er den Bergfried mit Tamsin betrat.

Er kannte seinen Bruder nur zu gut und wusste also, dass er sich irgendwann einmischen würde. Er wollte aber ein paar Augenblicke mit ihr allein verbringen.

Drinnen angekommen, wies Thane mit einer Geste auf einen Stuhl beim Kamin und winkte einer der Mägde, zu ihnen zu kommen. »Zwei Schalen Brühe, bitte, Agnes.« Sie eilte davon, um ihnen das Gewünschte zu bringen.

»Du willst allein reisen?«, fragte er, als Tamsin sich niedergelassen hatte. »Hältst du das für klug?«

»Ich habe eine Tochter, nach der ich sehen muss.« Sie hatte die Hände gefaltet und in ihren Schoß gelegt, doch sobald sie zu sprechen anfing, konnte er beobachten, wie sie mit den Daumen wackelte und das war ein sicheres Zeichen dafür, wie besorgt sie war. Ob wegen ihm oder der Aussicht, zu ihrem Mann zurückzukehren, vermochte er nicht zu sagen. Mit dieser Frage würde er allerdings noch warten.

Er setzte sich auf einen Stuhl ihr gegenüber und schaute ihr in die Augen. Zur Hölle nochmal, aber sie war so umwerfend, dass es ihm fast den Atem raubte. Was um alles in der Welt stimmte mit ihrem Mann nicht? »Hast du keine Angst, dein Mann könnte das Gleiche noch einmal mit dir tun? Er hat versucht, dich umzubringen, Tamsin. Ich habe ihn aus der Ferne beobachtet.«

Sie riss den Kopf zur Seite und wich seinem Blick aus, während ihr die Tränen in die Augen schossen und sie verdrossen ihr Kinn reckte. Er war froh, dass sie sich durch das Gespräch über ihren Mann nicht vollkommen einschüchtern ließ. »Ich wüsste nicht, was ich sonst tun sollte. Wenn Ihr einen Vorschlag habt, Mylord…«

»Thane, bitte.«

Sie nickte, als sie sich ihm wieder zuwandte. »Thane.« Sie musste sich räuspern, ehe sie weitersprechen konnte. »Ich bin dir zu großem Dank verpflichtet, weil du mich gerettet hast. Vielen Dank an dich.« Schniefend strich sie sich das Haar aus dem Gesicht, ehe sie den Blick wieder hob und seinen traf, was eine starke Wirkung auf ihn ausübte. »Was soll ich unternehmen? Mein Mann ignoriert unsere Tochter, aber er hat sie fortgeschickt, bis ich ihm einen Sohn schenke. Ich will meine Tochter. Wenn es nach mir ginge, würde ich niemals zurückkehren, aber ich kann das unschuldige Mädchen unter keinen Umständen ruhigen Gewissens meinem Mann Raghnall und seiner bösartigen Mutter ausgeliefert lassen.«

»Ist sie genauso boshaft wie er?«

»Das hat er meines Glaubens von ihr gelernt. Ganz oft sagt sie ihm, was er tun soll.« Tamsin wischte sich die Tränen aus den Augen. »Ich muss Alana finden.«

»Hast du jemanden vom Grantham Clan gebeten, dir zu helfen?«

»Nein.« Sie hielt inne und richtete den Blick

auf ihre gefalteten Hände. »Sie sind noch neu hier und viele andere kommen gerade erst dazu.«

»Ach, du hast dich davongeschlichen.«

»Sie waren wunderbar zu mir, doch gerade erst ist eine weitere Gruppe eingetroffen, um die Angehörigen ihres Clans zu versorgen – Pferde, Lebensmittel, Kisten mit Waffen, Küchenutensilien, Pelze, Wäsche, Wein. Sie haben alle Hände voll mit der Gründung ihres neuen Clans zu tun. Sie haben mir geholfen, wieder gesund zu werden, also hielt ich es für vermessen, sie um weitere Hilfe zu bitten.«

Er konnte sich nicht zurückhalten. »Noch mehr Pferde? Wie haben sie die denn dahin bekommen?«

»Sie kamen in zwei Booten an, die Ruderer von Black Isle halfen ihnen dabei. Ein Boot kehrte zurück, das andere bleibt hier.«

Thane war überrascht über das Schiff, obwohl er das nicht hätte sein sollen. Er war ganz auf die Pferde konzentriert – denn er wollte ein Streitross, das seine Stuten decken konnte. Es würde noch früh genug dazu kommen, aber wie sollte er dieser Frau helfen, ihre Tochter zu finden? Das wusste er nicht.

»Weißt du genau, wo deine Tochter festgehalten wird, Tamsin?«

»Nein. Er hält sie vor mir versteckt.«

»Ist dir bewusst, dass du sie vielleicht nie finden wirst? Ulva ist eine relativ große Insel mit Höhlen, in denen er sie gut verstecken könnte.«

Ihre Stimme drohte zu brechen, als sie fortfuhr: »Aber ich muss sie finden. Wenn du mir nicht hilfst, dann bringe ich mir das Schwimmen bei und schwimme selbst zu ihr hinüber. Ich werde sie auf keinen Fall bei diesem Mann und seiner Mutter lassen!« Ihre Stimme klang ein wenig lauter, als von ihr beabsichtigt, und als sie daraufhin errötete, passte der Farbton fast zu ihrem roten Haar.

Thane senkte die Stimme, in der Hoffnung, die junge Frau zu beschwichtigen. »Gewähre mir einen Tag, um darüber nachzudenken, und ich verspreche, dir zu helfen, wo ich nur kann. Dieses Unterfangen sollte man nicht ohne sorgfältige Planung angehen.«

Das schien sie zu beschwichtigen. »Ich danke dir von Herzen.« Sie schenkte ihm ein sanftes Lächeln und stieß einen tiefen Seufzer aus.

Verdammt sollte er sein, wenn er dieses Seufzen nicht von ihren Lippen hören wollte, nachdem er sie befriedigt hatte und sie dann in seinen Armen wieder zur Ruh gekommen war.

Der Gedanke wurde durch das Aufschlagen einer Tür ausgelöscht.

Brian stand da. »Raghnall Garvie ist hier und fragt nach seiner Frau.«

KAPITEL SECHZEHN

Thane

——————❦——————

THANES ANTWORT KAM schnell. »Lass dieses Scheusal nicht hinein. Ich komme zu ihm heraus.«

Tamsin war von ihrem Stuhl aufgesprungen, knetete den Stoff ihres Rocks wie wild und ihre Daumen wackelten wieder. Thane legte eine Hand auf ihren Arm, in der Hoffnung, sie zu beruhigen. »Ich kümmere mich um ihn. Komm nicht heraus, sonst gibst du seinem Bedürfnis nach einem Spektakel nach. Ich bin gleich wieder hier und berichte dir, wie ich die Situation gemeistert habe.«

»Soll ich nicht mit dir kommen? Er sucht mich.«

»Nein«, antwortete er eine Spur zu scharf. »Es sei denn, du willst an deinen Haaren davongeschleift werden. Ich erinnere dich daran, dass er dich umbringen wollte. Ich bezweifle, dass er seine Meinung geändert hat.« Dann drehte er sich um und folgte seinem Wachmann nach draußen.

»Artan, wie stehen die Dinge gerade, wenn ich bitten darf?«

»Aye, Chief. Er kam auf einer kleinen Birlinn. Unsere Männer sahen ihn herankommen. Vier Ruderer, und er hat zwei Männer bei sich. Beide sind mit einem Schwert bewaffnet.«

»Größe?«

Artan sah seinen Laird fragend mit hochgezogener Augenbraue an. »Männer oder Schwerter?«

Thane schnaubte. »Angemessene Frage. Beides.«

»Raghnall ist der Typ, der nur redet, seine beiden Männer sind größer, kräftiger, muskulöser. Der Mann hat keine Muskeln, soweit ich das erkennen konnte. Er hat einen weichen Bauch, isst zu viel und redet ununterbrochen über leeres Zeug. Er trägt keine sichtbare Waffe. Die beiden anderen haben je ein Schwert in einer Scheide stecken, die nicht so fein gearbeitet sind wie unsere. Leicht zu überwältigen, schätze ich.«

Thane zupfte an den Spitzen seines kurzen Barts. Diese Angewohnheit nahm er immer dann an, wenn er in unerwartete Situationen geriet. Vage erinnerte er sich, wie er sich als junger Mann über das Kinn gestrichen und ein älterer Mann, vermutlich sein Vater, ihm daraufhin die Hand weggeschlagen hatte. Dann hatte ihn dieser Mann mit den Worten zurechtgewiesen, er solle nicht unentschlossen sein.

Dies war seine kleine Version von Rebellion. Dieser Mann verdiente den Titel eines Vaters nicht. Er hatte die drei Geschwister vor langer Zeit bei ihrer gestrengen Mutter zurückgelassen, die sie kurz darauf im Stich ließ.

Keiner der beiden hatte ein Kind verdient. Sie waren auch der Grund dafür, warum er selbst nie Kinder haben würde.

Er kratzte sich am Hals unter seinem Bart, denn diesen trotzigen Akt konnte er sich einfach nicht verkneifen. Es dämpfte seine Wut, bis sie nur noch leise brodelte, ohne sie allerdings ganz zu unterbinden. Im Grunde freute er sich darauf, diesem Mann in die Augen zu sehen.

Er schritt durch die Tore und über die Brücke und marschierte auf Tamsins Mann zu, denn dank Artans Beschreibung wusste er genau, um welchen es sich handelte.

Dann blieb er direkt vor dem Mann stehen, der einen Schritt zurücktrat, und blickte spöttisch auf ihn hinab. »Seid Ihr Raghnall Garvie?«

»Aye. Wer zum Teufel seid Ihr?«

Thane holte mit der Faust aus und versetzte dem Mann einen deftigen Schlag auf den Wangenknochen, der ihn um ein Haar zu Boden geschmettert hätte. Seine beiden Wachen versuchten, Thane zu packen, wobei einer ihm einen Dolch an die Kehle drückte, aber Thane entriss ihm den Dolch mit einer geschmeidigen Bewegung. Er rammte dem Hundesohn die flache Hand unters Kinn, riss seinen Kopf zurück und schleuderte ihn zu Boden.

Der dritte Mann ließ die Waffe fallen, hob die Hände und trat einen Schritt zurück.

Raghnall rieb sich die Wange und sagte: »Wofür zum Teufel war das?«

Thane stemmte die Hände in die Hüften, wo er sie gerne hielt, falls er seine Waffe schnell aus der Scheide ziehen musste. »Für den Versuch, eine unschuldige junge Frau zu töten.«

»Unschuldig? Die kleine Schlampe ist alles andere als unschuldig. Neben vielen anderen Vergehen hat sie mein Abendessen anbrennen lassen.« Raghnall griff nicht nach seiner Waffe, doch bei der Wut, die in seinen Augen loderte, fragte Thane sich ernstlich, wie es Tamsin gelungen war, an der Seite dieses arroganten Narren zu überleben. »Sie sollte mir einen Sohn gebären, und nicht einmal das kann sie. Das ist das Einzige, was eine Frau für ihren Mann tun sollte, und sie hat versagt.«

»Warum willst du sie dann zurück, wenn sie dir so missfällt?«

»Weil sie mir gehört. Man sagte mir, du hättest sie in dein Castle gebracht. Ich habe sie auf dem Felsen zurückgelassen, damit sie über ihr Versagen nachdenkt. Ich hätte sie zurückgeholt.«

»Bevor die Flut kam?«, fragte Thane gedehnt.

»Aye. Gib sie mir zurück. Sie gehört mir.«

Thane trat einen Schritt näher und senkte seine Stimme. Das war eine seiner Lieblingstaktiken, um anderen seinen Standpunkt unmissverständlich deutlich zu machen. Er hielt das Erheben der Stimme für Zeitverschwendung. »Und hast du dich wie ein starker Mann gefühlt, als du die junge Frau geschlagen hast, bevor du sie mitten im Meer zurückgelassen hast, damit sie ›über ihr Versagen nachdenkt‹? Hast du dich stark gefühlt, als du einen Menschen geschlagen hast, der keine Chance hatte, sich zur Wehr zu setzen?«

Das Lodern der Wut in Garvies Augen wurde

noch intensiver, doch er rührte sich nicht vom Fleck. Thane achtete auf jedes Zucken in der Haltung des Mannes, das seinen nächsten Schritt verraten würde.

»Sie ist meine Frau, und ich mache mit ihr, was mir beliebt. Gebt sie mir zurück.«

»Du wirst sie also wieder schlagen? Meinst du, dein Schwanz würde wachsen, wenn du eine Frau schlägst? Misshandeln Männer mit kleinen Penissen wie du ihre Frauen aus diesem Grund?«

Daraufhin geriet Garvie aus der Fassung und er wollte seine armselige Waffe packen, aber Thane war schneller. Er wich einen Schritt zurück und zog sein Dolch.

Noch wollte Thane diesen faulen Hundesohn, der Garvie war, nicht umbringen. »Du lebst auf Ulva?«

»Ulva gehört mir.«

Thane lachte über seine Angeberei, denn das stimmte nicht, wie er genau wusste. Dieser Mann steckte voller Lügen. Die Bosheit floss in seinen Adern.

Brian und Artan standen mit gezogenen Waffen vor Garvies Männern, um sie daran zu hindern, sich in die Auseinandersetzung einzumischen.

»Verschwinde von meinem Land«, fuhr Thane fort. »Beweg deinen Arsch zurück nach Ulva und behalt ihn dort oder ich schlitze dir auf der Stelle die Kehle durch.«

Er durchstieß die Haut mit der Schwertspitze und brachte Garvie zum Bluten, aber nicht zu viel. Garvie erbleichte.

»Ich gehe mit ihm!« Tamsins Stimme schallte

von der Brücke zu ihnen, wenn er richtig vermutete. »Tötet ihn nicht, Mylord. Ich werde zurückkehren. Ich habe Euch genug Ärger bereitet.«

Thane zog die Waffe zurück, und Garvie rieb sich den Hals und wischte das Blut dann an seiner Tunika ab. Garvie rief: »Antworte mir zuerst, Frau. Hast du für ihn die Beine breit gemacht?«

Noch einmal schoss Thanes Faust so schnell hervor, dass Garvie sie nicht kommen sah. Thane konnte einfach nicht anders. Wie konnte dieser Unhold ein so schönes Mädchen wie Tamsin nur so behandeln? Sein Abendessen anbrennen zu lassen war wohl kaum ein Verbrechen, das mit der Todesstrafe gesühnt werden sollte.

»Ich habe deine Frau nicht angerührt, außer um sie zu einer Heilerin zu bringen.« Dann wandte er sich an Tamsin und sagte: »Ich würde dir davon abraten, ihn zu begleiten. Du weißt, dass er dich wieder schlagen wird.«

Garvie sah seine Frau an, und der Hass auf sie war ihm deutlich ins Gesicht geschrieben. »Wenn du Alana wiedersehen willst, Frau, dann schwing deinen Arsch in das Boot. Sonst schicke ich dir ihre Knochen.«

Tamsin lief das Ufer hinunter zum Boot. Bevor sie hineinkletterte, drehte sie sich noch einmal zu Thane um und verbeugte sich kurz vor ihm.

Thane wünschte, er könnte den selbstgefälligen Ausdruck aus Garvies Gesicht vertreiben, doch er behielt seine Hände bei sich, als der Schuft sich umdrehte und zu seinem Boot zurückkehrte.

Er war fast schon dort angekommen, als Thane sich nicht länger beherrschen konnte. »Du hast mich nicht zum letzten Mal gesehen, Garvie«, rief er ihm nach.

»Oh, du kannst dich darauf verlassen, dass wir uns wiedersehen«, rief Garvie zurück, »und nächstes Mal werde ich die Oberhand haben, und nicht du. Auf Ulva werde ich dich vierteilen lassen, wenn du es wagst, sie zu holen.«

Thane hatte das seltsame Gefühl, dass er gerade vor eine Herausforderung gestellt worden war, der er sich stellen musste. Ein Teil von ihm erkannte allerdings die Wahrheit der Situation und er hoffte nur, Tamsin würde lange genug überleben, um ihre Tochter zu finden.

Die Birlinn verließ das Ufer, und Thane drehte sich weg, denn er wusste, dass es für ihn besser war, wenn er Tamsin nicht beobachtete.

Stattdessen kehrte er über die Brücke zurück und bemerkte erst jetzt, dass alle Mitglieder seines Clans vor oder auf der Ringmauer standen und den Auftritt verfolgt hatten. Eine kleine Runde Applaus wurde ihm gezollt. Das war noch nie vorgekommen.

Mora rannte auf Thane zu, stürzte sich auf ihn und schlang die Arme um ihren großen Bruder. »Thane, du warst wunderbar. Danke, dass du versucht hast, sie zu beschützen, aber sie muss tun, was ihr Herz ihr sagt. Selbst wenn sie unvernünftig ist.«

Er drückte seine Schwester, stellte sie wieder auf die Erde und schritt durch das Tor in den Hof, während alle anderen sich wieder ihrer Arbeit zuwandten. Noch nie hatte er sich so machtlos gefühlt.

Das stimmte nicht. Als seine leibliche Mutter einen Mann beauftragte, ihre drei Kinder auf ein Boot zu schleppen und sie auf einer weit entfernten Insel auszusetzen, hatte er sich am allerschlimmsten gefühlt.

Er hatte nicht mehr als einen Dolch besessen, um für seine Geschwister und sich selbst zu sorgen. Als sie mit einem Sack voller Habseligkeiten an der felsigen Küste standen und der davonfahrenden Birlinn nachsahen, hatte er sich über die Maßen machtlos gefühlt.

Überraschend stellte sich heraus, dass seine Geschwister und auch er stärker waren, als er es je vermutet hätte. Inständig wünschte er sich, dass seine Mutter sie jetzt sehen könnte. Eines Tages würde er ihr das auch demonstrieren. Er würde ihr beweisen, welcher Irrtum es gewesen war, sie dem Tode auszusetzen.

Diese Herausforderung war es jedoch gewesen, die Thane gedemütigt, aber auch getrieben hatte, das Beste aus sich herauszuholen.

Brian, Mora und Artan folgten ihm in den Bergfried, wo sie sich direkt in seine Kabinettstube begaben. »Was willst du in der Sache unternehmen, Thane?«, fragte Brian.

»Darüber muss ich erst nachdenken.«

»Darf ich einen Vorschlag machen?«, meldete sich Artan zu Wort.

Als alle in der Kabinettstube ihren Platz gefunden hatten und die Tür geschlossen war, nickte Thane dem Aufseher seiner Wachen zu. »Nur zu, Artan.« Er hatte Vertrauen in den Mann, der seinen gesunden Menschenverstand benutzte, anstatt sich von Emotionen leiten zu lassen, wie Brian dies nur zu oft tat. Außerdem war Artan mit der Insel weitaus besser vertraut als Thane.

»Da du nicht länger an der Übernahme von Duart Castle interessiert bist, ...

»Das könnten wir nicht schaffen. Angesichts der dortigen Bewohner ist das unmöglich. Gemäß den Worten von Tamsin ist ein weiteres Dutzend Menschen dort eingetroffen und hat die dortigen Kammern bezogen. Führe deinen Gedanken bitte zu Ende aus. Verzeih meine Unterbrechung.«

»Dann darf ich vielleicht den Vorschlag machen, Garvies Castle auf Ulva zu übernehmen? Er behauptet, die Insel gehöre ihm, was ich nicht glaube, aber wie viele Menschen bewohnen die Insel? Sie liegt so dicht bei uns und doch wissen wir nichts über sie.«

Thane lehnte sich zurück und legte die Fingerspitzen vor sich aneinander, wozu er die Ellbogen auf die Armlehnen seines Stuhls abstützte. Artan hatte einen guten Vorschlag unterbreitet, was Thane ihm hoch anrechnete, trotzdem er bereits dasselbe Ziel ins Auge gefasst hatte. Wenn er den MacQuarie Clan vergrößern wollte, hatte er keine andere Wahl, als irgendwo Land zu erwerben, und Ulva lag günstig, da es eine der nächstgelegenen Inseln war.

»Die Insel ist eng und klein.«

Brian schien von der Idee wenig angetan und er schüttelte den Kopf. »Aber warum eine Insel?

Warum erobern wir nicht mehr Land, in unserer Nähe?«

Thane erwog Brians Frage, die ihn in seiner Einschätzung seines Bruders bestätigten. Er war nur zwei Jahre jünger als Thane mit seinen neunzehn Jahren, doch in seinen Gedanken ließ sich nie ein wirkliches Verständnis für Handlungen und die möglichen Auswirkungen erkennen. Häufig waren seine Vorschläge spontan, was letztendlich bewies, dass er über die Folgen seiner Pläne nicht gründlich genug nachdachte. dass er nicht wirklich über die Konsequenzen seiner Pläne nachdachte.

»Brian, in unserer Nähe gibt es kein Land, das urbar gemacht werden könnte. Das weißt du doch. Wälder, zerklüftete Küstenstreifen. Wir sind auf Land angewiesen, auf dem wir unsere Nahrung anbauen und ernten können. Wir können nicht nur von Fleisch und Fisch leben. Wir brauchen Getreide und Gemüse. Einen Ort, an dem wir mehr Obstbäume anpflanzen können. Wenn wir mehr Menschen sind, werden wir mehr Nahrung benötigen, um all die hungrigen Bäuche zu füllen. Ich hätte gerne Schafe vom Festland für die Wolle. Highland-Rinder. Schlachtrösser. Ein Feld, um unsere Bohnen und unseren Hafer anzubauen. Wir brauchen noch so vieles mehr.

»Und junge Frauen«, setzte Brian noch hinzu, wobei er Thanes Blick auswich. »Du weißt, dass wir junge Frauen brauchen, Thane. Nicht alle sind wie Mama. Eines Tages würde ich gern heiraten.«

Genau das Gleiche hatte Thane von vielen

seiner Männer gehört. Vielleicht war es für ihn an der Zeit, es sich noch einmal zu überlegen. Ohne Kinder würde der Clan nicht weiterbestehen. Das war eine Tatsache, vor der er nicht länger die Augen verschließen konnte. »Ich werde deine Gedanken erwägen, Brian. Gewähre mir aber bitte mehr Zeit, um ausführlich darüber nachzudenken. Abgesehen von den jungen Frauen kommt Ulva eher in Frage, weil ich glaube, dass die Leute dort schon lange genug ansässig sind, um von dem Land zu leben. Das ist jedoch noch etwas, worüber wir gründliche Erkundigungen anstellen werden, ehe ich meine Entscheidung treffe.«

»Du hast dies also vorher schon in Betracht gezogen, Chief?«, fragte Artan.

»So ist es, aber es freut mich sehr, zu hören, dass du dies für eine kluge Überlegung erachtest. Ich bin deiner Meinung, dass wir diese Möglichkeit erforschen sollten, aber zuerst müssen wir herausfinden, wie viele Wachen dieser Kerl mobilisieren kann und welche anderen großen Gruppen auf der Insel ansässig sind. Ist auf der Insel fruchtbares Land zu finden, auf dem angebaut wird? Genau damit würde ich beginnen. Stelle Nachforschungen an, und dann setzen wir uns wieder zusammen und überlegen, wie wir weiter vorgehen, Artan.«

Mora verfiel in diese kleine Wackelbewegung, die anzeigte, dass ihr eine neuer Einfall gekommen war. Dies hielt so lange an, wie sie diesen Einfall für sich behalten musste. »Was ist, Mora?«

Sie klatschte in die Hände und erhob sich.

»Wenn du schon dort bist, würdest du dann bitte nach Tamsin sehen? Meines Erachtens solltest du sie heiraten, Thane.« Mora tat ihre Meinung mit einem Grinsen kund. »Sie ist bildschön. Bist du nicht auch meiner Meinung? Meinst du nicht, du solltest einen Erben haben? Hättest du nicht gerne ein paar Kinder? Es würde mir große Freude machen, Tante zu werden.«

»Tamsin ist verheiratet, Mora, oder ist dir das entfallen?«

»Das ist sie aber nicht mehr, wenn du die Welt von dem niederträchtigen Scheusal befreist«, meinte Brian mit einem leisen Lachen. »Darüber hinaus hat er versucht, ihr das Leben zu nehmen. Das sollte eigentlich Grund genug sein, dass sie nicht länger seine Frau sein muss.«

»Ich bin absolut deiner Meinung. Tamsin ist bildschön, aber ich werde weder sie noch irgendjemand anderen heiraten. Du kennst den Grund dafür.«

Brians Gesicht hellte sich auf. »Dann würde es dich also nicht stören, wenn ich sie umwerbe? Wenn du den Entschluss fasst, sie zu retten, werde ich sie nehmen, Bruder. Sie ist eine wahre Schönheit.«

Ohne überhaupt darüber nachzudenken, ließ Thane sich zu einer Reaktion hinreißen. Er schoss von seinem Stuhl hoch und versetzte seinem Schreibtisch einen Stoß in Richtung seines Bruders. Er traf ihn nicht, doch das Möbel kam so dicht an Brian heran, dass dieser von seinem Stuhl aufsprang. »Sie ist für dich nicht zu haben, Brian.«

Keiner sagte ein Wort, bis Mora die Nase krauste und flüsternd meinte: »Er mag sie.« Dann nickte sie und wackelte mit den Augenbrauen.

Thane konnte ihre Unterstellung nicht widerlegen. Verflixt, aber sie sagte die Wahrheit. Nie würde er das vor den anderen zugeben, insbesondere deshalb nicht, weil sie beide wussten, dass er sein Leben nach einem bestimmten Glauben und Regeln richtete, die eine solche Möglichkeit nicht zuließen.

Mit Ausnahme seiner Schwester hasste er Frauen. Wie konnte er es dann zulassen, dass dieses unwahrscheinliche Ereignis, diese geheimnisvolle, aber eingeschüchterte Frau, sein Herz aus Granit erweichte?

Er fühlte sich zu Tamsin hingezogen. Das behagte ihm allerdings ganz und gar nicht.

KAPITEL SIEBZEHN

Tamsin

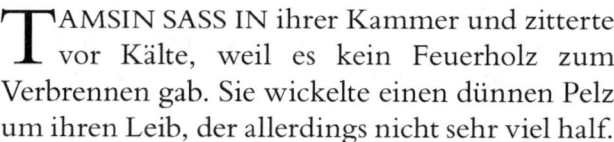

TAMSIN SASS IN ihrer Kammer und zitterte vor Kälte, weil es kein Feuerholz zum Verbrennen gab. Sie wickelte einen dünnen Pelz um ihren Leib, der allerdings nicht sehr viel half.

Auf ihrer Rückfahrt von Mull war es ereignislos zugegangen, da ihr Mann die ganze Zeit mit den Wachen darüber schwadronierte, wie heldenhaft er sie gerettet hatte. Aus ihrer Sicht handelte es sich dabei samt und sonders um Lügen, doch sie hatte kein Wort geäußert. Er hatte eine Art und Weise alles so zu verdrehen, dass er am Ende wie der mächtigste Mann der Welt dastand.

Das einzige Ereignis, das sie mit einbezog, bestand in seiner Geste, sich zu ihr umzudrehen und ihr in den Schoß zu spucken. Tamsin dachte, sie würde sich über die Bordwand hinweg übergeben. Der Mann war widerlich.

Sie würde allerdings äußerlich die Fassung wahren, denn sie wusste genau, dass er sie nur provozierte, um einen Vorwand zu haben, sie zu schlagen. Es kam nicht oft vor, dass er sie vor anderen schlug, insbesondere nicht ohne triftigen Grund, denn das tat er lieber unter vier Augen, und er hoffte, sie würde ihm diesen Grund liefern, was sie ihm jedoch verweigerte. Sie war darauf gefasst, dass er seine Hand bei jeder winzigen Indiskretion ihrerseits nur darauf wartete, zuzuschlagen. Also saß sie still und tat einfach so, als wäre nicht das Geringste geschehen.

Sie würde warten, bis sie irgendwann allein waren, ehe sie ihn nach Alana fragte.

Tatsächlich machte sie sich bereits Gedanken darüber, wie sie am besten in Erfahrung bringen könnte, wo ihre Tochter festgehalten wurde. Es gab eine Dienstmagd, in die sie Vertrauen hatte, und so überlegte sie, die Magd zu fragen, wo Alana war. Es wäre die reinste Zeitverschwendung, ihren Mann danach zu fragen und aller Wahrscheinlichkeit nach würde sie damit eine Litanei von Belehrungen und Ohrfeigen über sich ergehen lassen müssen. Niemals würde Raghnall ihr die Wahrheit verraten, es sei denn, es gäbe einen Grund dafür, der ihm von persönlichem Nutzen sein könnte.

In Anbetracht der Situation musste sie abwarten, wie sie die Sache mit ihm angehen würde.

Sie schwor sich allerdings, Alana zu finden. Sie musste einfach wissen, dass ihre Tochter wohlauf war und es ihr an nichts fehlte.

Tamsin kam zu dem Schluss, dass sie ihre Zeit am besten nutzen sollte, indem sie einen Plan schmiedete, wie sie von Raghnall wegkommen konnte, und herauszufinden, wo ihre Tochter festgehalten wurde. Dann musste sie noch eine

Möglichkeit auskundschaften, wie sie beide von der Insel wegkommen konnten.

Nach ihrem Aufenthalt auf der Isle of Mull bedauerte sie viele Dinge. Sie hätte beispielsweise Eli bitten sollen, sie im Schwimmen zu unterweisen. Sie wünschte, sie hätte etwas über den Umgang mit Pfeil und Bogen gelernt, wenn sie diese Waffen auch noch in Raghnalls Haus gesehen hatte. Sie wusste auch, dass er ihr nie gestattet hätte, eine solche Waffe mit nach Hause zu bringen.

Tamsin war auf der Isle of Ulva ganz allein auf sich gestellt. Wie sollte sie je eine Möglichkeit finden, von der Insel fortzukommen? Wenn sie dann einen Weg für sich selbst fand, wie sollte sie es schaffen, Alana zu befreien? Denn sie tappte vollkommen im Dunkeln, wo das Kind versteckt sein könnte.

Raghnall lebte in einer Art Langhaus, das den Gebäuden ähnelte, welche die Norweger bewohnten. Ihre Mutter hatte diese Bauten immer so genannt. Ihre Schwiegermutter wohnte nicht weit davon in einem anderen, aber ähnlich strukturierten Gebäude. Tamsin wusste aber nicht, in welchem. Es gab drei Gebäude hinter ihrem großen Langhaus. Allerdings gab es nur zwei Möglichkeiten, ihre Tochter zu finden.

Sie würde Alma fragen, denn sie war die einzige Dienstmagd, die je freundlich zu ihr war, ob sie wüsste, wo Alana war. Wenn Alma ihr nicht weiterhelfen konnte, blieb Raghnall ihre einzige Alternative.

Ihre Tochter zu finden war Tamsins oberstes

Ziel und sie musste die traurige Tatsache akzeptieren, dass sie keine Freunde hatte, die ihr helfen konnten, denn seit ihrer Heirat hatte Raghnall sie von der Außenwelt isoliert.

Sie zwang sich, von ihrem Stuhl aufzustehen, bewegte sich in der Kammer und rieb sich die Arme, damit ihr wärmer wurde. Es war bitterkalt in der Kammer, obwohl sie gerade die ersten Sommermonate erlebten. Nie stand die Sonne vor dem Fenster ihrer Kammer, und die hinter dem Gebäude wachsenden Bäume schirmten jeden warmen Strahl ab, nach dem sie von der goldenen Sonne am Himmel lechzte.

Die Tür schlug mit einer Wucht auf, wie sie sie noch nie erlebt hatte, und ihr Mann stand in im Rahmen. »Bist du bereit, mir einen Sohn zu schenken? Ich werde meinen Samen wieder in dir pflanzen, aber es liegt an dir, dafür Sorge zu tragen, dass dieses Kind ein Junge wird. Bist du einverstanden, Frau?«

Sie hatte keine andere Wahl, als zu tun, was er sagte, obwohl ihr schleierhaft war, wie sie dies bewerkstelligen sollte. Sie wusste, was sie ertragen musste, um ein Kind zu bekommen, aber wie man sicherstellte, dass es ein Junge würde, war ihr nie begreiflich geworden.

»Mach dich bereit.« Er trat hinaus und sagte: »Ich werde sehr bald wieder zurückkehren.«

Ihr blieb keine Wahl in dieser Sache. Er war der einzige Weg zu Alana.

KAPITEL ACHTZEHN

Thane

THANE RITT MIT Mora, Brian, Artan und zwei weiteren Wachen zum Duart Castle. Mora war so aufgeregt, dass sie nur mit Mühe an sich halten konnte. Er dankte dem lieben Herrgott für seine Schwester. Ihr Enthusiasmus und ihre Lebensfreude entrangen ihm immer wieder ein Lächeln.

Es war ihm mehr als unangenehm, anderen gegenüber erklären zu müssen, warum sie das einzige weibliche Wesen innerhalb der Mauern des Castles war, doch er vermochte auch nichts daran zu ändern. Seine innere Überzeugung war von einer Kraft beseelt, gegen die er einfach nicht ankam.

Seine eigene Mutter war daran schuld, die ihre Kinder so ungemein niederträchtig behandelt hatte, dass er keiner Frau mehr traute. Mit Ausnahme seiner Schwester. Sobald diese grauenhaften Erinnerungen sich in sein Bewusstsein vorkämpften, musste er sich ihrer mit aller Macht erwehren, damit er nie wieder an sie denken musste.

Diese Erinnerungen waren einfach zu qualvoll.

Diese Reise hatte viele Erinnerungen an die Vergangenheit in ihm wachgerufen, obwohl er nicht im Geringsten verstand, warum das so war. Sie mussten den Berg umrunden und die Wälder durchqueren, bis sie zu einer erhöhten Stelle gelangten, die bei allen Reisenden der Insel allseits beliebt war, denn die Aussicht war einfach sagenhaft. Immer blieb er hier an dieser Stelle stehen, um den Blick in alle vier Richtungen schweifen zu lassen, zum Firth of Lorne, zum Loch Linnhe, zum Sound of Mull. Die Sicht ging unglaublich weit.

Er hob die Hand, damit seine Begleiter stehen blieben. Dann gab er seinem Bruder ein Zeichen, Mora abzulenken, während er absaß und sich ein Stück weit vom Weg entfernte. »Ich bin gleich wieder da, Mora.« Alle waren es von ihm gewohnt, dass er immer an dieser Stelle Halt machte.

Dann stand er dort mit Blick auf den Sound of Mull, und Erinnerungsfetzen an ihre Kinderzeit gingen ihm durch den Kopf. Wenn er sie nur anhalten könnte, um sie eine nach der anderen in aller Ruhe zu studieren. Visionen nahmen Gestalt an, wie er mit seinem Vater auf einem Pferd saß, eine Zeit voller Glück und Sicherheit. Beinahe konnte er die grollende Stimme seines Vaters hören, der einen anderen Mann anwies, sie zu begleiten, doch Thane beachtete ihn nicht, denn er freute sich so sehr über ihre Reise, dass er kaum stillhalten konnte. Oft rieb sein Vater über seinen Arm oder tätschelte sein Bein, und er liebte diese kleinen Gesten der Zuneigung sehr. An diesem

Tag war er mit Thane zu der Höhle geritten, die sie schon lange zuvor erkundet hatten. Dort war sein Vater auf der Suche nach irgendetwas, doch Thane wusste nie, was zu finden sich sein Vater erhoffte.

Er war von diesen Visionen beunruhigt, denn sie passten nicht mit dem Bild eines Mannes zusammen, der seine drei kleinen Kinder samt ihrer Mutter im Stich lassen würde, woran ihre Mutter sie oft erinnert hatte.

Es war allerdings seine zweite Erinnerung, von der er sich immer mehr verfolgt fühlte. Es war das Bild einer ihm unbekannten Frau, die Mora packte, während sein Vater ihn anbrüllte. »Lauf, Thane. Nimm Brian und renn mit ihm in den Wald!« Ein Sturzregen prasselte auf sie nieder, aber trotzdem packte er Brian an der Hand und rannte los, wobei er sich umzudrehen versuchte, weil er sehen wollte, wo Mora und sein Vater waren. Als ihm dies dann endlich gelang, starrte er auf die Ströme von Blut, die an seinen Füßen vorbeiflossen. In der Ferne war in alle Himmelsrichtungen das Meer zu erkennen. An mehr konnte er sich nicht erinnern.

Mit jeder Erinnerung an diese Episode war er jedoch bemüht, wichtige Erkenntnisse zu gewinnen, die sich als nützlich erweisen könnten. Wer war die Frau? Es handelte sich bei ihr nicht um seine Mutter, denn diese Frau war zu freundlich. Er schlussfolgerte, dass es sich um eine Tante handeln musste und sie vielleicht die Schwester seines Vaters gewesen war.

Woher war aber dieses ganze Blut gekommen?

Und niemals würde er die letzten Worte vergessen können, die er dann gehört hatte. »Thane, gib auf Brian und Mora acht!«

Außer dieser Erinnerung hatte er keine weiteren. Damals musste er etwa fünf Sommer alt gewesen sein, während Brian drei und Mora gerade ein Jahr alt gewesen waren. Seine beiden Geschwister hatten nicht die geringste Erinnerung an diese Zeit, und somit waren sie ihm keine Hilfe.

Diese Erinnerungen suchten ihn allerdings immer dann heim, wenn er die Insel überquerte. Manchmal erschienen sie ihm auch in seinen Träumen, worauf er dann schweißgebadet aufwachte. »Thane, geht es dir gut?«

Häufig war es die Stimme seiner Schwester, die ihn aus seiner Erinnerung riss, doch dieses Mal war er froh darüber. »Mir geht es gut, Mora. Ich bewundere nur die Aussicht. Wir können weiterziehen.«

»Dies ist die allerschönste Aussicht von allen. Sie ist sogar besser als die Aussicht von unseren Zinnen. Stimmst du mir nicht zu? Was meinst du, Brian? Denkst du, sie werden mir erlauben, die Aussicht über die Zinnen von Duart Castle zu bewundern? Glaubst du, sie werden mich mögen, Thane?«

Er musste lächeln und seine Erinnerung verblasste vorerst. »Ich denke, die Ladys Ramsay und Grant werden dich ins Herz schließen, Mora. Wer würde meine Schwester nicht gern haben?« Diese Ansicht war er vom Grunde seines Herzens aus. Mora war ein Segen für sie alle. »Du brauchst sie nur zu fragen, und ich denke, sie werden dir deine Bitte gern erfüllen, die Aussicht von den Zinnen aus zu bewundern. Sehr gern würde ich dich begleiten, da ich mir sicher bin, dass die Aussicht wundervoll ist.«

»Darf ich mit dir Streitrösser besuchen? Kann ich auch ihre Küche anschauen? Wirst du sie bitten, ob sie mich vielleicht im Bogenschießen unterrichten würden?«

»Aye, aye. Das mit dem Bogenschießen müssen wir erst noch sehen. Mora, versprich dir bitte nicht zu viel. Auf dieser Reise werde ich wahrscheinlich mehr mit den Männern als mit den Frauen zu tun haben.«

»Aber die Mistress wird mir doch bestimmt erlauben, die große Halle zu besichtigen. Zu gern würde ich sehen, wie sie dekoriert ist. Haben sie dort Wandteppiche? Oder Plaids? Oder schmücken sie ihre Halle vielleicht mit Blumen und Tannen? Welches Gericht kochen sie am häufigsten? Wie viele Köchinnen haben sie? Ich habe Unmengen von Fragen.«

Angesichts der Neugier seiner Schwester musste Thane fast die Augen verdrehen, doch inzwischen war er daran gewöhnt.

Diese Neugier war einer ihrer elementarsten Charakterzüge, den er akzeptierte.»Ich verspreche dir, dich mit Eli bekanntzumachen, und du darfst sie alles fragen, was du willst, aber versprichst du mir, ihr nur eine Frage auf einmal zu stellen?«

»Das verspreche ich.« Dann runzelte Mora die Stirn, ehe sie ihm die aufrichtigste Antwort gab, zu der sie fähig war. »Ich werde mein Bestes geben.«

»Mehr kann ich nicht verlangen.« Er war für ihre Ehrlichkeit dankbar, denn darauf konnte er immer zählen. Solche kleinen Schätze waren überaus selten.

Mit einem Mal nahmen sie die Luftveränderung wahr, denn die Nähe zum Meer war immer das erste Zeichen der herannahenden Küste. Das Castle lag in der Ferne hoch oben in der Nähe von Duart Point. Es handelte sich um ein imposantes Bauwerk, das überaus solide gebaut und mit einer dicken Mauer umgeben war, die nicht nur vor Eindringlingen Schutz bot, sondern auch vor den Elementen. Thane hatte mindestens ebenso viele Fragen wie Mora.

Unterwegs dachte er noch einmal über Artans Überlegungen zu Ulva und Raghnall Garvie nach. Bei ihrem nächsten Ausflug würden sie die Insel besuchen. Zwischen den Inseln gab es eine schmale Stelle, an der man mit einem kleinen Boot ans andere Ufer übersetzen konnte. Diese Stelle wurde von vielen genutzt und er dachte, dass sich dort vielleicht ein Boot mieten ließe, um mehr Menschen zu befördern. Er erwog, diese Möglichkeit zu überprüfen.

Er könnte auch ihr eigenes Schiff oder ein kleines Boot nehmen, doch weil er Garvie und seinen Männern nicht traute, fürchtete er, das Boot könnte bei seiner Rückkehr abhandengekommen sein. Dieser Mann war durch und durch ein Dieb. Ein Dieb und ein Lügner, wenn Thane raten sollte.

Sie näherten sich dem Castle und gingen auf die Tore zu. Thane war überrascht, dort auf eine Gruppe von Dorfbewohnern zu treffen, die draußen stand und auf Einlass wartete.

Brian blickte zu ihm hinüber. »Was sollen wir tun?«

Thane ging weiter auf die Gruppe zu und bahnte sich einen Weg durch die Dorfbewohner, indem er die Zügel von Moras Pferd nahm und sie direkt zum Torhaus führte. »Thane MacQuarie, ich möchte zu Eli und Alaric Grant, wenn ich bitten darf.«

»Einen Moment«, entgegnete der Wachmann, ging und kehrte dann schnell zurück. »Ihr könnt eintreten. Mylady Elisant wird Euch auf den Stufen zum Bergfried erwarten.«

»Vielen Dank«, beschied er dem Mann und winkte seinen Wachen und den anderen, ihm zu folgen, sobald sich das Tor öffnete.

Drinnen stand ein großer, bärtiger Mann und führte sie zu den Stallungen, wobei er Moras Pferd zuerst nahm. »Mein Name ist Maitland Menzie. Wir heuern einige Dorfbewohner an. Wir suchen zehn weitere Wachen, die wir ausbilden können, und zwei Frauen, die im Haus arbeiten. Ich kenne deinen Namen, also gehe ich davon aus, dass du nicht auf der Suche nach Arbeit bist. Hast du nicht die verletzte junge Frau zu Eli gebracht?«

»Ja, ich bin auf einen kurzen Besuch gekommen, um mich zu erkundigen, wie es Tamsin geht, und, wenn ich darf, mit Euch über Eure Pferde zu plaudern.«

Ein Bursche kam heraus, um die Pferde zu übernehmen, und auch ein weiterer Mann, der wie ein Dorfbewohner aussah. »Wir werden uns um die Tiere kümmern, Mylord.«

Thane half Mora beim Absteigen und sagte dann: »Vielen Dank. Unsere Wachen werden unsere Pferde abbürsten. Wenn ihr etwas Hafer für sie habt, wären wir euch sehr dankbar.«

Nachdem die Pferde in die Ställe geführt worden waren, kamen zwei Frauen auf sie zu. Thane nickte zur Begrüßung. »Lady Grant, oder sollte ich Euch mit Lady Grantham anreden?« Dann wandte er sich an die andere Frau und sagte: »Ich grüße Euch, Lady Burgherrin.« Er war sich nicht ganz sicher, wie er eine Frau ansprechen sollte, die das Amt eines Lairds innehatte, also hoffte er, der Sache nahe gekommen zu sein.«

Lachend entgegnete Eli: »Da habe ich mich noch nicht so ganz festgelegt.« Zunächst einmal Grant. Das kann sich aber noch ändern. Das ist Dyna. Sie ist Alarics Cousine. Wie Ihr bereits wisst, übt sie zusammen mit Maitland das Amt des Lairds des Grantham Clans aus.«

»Ich freue mich, Euch kennenzulernen, Laird«, sagte er zu Maitland. »Das ist meine Schwester Mora und mein Bruder Brian. Wir haben einige Wachen mitgebracht, aber sie werden sich um die Pferde kümmern. Dies ist ein nachbarschaftlicher Besuch. Mora würde gerne die große Halle sehen, wenn es Euch nichts ausmacht. Sie hat einige Fragen.«

Moras Gesicht war voller Aufregung, und ihr ehrfürchtiger Blick auf Dyna Grant sprach Bände.

»Ihr seid wirklich ein Laird? Ein weiblicher Laird? Wie ist das möglich? Gefällt Euch diese Rolle? Was ist Eure Lieblingsaufgabe…«

»Mora.« Thane hatte ihre Hand in seine genommen. Sie errötete und verstummte.

»Verzeiht mir, Mylady. Ich freue mich, Euch kennenzulernen.«

»Welche Absichten verfolgt Ihr mit Eurem Besuch, MacQuarie?«, fragte Maitland.

»Ich möchte mich unter anderem nach einem Arrangement erkundigen, meine Stuten mit Eurem Streitross zu decken. Und ich dachte, ich sollte Euch mitteilen, dass Tamsin bis zu meinem Castle durchgedrungen ist, und zwar kurz bevor ihr Mann erschien, um sie von dort abzuholen. Er behauptete, ihm sei gesagt worden, dass sie in meinem Castle zu finden wäre.«

»Sie ist mit ihm gegangen?« Der Schock, der sich auf Elis Gesicht zeigte, hatte große Ähnlichkeit mit demjenigen, den Thane an jenem Tag empfunden hatte, als Tamsin freiwillig auf das Schiff ihres Mannes gegangen war.

»So ist es. Sie vermisst ihre Tochter.«

»Kommt herein«, wurden sie von Maitland eingeladen, »es gibt eine kleine Mahlzeit, und wir unterhalten uns. Ich glaube, Mora würde sich gerne mit Astra, Dynas Schwester, unterhalten, die ungefähr gleich alt ist. Sie ist fünfzehn.«

»Ich bin fünfzehn. Ich würde gern ihre Bekanntschaft machen«, meinte Mora und ihre Augen verschleierten sich.

Einzig dieser Anblick war für Thane wie ein Schlag in die Magengrube. Er musste Freundinnen für sie finden. Zudem war ihm auch daran gelegen, dass sie sich im Bogenschießen übte.

»Wir freuen uns sehr über diese freundliche Einladung«, meinte Thane. Nun gingen sie in die große Halle und waren überrascht, dort drei Kinder vorzufinden, die gerade ihr Mittagsmahl beendeten. Sie begrüßten die Kleinen, und alle drei nahmen ihre Miniaturbögen in die Hand, wobei jeder von ihnen vorsorglich einen Pfeil hervorholte und bereithielt. Ihre Mimik entlockte ihm ein Schmunzeln. Er freute sich über ihre Mimik.

Das älteste Mädchen war an ihn herangetreten und meinte: »Sag, was ist dein Begehr?« Beim Sprechen zielte sie mit ihrem Bogen unmittelbar auf seinen Bauch.

Dyna – er vermutete, dass es sich um ihre Mutter handelte – mischte sich ein: »Legt die Bögen beiseite. Dies sind Freunde, Sylvi. Nimm deinen Bruder und deine Schwester eine Weile mit und lass sie mit den Bauklötzen spielen. Ich brauche Astra für eine Weile.«

Sylvi legte ihren Bogen in einen Korb beim Kamin und dann lief sie, ihre Geschwister auf den Fersen, zu den Bauklötzen hinüber.

Dyna ergriff Astras Hand und stellte sie vor: »Das ist meine Schwester Astra. Sie bleibt für eine Weile bei uns, um uns zur Hand zu gehen. Sie liebt es, neue Freundschaften zu schließen.«

»Ich bin unglaublich dankbar, dass ich dich kennenlernen darf, und ich hoffe, wir können Freundinnen werden. Kannst du mit einem Bogen umgehen? Mit Freuden würde ich das

Bogenschießen erlernen, wenn du bereit wärst, mich auszubilden.«

»Wir werden dich sehr gern unterrichten«, antwortete Dyna. Komm mit uns, und ich werde einen Bogen für dich finden, mit dem du anfangen kannst. Kommt alle drei mit«, forderte sie ihre Kinder auf.»Wir werden Eli und Maitland beim Laird lassen.«

Mora quiekte vor Vergnügen und sah Thane bittend an. »Darf ich mit ihnen gehen, Thane?«

»Aye, gewiss. Hör gut zu, Mädchen«, ermahnte er sie und freute sich über ihre schnelle Aufnahme durch die anderen. Die drei Kinder sausten umher und summten dabei.

»Es gibt nichts Schöneres auf Erden als glückliche Kinder, nicht wahr?«, fragte Eli und sah den dreien liebevoll nach, als sie davonsausten.

Thane wusste wahrhaftig nicht, wie auf ihre Feststellung antworten solle, denn es war das erste Mal, dass er Kinder summen hörte. In seinem Castle gab es keine Kinder. Weder gab es dort Frauen noch Kinder. Allmählich begann er zu erkennen, wie bedeutungsvoll dies war, sodass er es nicht länger ignorieren konnte.

Maitland lud ihn mit einer Handbewegung ein, sich auf einen Stuhl beim Kamin niederzulassen. Eine Frau kam herbei, und Eli sprach sie an:»Vier Ale und zwei Fleischpasteten, Murreal, bitte.«

Sobald sie sich alle gesetzt hatten, ergriff Maitland das Wort:»Alaric ist gerade beschäftigt, denn er befragt die Bewerber, die sich als Wachen ausbilden lassen wollen. Wir können auf dem Weg nach draußen mit ihm sprechen. Ehe wir uns aber über die Pferde unterhalten, setzt mich bitte über Garvie ins Bild. Ich muss über jeden Bescheid wissen, der eine Bedrohung für unsere Sicherheit darstellen könnte. Wir wären Euch zu Dank verpflichtet, wenn Ihr uns einen kurzen Überblick über die Clans geben könntet, die auf den Inseln leben – wem Ihr mehr vertraut und wem nicht.«

Thane würde alles Wissenswerte berichten, in der Hoffnung, sich damit im Gegenzug einen oder zwei Gefallen zu sichern. »Ich erzähle euch gerne, was ich weiß. Der MacVey Clan ist euer nächster Nachbar und er hat sein Gebiet auf halbem Wege zum nördlichsten Punkt der Insel, wo der Rankin Clan wohnt. Die beiden Clans gelten als Verbündete, wobei das stärkste Band zwischen ihnen allerdings ihre Nähe zueinander bildet. Der MacQuarie Clan ist im westlichen Teil ansässig und liegt am dichtesten zu der Insel Ulva. Dann gibt es noch die MacClanes auf der Insel. Sie sind allerdings noch damit beschäftigt, den richtigen Platz für den Bau ihres Castles zu wählen, was sie hauptsächlich westlich von euch versuchen. Ich spreche nur selten mit ihnen. Vor eurer Ankunft waren die MacVeys die Einzigen gewesen, die eine Heilerin in ihrem Clan hatten, weshalb sie auch den intensivsten Kontakt zu den Bewohnern der Insel haben.

»Meines Wissens sind die auf Ulva lebenden Garvies die Schlimmsten außerhalb der Insel. Ich weiß von keinem anderen Clan auf Ulva. Auf der Insel Iona steht die wunderschöne Iona Abbey, die vor vielen Jahren errichtet worden ist. Die Insel weist einige ungewöhnliche Charakteristiken auf. Es gibt zwei Steintürme, von denen sich einer bei Dun Nan Gall und einer bei An Sean Chaisteal befindet. Der bedeutendste Berg ist Ben More, und er liegt in der Mitte der Insel. Zudem gibt dort zahlreiche Höhlen. Unser Clan ist der jüngste auf dieser Insel, denn wir haben ihn erst vor vier Jahren gegründet, als wir unseren Sitz übernommen haben, der zuvor durch ein Feuer unbekannten Ursprungs zerstört worden war. Wir haben die Gebäude restauriert und sind inzwischen zu einem Clan von fünfundzwanzig Mitgliedern angewachsen. Stets sind wir auf der Suche nach weiteren Mitgliedern.«

»Über welche Art von Kampfkraft verfügt Garvie?«, fragte Eli. »Schwertkämpfer, Bogenschützen? Was bevorzugen diese Leute?«

»Garvies Wachen hatten lediglich winzige Schwerter, als sie kamen, um Tamsin abzuholen. Dazu noch waren sie so langsam wie eine Schnecke in staubtrockener Erde. Es wäre nicht schwer, sein Gebiet zu erobern, wenn ihr eure Männer nach Ulva bringen könntet. Ich würde mir selbst gern ein Bild machen, doch ich besitze nur ein kleines Boot und ich fürchte, es an Garvies Männer zu verlieren. Es liegt nicht in meinem Interesse, das Risiko einzugehen, auf Ulva festzusitzen, ohne eine Möglichkeit, wieder zurückzukommen. Das würde bedeuten, dass wir seiner Gnade ausgeliefert wären. Da ich inzwischen seine Bekanntschaft gemacht habe, kann ich mit Fug und Recht behaupten, dass er keinerlei Moral besitzt. Er ist imstande, Euer

Boot zu stehlen, und Euch dann rundheraus zu sagen, er hätte keine Ahnung, wovon Ihr sprecht. Traut weder ihm noch seinen Männern.«

»Es will mir einfach nicht in den Kopf, warum Tamsin zu ihm zurückgekehrt ist«, bemerkte Eli. »Ich weiß, dass sie ihre Tochter zurückhaben will, und sobald wir schlagkräftig genug sind, um sie zu unterstützen, würden wir sie begleiten, um ihr bei der Suche nach dem Mädchen zu helfen.«

»Ihr würdet Euch in eine unbekannte Situation begeben, Euch selbst und Eure Männer auf einer Insel in Gefahr bringen, ohne Euch zu sorgen?«, staunte Brian.

Eli entfuhr ein leichtes Schnauben. »Das würde ich ganz sicher, wenn die richtigen Männer dabei wären. Ich habe bereits gegen die Engländer gekämpft. Im Bogenschießen bin ich sehr gut. Mein Glaube sagt mir, das Richtige zu tun, und eine Frau zu schlagen ist Unrecht. Sie hat berichtet, dass er sie geschlagen hätte, weil sie sein Essen anbrennen ließ.«

Brian bestätigte: »Genau das lastet Garvie ihr als Verbrechen an. Seiner Ansicht nach sei sie alles andere als unschuldig. Das hat er zu uns gesagt. Zudem verlangt er von ihr, dass sie ihm einen Sohn gebärt.«

»Das Geschlecht eines Kindes kann man sich aber nicht aussuchen.«

»Er glaubt, dies sei möglich«, bemerkte Thane.

»Hat er Bogenschützen?«, fragte Eli.

»Auf der Insel habe ich noch nie viele Bogenschützen gesehen. Es gibt einige, die mit Bögen auf die Jagd gehen, also bezweifle ich, dass Garvie unter seinen Leuten welche hat. Wir haben nur einen Bogenschützen, mehr nicht.«

»Ich werde die Sprache auf etwas Sinnvolleres bringen«, mischte Maitland sich ein. »Erzählt mir von den Tieren, die Ihr am häufigsten jagt. Wie ernährt Ihr Euren Clan, MacQuarie?«

»Die meisten Inselbewohner leben von der Süßwasserfischerei, um ihre Clans satt zu bekommen, doch einige fischen auch im offenen Meer. Im Loch Ba, ein Stück westlich von hier, gibt es herrliche Lachse und Forellen. Es sind riesige Fische dabei, von denen viele Menschen satt werden können. Ich würde Euch gern irgendwann einmal dorthin führen.«

»Wie steht es mit der Jagd? Ist es in der Hauptsache Wildschwein?«, fragte Eli. »Ich gehe für mein Leben gern auf die Jagd.«

Brian machte eine überraschte Miene ohne jedoch etwas zu sagen, und er überließ es seinem Bruder, hierauf zu antworten. »In erster Linie jagen wir Rotwild. Insbesondere in den Wintermonaten sind sie auf ihrer Suche nach Seetang nahe bei der Küste zu finden. Es gibt aber auch viele Nagetiere wie Hasen, Kaninchen und Frettchen. Wir haben einige Fasane gesichtet, die wir aber nie erwischt haben. Dann sind wir auch auf Wildziegen gestoßen, und die Clans halten selbst Ziegen zur Milchgewinnung. Der Rankin Clan hat einige Highland-Kühe auf die Insel bringen lassen. In der Vergangenheit ist es zu einigen Viehdiebstählen gekommen, welche die Rankins und MacVeys in Aufruhr versetzt haben. Wir wissen immer noch nicht, wer der

Übeltäter war. Es waren nur zwei Exemplare, aber sie haben noch keine sehr große Herde. Ich hege die Hoffnung, dass mein Clan eines Tages in den Besitz von zwei Ziegen gelangt, um unsere eigene Herde zu gründen, aber bislang haben wir noch keine Tiere.«

Maitland sah Eli fragend an. »Willst du noch etwas anderes wissen, Eli?« Dann wandte er sich an die Besucher und erklärte: »Dyna und ich sind die Lairds, Eli und Alaric sind für unsere Wachen zuständig, wie auch für die Schwertkämpfer und Bogenschützen.«

Thane war mehr als beeindruckt. Hier war eine Frau, die das Kommando über die Wachen hatte. Das wäre ihm im Traum nicht eingefallen und er hoffte auf eine Gelegenheit, Eli eines Tages in Aktion zu erleben. Vielleicht könnte er sie ja sogar dafür gewinnen, dass sie einen Teil seiner Wachen im Umgang mit dem Bogen unterweist.

»Nur eine Frage«, meldete sich Eli zu Wort. Wann um alles in der Welt werden wir uns Garvie vornehmen? Meines Erachtens scheint mir dies das dringendste Anliegen zu sein, Maitland.«

»Noch nicht, Eli«, entgegnete Maitland, der sich erhob. Erst müssen wir weitere Wachen ausbilden, ehe wir in Betracht ziehen, jemanden anzugreifen. Dazu noch müssen wir uns auch im Umgang mit einem Boot üben und deutlich geschickter darin werden. Erst dann werden wir reden. Wir brauchen in erster Linie Schutz und Nahrungsmittel, und erst in zweiter Linie überlegen wir, ob wir angreifen. Das Wichtigste zuerst.«

»Ach, verdammt und zugenäht. Ich bin deiner Meinung, Maitland, aber eines Tages werde ich mir diesen hässlichen Troll vornehmen. Zur Hölle nochmal.«

»Eli flucht für ihr Leben gern, aber ihr könnt mir glauben, dass sie tun wird, was sie hier ankündigt«, erklärte Maitland seinen Gästen mit einem leisen Lachen.

Thane stand auf. »Vielen Dank für Eure Gastfreundschaft. Vielleicht sollten wir nun aufbrechen. Wenn Ihr mich zu meiner Schwester führt, werde ich sie mit mir nehmen.«

»Das kommt gar nicht in Frage«, widersprach Eli. »Ich bestehe darauf, dass Ihr nach Eurer Reise die Nacht hier verbringt. Wir haben zahlreiche leerstehende Kammern. Gestattet Eurer Schwester, in der Kammer mit all den anderen Mädchen zu schlafen. Das wird ihr sehr gefallen. Begleitet mich doch bitte. Maitland wird zu den neu eingerichteten Übungsplätzen hinausgehen, übe die wir uns schrecklich freuen. Ihr müsst zumindest zustimmen, zu einer Mahlzeit zu bleiben. Das ist Sitte in den Highlands.«

»Ich nehme Eure Gastfreundschaft gern an und danke Euch von Herzen. Darf ich mitkommen, Maitland?« fragte Thane.

»Aye, wenn es Euer Wunsch ist.«

»Ich werde Mora suchen gehen«, meinte Eli.

Thane überlegte, auf welche Weise er sich am besten nach dem Entgelt für die Dienste der Deckhengste für seine Stuten erkundigen sollte, als Maitland bemerkte: »Wir sind noch nicht so weit, Pferde als Deckhengste einzusetzen. Erst einmal müssen sie sich an ihr neues Zuhause und aneinander gewöhnen.«

»Wenn sie bereit sind, würde ich sehr gern eine oder zwei Stuten hierherbringen.«

»Das werde ich mir merken. Bald bekommen wir noch weitere Pferde dazu. Sobald alle eingetroffen sind, werde ich über Eure Bitte nachdenken. Natürlich gehört unser bestes Schlachtross Alaric, also müsst Ihr mit ihm sprechen. Wir haben noch eine ganze Menge andere gute Pferde, aber Alarics Hengst ist der beste.«

Als sie bei den Übungsplätzen ankamen, verschlug es Thane die Sprache. Noch nie ihn seinem Leben hatte er so etwas gesehen. Er stieß einen Pfiff aus, was Artan veranlasste, aus den Stallungen zu kommen. Er winkte ihn heran. »Bitte schau dir das zusammen mit mir an.«

Er beobachtete die Männer, die sich auf dem Feld vor ihm in ihren Schwertkünsten übten, während Alaric gerade einen Übungskampf mit einem anderen Kämpfer absolvierte. Thane hatte noch nie in seinem Leben eine solche Demonstration schierer physischer Kraft gesehen. Sogleich hatte er ein neues Ziel – er wollte ebenso stark und geschickt werden.

»Alarics Cousin Broc ist sein Übungspartner. Broc ist gerade erst hier angekommen, und die beiden können ewig miteinander kämpfen, weil sie große Freude daran haben. Sie führen den Kampf vor und die neuen Wachen verbringen den Tag mit körperlicher Ertüchtigung.«

Artan fragte: »Den ganzen Tag?«

»Den größten Teil davon. Wir haben noch andere Aufgaben zu erledigen, bei denen wir ihre Hilfe gebrauchen können. Die Männer werden uns gute Dienste leisten, wenn einige der Häuschen repariert werden müssen, sobald Leute kommen, die sie bewohnen können. Kommt, ich bringe Euch zum Bogenschießplatz.«

Sie begaben sich zum hinteren Bereich des Castles und dort stand Mora mit Pfeil und Bogen in der Hand, Dyna hatte sich hinter sie gestellt und korrigierte ihre Haltung, ehe sie dann zurücktrat und sagte: »Zielen und schießen.«

Mora schoss und verfehlte das Ziel nur sehr knapp. Er applaudierte und Mora drehte sich lächelnd um. Astra rief: »Großartig, Mora!«

Dyna wandte sich zu ihm um: »Wenn Ihr nichts dagegen habt, würden wir Mora gerne für ein oder zwei Wochen bei uns beherbergen. Astra würde sich über eine Freundin freuen, und wir würden sie gerne weiter im Bogenschießen unterweisen.«

Mora wartete gespannt, bis er zustimmend nickte. Sie quiekte und stürzte sich auf ihn, um ihn zu umarmen.

Thane musste sie an ihre Manieren erinnern. »Wir bleiben über Nacht und brechen dann am Morgen auf. Aye, du kannst bleiben. Du wirst helfen, wo immer du kannst, Mora. Hier wird Hilfe beim Einrichten des Castles gebraucht.«

»Natürlich! Aber ich habe nur genug Kleidung für eine Nacht mitgebracht.«

»Astra hat mehr, als sie braucht«, beruhigte Dyna sie, »und ihr seid von ähnlicher Größe.

Darüber hinaus bestehe ich darauf, dir dein erstes Paar Strumpfhosen und eine passende Tunika zu schneidern, denn dies ist die einzige Kleidung, die eine Bogenschützin tragen sollte.«

Mora kicherte so aufgeregt, wie er seine Schwester noch nie erlebt hatte. Thane hatte plötzlich einen merkwürdigen Gedanken, als er Dyna mit seiner Schwester beobachtete.

Hatte er in all den vergangenen Jahren an einem falschen Urteil über Frauen festgehalten?

KAPITEL NEUNZEHN

Thane

Vor acht Jahren, im späten Frühjahr,
auf einer unbekannten Insel

THANE RISS EINE weitere Pflanze aus, ehe er dann mit seiner Schaufel ein Loch in den Boden grub, in das er die Wurzeln der jungen Pflanze steckte. Er bedeckte sie mit Erde, sodass oben die Blätter herausschauten. Allein von dem Gedanken, dass diese Pflanze eines Tages essbar sein würde, knurrte ihm schon der Magen.

Außer ein paar Bohnen zum Frühstück hatte er heute noch nichts gegessen. Seine Mutter hatte ihn zusammen mit seinem Bruder in den Garten hinausgeschickt. »Geht nach draußen, ehe es zu heiß wird. Die Pflanzen werden welken, wenn ihr sie in der prallen Sonne umpflanzt. Brian, du gibst den Pflanzen Wasser, nachdem Thane sie umgepflanzt hat. Reiß auch das ganze Unkraut heraus, sonst gibt es für jedes Unkraut, das du übersiehst, einen Hieb mit der Peitsche.«

Brian zitterte, als er ein weiteres Unkraut herauszog und es in den Eimer daneben legte.

»Hilf mir, Thane. Gib acht, dass ich keines übersehe. Fast alles, was sein Bruder sagte, brachte er in einem Flüsterton hervor.

»Ich gebe acht, Brian.« Er warf einen Blick über seine Schulter, um sich zu vergewissern, dass sie hineingegangen war. »Ich kontrolliere noch einmal alles, wenn wir fertig sind, um sicherzugehen, dass wir nichts übersehen haben.«

Er würde nicht erlauben, dass sie seinen Bruder jemals wieder schlug. Einmal hatte seine Mutter sie mit der Peitsche gezüchtigt, und Thane hatte sich geschworen, dass das nie wieder passieren würde.

»Glaubst du, Papa wird je zurückkehren?«, fragte Brian im Flüsterton.

»Nein«, antwortete Thane. Wir haben ihn nie wieder gesehen, also ist er entweder tot oder er will uns nicht. Ich denke, es ist Letzteres.«

Die Tür ging auf und ihre Mutter warf Mora hinaus, die Tränen im Gesicht hatte. »Hinaus mit dir. Du heulst nur noch. Halt dein Maul. Ich bin es leid, mir das anzuhören.«

»Mama, ich habe Hunger.«

»Gib deinen Brüdern die Schuld. Sie haben alles aufgegessen, was ich hatte.« Dann schloss sich die Tür, und Mora rannte zu Thane hinüber.

Thane machte lange genug Pause, um den Arm um seine Schwester zu legen, doch dann öffnete sich die Tür, und ihre Mutter rief: »Zurück an die Arbeit, Thane.« Sie hielt ein Holzbrett in der Hand und schlug es gegen ihren Oberschenkel, um die Wirkung zu verstärken.

Brian sprang auf und Mora klammerte sich an

Thane und vergrub ihr Gesicht an seiner Schulter. Er schob sie zur Seite und flüsterte: »Nur für ein paar Augenblicke. Sie wird bald reingehen. Lass mich noch zwei in die Erde stecken, dann habe ich noch ein Stück Haferfladen für dich.«

Mora wischte sich die Tränen ab, setzte sich auf den Boden und sah ihren Brüdern bei der Arbeit zu. Dabei knetete sie ihren verschmutzten Kittel zwischen den Händen.

In jeder einzelnen Nacht überlegte Thane mehr als die Hälfte davon, wie er seine Geschwister und sich selbst aus dem grausamen Dasein bei ihrer Mutter befreien konnte. Mit zehn Wintern war er alt genug, um zu arbeiten und für seine Geschwister zu sorgen.

Eines Tages würde er eine Möglichkeit finden, wie sie von hier fortkämen, um nie wieder zurückzukehren.

Zu den Dingen, die er am meisten verabscheute, gehörte die Gewohnheit seiner Mutter, Mora immer dann zum Schweigen zu bringen, wenn sie zu sprechen anfing. Manchmal war es eine Ohrfeige, ein anderes Mal wurde seiner armen Schwester Wasser ins Gesicht gekippt. Wenn sie wirklich schlechter Dinge war, hängte sie Mora an einen Haken an der Wand und warf etwas nach ihr, sobald sie zu sprechen versuchte.

Mora hat gelernt, still zu sein. Die meiste Zeit.

Längst hatte er sich geschworen, seine beiden Geschwister von hier fortzubringen und sie nicht im Stich zu lassen. Einmal hatte er den Entschluss gefasst, von hier fortzulaufen, um dann zu einem späteren Zeitpunkt zu ihnen zurückzukehren.

Diesen Plan hatte er allerdings verwerfen müssen, da er eine Trennung von seinen Geschwistern nicht ertragen würde. Er würde viel zu viel daran denken müssen, wie sehr die beiden in seiner Abwesenheit zu leiden hätten.

Das konnte er Brian und Mora unmöglich antun.

Wenn sie nur irgendwie entkommen konnten.

Nie hatte er sich allerdings vorstellen können, dass ihr Leben noch schlimmer werden könnte, bis zu jenem Tag, an dem sich dieser Wandel zum Schlimmeren ereignete. Etwa ein Jahr später war ihre Mutter eines Morgens aufgewacht und hatte festgestellt, dass Brian ihren versteckten Vorrat an Haferfladen gefunden und mitten in der Nacht zwei Fladen verspeist hatte.

Wütend hatte sie sich einen Sack geschnappt, einige Kleidungsstücke hineingeworfen und verkündet: »Das war der Tropfen, der das Fass zum Überlaufen gebracht hat. Ich habe genug von euch jammernden Missgeburten. Ihr zieht aus.«

Mora jammerte, und Brian konnte nicht aufhören zu plappern, als sie zu einem Steg am Wasser getrieben wurden, den sie vorher noch nie gesehen hatten. Dort wurden sie gezwungen, in ein Boot zu steigen, und der Sack wurde ihnen hinterhergeworfen. Dann kam ein anderer Mann und begann zu rudern.

Mora heulte unaufhörlich, während sie im Boot saßen, und sie kletterte auf Thanes Schoß und drückte sich so fest an ihn, wenn das Boot ins Schwanken geriet, dass sie die Blutzufuhr zu seinen Armen unterbrach. Wie der Wind sausten sie über das Meer, bis um sich herum nur noch Wasser zu sehen war. Es dauerte nicht lange, bis das Boot an einem Strand anlandete. Seine Mutter stieg aus, packte Brian an den Haaren und zerrte ihn ans Ufer.

»Steig aus, Thane, und nimm diese heulende Göre mit.«

»Was sollen wir tun, Mama? Wann kommst du zu uns zurück?«, fragte Brian, wobei er allerdings weit genug von ihr entfernt stand, um ihren Fäusten zu entgehen.

Sie packte den Sack und warf ihn auf den Strand. »Niemals. Ihr seid auf euch allein gestellt. Ich möchte keinen von euch jemals wiedersehen«, gab sie ihm zur Antwort.

Der Mann, der das Boot ruderte, drehte sich um und starrte sie an. Im letzten Moment schnappte er einen Beutel vom Sitz neben ihm und warf ihn den Kindern zu.

Dann fuhr das Boot ab.

Die letzten Worte des Mannes waren: »Bleibt nicht zu lange in der Sonne. Sie wird eure Haut verbrennen.«

Thane sah den beiden nach, wie sie in dem Boot wegfuhren, und aus jeder einzelnen Pore seines Körpers sickerte ein solcher Hass, dass sein junges Alter in dem Moment wirklich ein Glück war, denn sonst wär er dem Boot nachgeschwommen und hätte es zum Kentern gebracht. Am liebsten hätte er geschrien und geheult und einfach damit weitergemacht, aber je länger er dort stand, desto glücklicher fühlte er sich.

Brian sah seinen älteren Bruder verwundert an. »Warum bist du nicht wütend, dass sie uns hier allein gelassen haben?«, fragte er.

Mit einem Lächeln antwortete Thane: »Weil ich mir genau das immer erträumt habe. Schon lange will ich mich von dieser scheußlichen Person wegstehlen und euch beide mitnehmen.« Er zuckte mit den Schultern. »Wir kommen auch ohne sie zurecht. Wir brauchen sie nicht.«

Mora und Brian sahen ihn unverwandt an und ihre Gesichter waren starr vor Angst – sie hatten glasige Augen, Schweiß auf der Stirn und ihre Lippen zitterten. Er ergriff jeweils eine ihrer Hände und fragte: »Versteht ihr nicht? Wir sind frei. Wir können tun, was wir wollen, und wir werden nie wieder geohrfeigt. Keine Peitschen, keine Prügel, kein Anpflocken mehr. Und wir können so laut und so viel reden, wie es uns Spaß macht.«

Brian verzog das Gesicht zu einer sorgenvollen Miene. »Aber was werden wir hier anfangen?«

»Was immer wir wollen. Zuerst wandern wir umher, bis wir einen Platz zum Schlafen finden. Nicht am Strand. Wir könnten vielleicht nach einer Höhle suchen. Könnt ihr euch noch an die Höhle erinnern, in der wir vor langer Zeit waren? Zusammen mit Papa?«

Brian und Mora schüttelten den Kopf.

»Ihr erinnert euch nicht?«

Wieder schüttelten die beiden die Köpfe.

»Dann kommt mit mir. Wir werden nach einer Höhle suchen. Aber zuerst möchte ich sehen, was wir zur Verfügung haben. Er öffnete den

Sack, den seine Mutter für sie gepackt hatte, und entdeckte darin für jeden von ihnen ein zweites Gewand und einen Umhang. Es gab einen Hut für Mora, ein paar Haarbänder, einen Kamm, ein paar Haferkuchen und ein Stück Seife. Ein paar Wollstrümpfe für den Winter. Mehr nicht.

Das überraschte ihn nicht im Mindesten. Brian brachte ihm die Tasche des Ruderers und sagte: »Was hat er uns wohl hinterlassen?«

Thane holte tief Luft, löste das Band und spähte hinein, ehe er dann einen großen Seufzer ausstieß.

»Was ist es?«, fragte Brian.

»Eine ganze Menge getrocknetes Fleisch und noch etwas viel Wertvolleres.«

»Was?«, fragte Mora. »Können wir es sehen, Thane?«

Er hielt einen Dolch hoch, und damit etwas, das sie zum Überleben brauchen würden.

»Gut. Wie froh ich bin, dass wir Fleisch haben. Aber wozu brauchen wir ein Messer? Und was nützt es uns überhaupt? Warum hat er es uns dagelassen?«

»Hör auf, so viele Fragen zu stellen, Mora«, rügte Brian seine Schwester.

»Nein, Brian. Von nun an kann Mora so viele Fragen stellen, wie sie möchte.«

Das war der Anfang von Moras Vorliebe, mehrere Fragen auf einmal zu stellen.

Nach einem Blick zur Sonne meinte Thane zu seinen Geschwistern: »Wir haben einen halben Tag Zeit, um eine Höhle zu suchen, denn heute Nacht könnte es kalt und nass werden.«

Damit nahm ihr Abenteuer seinen Lauf. Zu

ihrem Glück fanden sie eine Höhle und lernten, auf sich allein gestellt zu überleben. Sie ernährten sich von Beeren, Grünpflanzen, Äpfeln und allem, was sie an Essbarem fanden. Wasserfälle wurden zu ihrem Lieblingsplatz, weil sie sich dort waschen und gleichzeitig herumtollen konnten. Die Geschwister wurden sehr dünn, aber sie waren glücklich.

Gelegentlich wachten sie auf und fanden einen Beutel mit getrocknetem Fleisch in der Höhle. Dieses zusätzliche Fleisch schätzten sie sehr, aber so sehr sie sich auch bemühten, gelang es ihnen nie, herauszufinden, wer es ihnen gebracht hatte.

Auf ihren Streifzügen trafen sie auf einige andere Menschen und sie schlossen sich zusammen. Ihre Gruppe wuchs immer mehr, bis sie drei Jahre später das verlassene Castle und einen weiteren wichtigen Teil ihres neuen Lebens fanden.

Artan.

Er lehrte sie, wie man Feuer machte, Fleisch häutete und Fische fing.

Brian und Mora blickten nie auf ihr altes Leben zurück.

Thane hingegen schon. Er lebte für die Rache, und eines Tages würde die Zeit dafür reif sein.

KAPITEL ZWANZIG

Tamsin

———⁓⁓———

ALS ER MIT dem Akt fertig war, marschierte Raghnall zur Tür und blieb stehen, während Tamsin ihr Kleid zurechtrückte. Er war ihr Ehemann und zudem war es ein Akt, wie ihn jedes Ehepaar vollzog. Trotzdem stürzte jede dieser Begebenheiten sie in Beschämung und erregte sogar einen leisen Ekel in ihr.

»Eins muss ich dir lassen, Frau. Auch nach einem Kind hast du noch herrliche Rundungen. Deshalb werde ich dir gestatten, unsere Tochter heute beim Mittagsmahl zu sehen. Ich werde Extilda bitten, dir Alana zur Stunde der Mahlzeit zu bringen. Bis dahin wirst du diesen Raum nicht verlassen. Dann noch eine eindringliche Warnung an dich: Du wirst niemandem erzählen, was zwischen dem Zeitpunkt, an dem ich dich im Meer zurückgelassen habe, und jetzt geschehen ist. Solltest du dich nicht daran halten, werden deine Besuche bei unserer Tochter für immer beendet sein. Verstanden?«

»Aye, Mylord.«

Raghnall war kein Lord, aber er bestand darauf, als solcher bezeichnet zu werden.

Sie stieß sich von dem übergroßen Bett hoch und trat an die Waschschüssel, um sich zu säubern. Nach dem körperlichen Vollzug ihrer Ehe fühlte sie sich immer unrein und sogar schmutzig, was allerdings vor allem daran lag, dass ihr Mann nichts davon hielt, sich öfter als einmal alle zwei Wochen zu waschen.

Als sie geendet hatte, ging Tamsin zu einem der beiden Stühle vor dem Kamin, setzte sich und nahm das Kleidungsstück in die Hand, das sie für ihre geliebte Tochter zu nähen angefangen hatte. Tränen trübten ihren Blick, als sie das Mieder betrachtete, das sie für Alana genäht hatte. Sie liebte dieses Mädchen über die Maßen. Alanas Haar war eine Spur heller als ihr eigenes, und im Gegensatz zu Tamsins andersfarbigen Augen waren Alanas Augen grün.

Sie stieß einen leisen Freudenschrei aus, als die Tür aufsprang und ihr süßes Mädchen durch die Kammer rannte und ihr kichernd in die Arme sprang. »Mama!« Mit ihren weniger als zwei Jahren drückte sie sich meist in einem oder zwei Worten aus, die allerdings deutlich und laut waren.

Extilda folgte ihr in die Kammer und stellte ein Tablett mit Essen auf den kleinen Tisch neben ihr. »Vielen Dank, Extilda.«

Die Frau warf ihr einen mitleidigen Blick zu, woran sie nicht gewöhnt war. Extilda wurde nicht gerade für ihre Freundlichkeit gerühmt, und nur selten ergriff sie das Wort. Somit war

Tamsin vollkommen davon überrascht, was als Nächstes geschah.

»Eure Mahlzeit, Mylady. Es tut mir leid, von Eurer Misere zu hören. Ihr habt eine solch grausame Behandlung nicht verdient.«

Tamsin tätschelte die Hand der Magd, ohne jedoch etwas zu antworten, denn Raghnalls Worte waren ihr nur zu gut in Erinnerung.

Extilda drehte sich um und ging hinaus, ohne ein weiteres Wort zu sagen. Wie erstarrt blieb Tamsin stehen und sah der davongehenden Frau nach. Was genau war über sie geredet worden? Raghnall schien zu glauben, es wüsste niemand etwas von ihrer Tortur.

Das Gesinde tratschte jedoch mit Begeisterung. Wie dem auch war, schob sie diese Gedanken beiseite, um sich ganz ihrer Tochter zu widmen.

»Alana, Mama hat dich so sehr vermisst«, erklärte sie und kämpfte mit den Tränen. Ihre Tochter war bezaubernder als je zuvor. Sie hatte die grünsten Augen, und ihr Haar fiel in weichen Locken, die oft einen eigenen Willen hatten.

»Du fehlst mir auch so.« Alana legte ihre kleinen Hände an beide Wangen ihrer Mutter, die durch diese Geste zu Tränen gerührt war, aber sie zwang sich zu einem breiten Lächeln.

»Du bist noch schöner als letztes Mal, mein süßes Mädchen.«

»Beeren, bitte?« Alanas Wimpern waren in ihrer Abwesenheit noch länger geworden.

»Ja, nimm ein paar Beeren. Und auch etwas Brot.«

Die Augen ihrer Tochter tanzten vor Freude,

und dieses glückselige Funkeln war es, wofür sie an jedem einzelnen Tag im Leben ihrer Tochter gerungen hatte.

Manchmal war es ein Kampf gewesen.

»Wo bist du gewesen, Alana?« Zwar befürchtete sie, von ihrem Mann belauscht zu werden, aber sie musste die Wahrheit darüber herausfinden, was mit ihrem kleinen Mädchen geschehen war. Raghnall hatte ihr nicht verboten, Alana irgendwelche Fragen zu stellen.

»Oma.« Sie biss in eine Beere und der Saft spritzte aus ihrem Mund und lief an ihrem Kinn hinunter, was ein ansteckendes Kichern auslöste, während sie ihre Mutter ansah.

Tamsin tat das Herz von der Liebe weh, die sie für dieses Kind empfand, aber von der Trauer über das andere, verlorene Kind. War das Kind ein kleiner Junge oder ein Mädchen gewesen? Sie hatte es geliebt, Alana zu stillen, sie in den Armen zu halten und ihren Duft einzuatmen. Stundenlang hatte sie mit den Fingern über die weiche Haut des Babys gestreichelt. Die Tatsache, dass sie vollkommen unwissentlich ein Kind in sich getragen hatte, stimmte sie trauriger, als sie sich eingestehen wollte.

So vieles hatte aber inzwischen ihre Traurigkeit genährt, dass dieser Schmerz von anderen Ereignissen übertrumpft wurde. Ihr Überlebenskampf und das ganze Geschehen beim Grantham Clan hatten sie ihre Fehlgeburt fast vergessen lassen. Die wundersamste Episode ihres Lebens hatte allerdings darin bestanden, sich aus dem Bergfried zu schleichen, um Thane

MacQuarie bei seinen Taten zuzusehen, mit denen er sie vor Raghnall beschützte. Mit seinen Bemühungen hatte er ihr Herz mehr entflammt, als sie für möglich gehalten hätte.

Raghnall war so wütend auf Thane wie eine Todesfee im dunklen Wald mitten in der Nacht. Das gefiel ihr sehr. Sie konnte nicht anders als über die Frage nachzudenken, wie es wohl wäre, mit einem Mann wie Thane verheiratet zu sein. Zu ihrem großen Bedauern war dies nicht ihr Platz im Leben. Mit einem Leinentuch, das auf dem Tablett bereitlag, wischte sie ihrer Tochter das Kinn sauber.

Alana zog die Nase kraus und lehnte sich an ihre Mutter. »Ich mag Oma nicht.«

»Du musst gut zu ihr sein, Liebes«, riet Tamsin ihrer Tochter und machte sich Gedanken, wie sie Alana davon überzeugen könnte, nett zu ihrer Großmutter zu sein. Dagga zu verärgern wäre keinesfalls im Interesse des Kindes.

Die Frau war so boshaft, dass sie ihren Zorn tatsächlich an einem kleinen Kind auslassen würde.

»Hat sie dir wehgetan, mein Liebling?«

»Gemein«, nuschelte sie mit einem Bissen Brot im Mund.

»Kau erst das Essen in deinem Mund, Mädchen.« Jede einzelne von Alanas Bewegungen zauberte Tamsin ein Lächeln auf ihr Gesicht. Sie nahm sich einen kurzen Moment Zeit, um ein kleines Gebet für sie zu sprechen, indem sie das Kreuzzeichen über ihr schlug, um die bösen Mächte von ihrem Kind fernzuhalten.

Wenn sie nur herausfinden könnte, wo Alanas Großmutter ist.

Extilda war so nett zu ihr gewesen, dass sie es sich vorstellen konnte, sich mit ihrer Frage an sie zu wenden.

Für Alana würde sie alles riskieren. Einfach alles.

Mit einem Knall sprang die Tür auf, und Raghnall stand mit einer Wut im Gesicht im Rahmen, wie sie sie noch nie bei ihm erlebt hatte.

Alana stieß einen kleinen Schrei aus und lächelte dann ihren Vater an. Tamsin zog ihre Tochter ganz fest an sich, um sie vor ihm zu beschützen.

Er konnte sie schlagen, so viel er wollte, aber nicht Alana.

KAPITEL EINUNDZWANZIG

Thane

***

THANE, ARTAN UND Brian entdeckten auf der Insel Ulva ein Versteck, an dem sie ihr kleines Boot verbergen konnten. Für ihren heutigen Besuch war kein Boot erforderlich. Sie hatten es sich zum Ziel gesetzt, so viel wie möglich über Raghnall Garvie und seinen Machtbereich herauszufinden. Thane blieb gar keine andere Wahl, denn die Erinnerung an die rothaarige junge Frau, die zu dem Boot lief, wollte ihn einfach nicht mehr loslassen. Sie hatte fesselnde Augen, ein blaues und ein grünes, und sie war öfter in seine Gedanken eingedrungen, als er zugeben wollte.

Als er mitansehen musste, wie Tamsin auf das Boot ihres Mannes zulief, war er von einem Gefühl getroffen worden, das sein Herz auf eine Weise durchbohrte, mit der er nicht gerechnet hatte. Er war gespannt, was sie über Garvie herausfinden würden, wenn er auch nicht bereit war, den Grund dafür zuzugeben, warum ihm so viel daran lag.

Würde er dies tun, müsste er zugeben, dass

er einer jungen Frau Gefühle entgegenbrachte. Er hatte sich geschworen, dass so etwas niemals vorkommen würde, bevor Tamsin in sein Leben getreten war.

Sie hatten das Ufer vom Wasser aus eingehend inspiziert und waren dann zu dem Schluss gekommen, noch weiter zum nördlichen Ende zu fahren, wobei sie die Klippen im Süden fortwährend im Auge behielten. Da sie ihr Boot nicht in der Umgebung der kürzesten Strecke von Mull nach Ulva zurücklassen wollten, entschlossen sie sich die südliche Spitze zu umrunden, um dort eine Stelle zu finden, an der sie ihr Boot verstecken konnten. Dort waren zudem weniger Menschen zu Fuß unterwegs.

Sie waren auf das Boot angewiesen, um nach Hause zurückkehren zu können.

Artan wies auf eine flache Stelle am Ufer, an der einige Verstecke für das kleine Boot zu erkennen waren, also steuerten sie auf das Ufer zu und waren froh, dass niemand in der Nähe war.

»Ich wünschte, wir hätten Pferde.«

»Mir ist gesagt worden, dass Garvies Besitzung nicht weit von dieser Stelle hier entfernt ist. Auf dieser Insel gibt es nur wenige andere Bewohner. Wenn du Garvies Besitz übernimmst, könnte die Insel uns gehören.«

Thane hörte ihm zwar zu, doch seine Aufmerksamkeit war vor allem darauf ausgerichtet, alles zu registrieren, was er über die Insel wissen musste – die Beschaffenheit der Landschaft, die Tierwelt, die Boote, die Bewohner und zuletzt auch die Gebäude. Die Insel war wunderschön, und überall herrschte das satte Grün der Pflanzenwelt vor. Dazu noch war sie voller Vögel, darunter auch Moras Lieblinge, die Papageientaucher, von denen es an der Küste viele Exemplare gab.

Ihr Quieken, wenn sie eine Gruppe von Papageientauchern erblickte, erfüllte ihn ein ums andere Mal mit heller Freude. Er vermisste seine Schwester bereits, die er bei den Granthams zurückgelassen hatte, damit sie mit Astra zusammen sein konnte.

Ihm war wohl bewusst, dass sie weibliche Gesellschaft bitter nötig hatte, und er konnte sich niemanden Besseres dafür vorstellen, als Eli, Dyna und Astra. Mora war voller Hoffnung, dass sie in ihrer Zeit dort das Bogenschießen erlernen würde. Sie würde auch aus der Zeit Nutzen ziehen, die sie mit den Kindern verbrachte. Auch dies war etwas, worin sie wenig Erfahrung hatte.

Da auf ihrem Castle keine Frauen lebten, gab es dort auch keine Kinder. Manchmal kamen die Kinder mit ihren Vätern – den Wachen, Zimmerleuten oder Waffenschmieden – zu Besuch. Trotzdem hatte Mora nur selten Gelegenheit, den Umgang mit Kindern zu erleben.

Thane freute sich schon darauf, ihren Erzählungen über all diese neuen Erfahrungen zu lauschen.

Augenblicklich verfolgte er allerdings das Ziel, das Böse auf dieser Welt auszumerzen - Raghnall Garvie. Ohne ihn wäre die Welt ein besserer Ort.

Sie nahmen den Weg zu einem kleinen Dorf

mit mehreren Händlern, die ihre Waren feilboten. Die drei schlenderten durch den Ort und beobachteten die Männer beim Waffenschmied, auf dem Fischmarkt, beim Bäcker und bei anderen Gewerbetreibenden.

Thane erstand einen Laib Brot, den er unter ihnen dreien aufteilte, ehe er dann anfing, Fragen zu stellen. »Wie oft ist der Markt geöffnet?«

»Ich komme nur für einen Tag in der Woche über das Meer. In letzter Zeit gefällt es mir hier nicht.«

Verwundert hob Thane eine Augenbraue, ohne jedoch etwas zu erwidern, da er wusste, dass der Mann seine Bemerkungen weiter ausführen würde, sollte er keine Antwort bekommen.

Der Händler blickte sich um, als würde er fast erwarten, für seine Äußerungen bestraft zu werden, und beugte sich dann vor. »Der Mann, der die Herrschaft über die Insel innehat, wird jeden Tag gemeiner.«

Thane reichte seinem Bruder und Artan jeweils einen weiteren Kanten Brot und wies sie an, nach jedem Ausschau zu halten, der sie unterbrechen wollte. Artan würde andere Störenfriede so lange fernhalten, bis er die gewünschten Informationen erhalten hatte. »Wer kontrolliert alles?«

»Garvie«, flüsterte der Händler, so leise, dass Thane ihn nur mit große Mühe verstehen konnte. »Er ist eine derart boshafte Kreatur, dass er um ein Haar seine eigene Frau umgebracht hätte, und sie ist eine Schönheit. Der Mann ist ein Tor.«

Thane biss von seinem Brot ab. »Du machst

gutes Brot. Bitte erzähl mir mehr«, forderte er ihn auf.

»Meinen tiefsten Dank. Es heißt, er schlägt sie fast jeden Tag. Ich habe gehört, er will sie tot sehen, damit er eine andere heiraten kann, die ihm einen Sohn schenkt. Es heißt, er ist hinter jedem unverheirateten Mädchen in der Gegend her, um ihr einen dicken Bauch zu machen, und diejenige, die am schnellsten einen dicken Bauch bekommt, wird seine neue Frau.«

»Seine Frau hat ihm nie ein Kind geschenkt?«

Der Mann schnaubte. »Aye, ein hübsches Mädchen, aber sie muss bei seiner Mutter bleiben. Die Frau sperrt das Kind ein, weil sie Kinder hasst. Ich habe sogar eine ganz schreckliche Tatsache gehört, und ich fürchte mich, sie zu wiederholen. Wenn aber etwas Wahres an der Sache ist, müssen auch andere erfahre, was auf der Insel vor sich geht.«

Thane beugte sich noch weiter vor, ohne ein Wort zu sagen, während Brian und Artan die Gegend weiter nach Störenfrieden absuchten.

»Man sagt, diese Hexe verhökert Kinder. Sie bringt sie auf andere Inseln und verkauft sie dort. Sie bringt sie gegen Geld auf die Schiffe. Die Kleinen müssen älter als zwei Winter sein. So machen diese Schufte ihr Geld. Es gibt mehrere Häuschen auf seinem Land, und dort wohnen all diejenigen, die für ihn arbeiten. Seine Wachen, Köchinnen, Zimmerleute, solches Volk. Ich möchte von hier weg und niemals wiederkehren, aber er wird mich auf Mull aufspüren.«

Thane wich zurück, und sein Nackenhaar

sträubte sich, als er mit einem Mal mehr begriff, als ihm lieb war. »Wo ist Garvies Besitzung?«

Der Mann zeigte nach Westen. »Nehmt diesen Weg. An seinen Wachen werdet Ihr allerdings nicht vorbeikommen. Die einzige andere Möglichkeit besteht darin, zu einem anderen Teil der Insel zu fahren, und an der Küste im Westen zu landen.«

»Und wo befinden sich die anderen Besitzungen auf der Insel? Gibt es hier irgendwelche Castles? Oder Rundbauten?«

»Nein. Es gibt nur Garvie. Er hat alles als sein Eigentum übernommen. Jeder, der eine Hütte gebaut oder darin gewohnt hat, ist davongejagt worden. Wir sind die Einzigen, die bleiben dürfen, weil er unsere Waren braucht. Und wenn wir nicht kommen, holt er uns.«

Es gab noch eine letzte Sache, die Thane in Erfahrung bringen musste, ehe er eine Entscheidung darüber traf, wie sie mit Garvie verfahren sollten.

»Wie viele Männer hat er?«

Der Mann zuckte mit den Schultern. »Etwa sechzig Mann, schätze ich. Mehr nicht.«

Nun hatte er alle Informationen, die er brauchte. Mit seinen eigenen Männern und den Wachen des Grantham Clans konnte er sein Ziel wahrscheinlich verwirklichen. Das würde allerdings seine Zeit brauchen. Noch hatte er die Männer für einen Angriff nicht bereit und er wusste auch nicht, ob der Grantham Clan sie bereit hatte.

Thane gab dem Mann das Geld für einen

weiteren Laib Brot und schlenderte dann zu Brian und Artan zurück, um sie über alles ins Bild zu setzen, was er soeben in Erfahrung gebracht hatte.

»Ich würde sagen, dass wir wiederkommen«, meinte Brian. »Es gibt nicht den geringsten Grund, Garvies Besitzung aufzusuchen.«

»Ich stimme zu. Wir sind nicht für einen Kampf gewappnet«, bemerkte Artan.

»Für heute habe ich genug herausgefunden.« Thane ging den Weg voran bis zu der Stelle, an der sie das Boot versteckt hatten. Sie blickten sich gründlich um, ehe sie sich dem Versteck näherten, um sicherzugehen, dass sie nicht beobachtet wurden, doch keiner von ihnen war auf den Anblick gefasst, der sich ihnen nun bot.

Ein Junge von etwa zehn Sommern hockte in ihrem Boot und hatte die Arme vor sich verschränkt.

Die drei Männer blieben wie angewurzelt stehen und gafften den Jungen an, der aber ganz und gar nicht erstarrt war, sondern seine Gedanken so schnell aussprach, und seine Worte mit einer Geschwindigkeit hervorbrachte, dass Thane kaum alles verstand.

»Nehmt mich mit. Irgendwohin, weg von der Insel. Ich weiß, warum ihr hier seid, aber ich brauche eure Hilfe. Meine Schwester und ich wurden hierher geschickt, um verkauft zu werden. Vor einer Woche sind wir geflohen, aber wir müssen von der Insel weg. Wenn ihr uns mitnehmt, erzähle ich euch alles, was ihr über den Garvie Besitz wissen müsst.«

Artan antwortete schneller, als Thane es für möglich gehalten hätte. »Wo ist deine Schwester?«

Der Junge zeigte auf eine Stelle, die um die Ecke in Richtung Küste lag. Die drei Männer traten um einige Bäume herum, und dort saß ein blondes Mädchen von etwa fünf Jahren, die Hände demütig im Schoß gefaltet.

Thane hielt ihr seine Hand hin, und sie stand auf und nahm sie. »Ich werde mit Magni gehen, wo auch immer das sein mag, wenn du willst.«

»Ist Magni dein Bruder?« Thane ging mit ihr zu der Stelle zurück, wo der Junge nun neben dem Boot stand. Er wusste, wie es war, sich auf einer Insel allein gelassen zu fühlen, auf die man vorher noch nie einen Fuß gesetzt hatte. Ganz sicher würde er die beiden Kinder nicht hier zurücklassen.

»Aye.«

»Wie ist dein Name?«, fragte Thane, der sich wunderte, was für ein Spiel Garvie da spielte.

»Lia. Willst du unser neuer Papa sein?«

Thane war sich nicht ganz im Klaren darüber, wie er am besten darauf antworten sollte, doch er gab sich alle Mühe, um eine ehrliche Antwort zu finden. Er kniete sich vor Lia hin und winkte auch ihren Bruder herbei. »Ich werde euch beide zu unserem Castle mitnehmen. Wir werden euch ganz bestimmt nicht verkaufen, und ihr könnt bei uns wohnen, oder ich könnte auch versuchen, neue Eltern für euch zu finden, die euch aufnehmen wollen. Wir geben euch zu essen, und Magni wird vielleicht ein paar Aufgaben zu erledigen haben. Wir lassen euch auch in einem

Bett schlafen, damit ihr es warm habt, und ich verspreche hoch und heilig, euch vor Garvie zu behüten. Das kann ich euch anbieten. Willst du das Angebot annehmen, Magni? Ich bitte dich, für euch beide zu sprechen.«

Als Magni zur Antwort nickte, stiegen ihm die Tränen in die Augen, die er allerdings fortwischte. »Aye, wir gehen mit euch. Ich verspreche, sehr hart zu arbeiten, und ich möchte alle Prügel auf mich nehmen, die für meine Schwester gedacht ist. Sie ist noch zu klein.«

»Bei uns gibt es keine Schläge, Magni. Weder für dich noch für deine Schwester.« Andere waren der Überzeugung, Kinder züchtigen zu müssen, doch Thane war anderer Ansicht. Als er die Erleichterung auf den Gesichtern der beiden erkannte, musste er lächeln. »Steigt ein«, forderte er die Kinder auf.

Zuerst einmal wurde er aber von Magni und Lia umarmt.

Was um alles in der Welt sollte er mit zwei Waisenkindern anfangen?

Ganz sicher würde er sie nicht im Stich lassen, wie seine Mutter es ihren Kindern angetan hatte.

KAPITEL ZWEIUNDZWANZIG

Tamsin

———∾∾———

AUF TAMSIN LAG ganz bestimmt ein Fluch. Diesmal sagte sie kein Wort, als sie von ihrem Mann auf einem Felsen mitten im Meer ausgesetzt wurde. Als das Boot im Nebel entschwand, wurde sie von einem Zittern ergriffen, doch sie machte sich nicht einmal die Mühe, nach Raghnall zu rufen. Er wollte sie dem Tod preisgeben. Schon wieder. Das stand für sie fest. Unter keinen Umständen würde sie ihm die Genugtuung verschaffen, um ihr Leben zu betteln.

Dieses Mal hatte er sie nicht so weit herausgefahren. Das war auch nicht notwendig. Mit einem gebrochenen oder verstauchten Knöchel konnte sie nur wenig ausrichten. Ihre bereits vorhandene Verletzung hatte sich noch verschlimmert, als er sie über unebenes Gelände zum Steg hinunter gezerrt hatte.

Raghnall hatte sie bei Ebbe ausgesetzt, aber trotzdem wusste sie nicht genau, wie viel Zeit ihr blieb, bis der Wasserstand steigen würde. Mit suchendem Blick schaute sie sich in der

Umgebung um und stellte fest, dass sich die felsige Küste scheinbar endlos fortsetzte. Diese Gegend war ein krasser Gegensatz zu der Stelle, an der er sie beim ersten Mal zurückgelassen hatte. Wie sie ihren Mann kannte, hatte er Sorge dafür getragen, sie dieses Mal an einer noch abgelegeneren Stelle zurückzulassen, damit sie nicht gerettet werden konnte. Sie ließ sich an der höchsten Stelle des Felsens nieder und fröstelte, als eine kühle Brise über ihre Haut strich.

Auf der einen Seite konnte sie nichts als Wasser sehen, und die Wellen des Meeres waren rauer, als ihr lieb war, was ihrer Schätzung nach insbesondere an dem Wind lag. Doch was verstand sie schon vom Meer, den Gezeiten und dem Wetter?

Wenn sie ihre Tochter je wiedersehen wollte, sollte sie dies schleunigst lernen.

Auf ihrer anderen Seite konnte sie in aller Deutlichkeit Land erkennen, das allerdings zu weit entfernt war. Es wäre nicht zu weit, wenn sie schwimmen oder laufen könnte, aber beides war ihr derzeit unmöglich.

Sie wusste nicht zu schwimmen, und mit ihrem verletzten Bein war sie so gut wie hilflos. Das dachte dieses Scheusal zumindest.

Sie würde ihm das Gegenteil beweisen, das schwor sie sich, und zwar nur für ihre geliebte Alana.

Als Tamsin noch einmal einen Blick auf die vielen Felsen warf, die über dem Wasser aufragten, wusste sie mit einem Mal, dass sie eine Chance hatte. Sie würde von einem Felsen zum nächsten vorankommen müssen, denn in wenigen Stunden stünden all diese Felsen unter Wasser. Sie wären für jeden unsichtbar, der auf das Meer hinausschaute.

Die Felsen waren ihre einzige Chance. Sie konnte sich nicht darauf verlassen, dass Thane MacQuarie sie auch heute retten würde.

Sie konnte ihr Bein nicht belasten, weshalb es nutzlos für ihr Fortkommen war. Also würde sie kriechen müssen, und sie glaubte fest daran, dass sie es schaffen könnte. Dann holte sie tief Luft und ging auf alle viere. Als sie feststellte, dass ihr Kinn über dem Wasserspiegel blieb, war sie heilfroh, denn so konnte sie sich fortbewegen, ohne Gefahr zu laufen, dabei zu ertrinken.

Dieses Los sollte ihr jedenfalls noch nicht beschieden sein. Aber es würde ein Wettkampf werden, bei dem sie schneller sein musste, als die herannahende Flut..

»Au«, rief sie lauthals aus, ohne einen Gedanken daran zu verschwenden, wie laut ihre Stimme war, die in der Morgenluft widerhallte. *Nicht hinsehen, nicht hinsehen, nicht hinsehen.* Sie zwang sich, den Blick nicht nach unten zu richten, denn sie wusste, dass sie sich an der rauen Oberfläche der Felsen die empfindsame Haut ihrer Knie aufgeschürft hatte. Sie würde den Anblick von Blut lieber vermeiden, und wenn sie innehielte, würde sie ihr Vorwärtskommen verzögern.

Mit geschlossenen Augen dachte sie an ihre Tochter und summte deren Lieblingslied vor sich hin. Sie rief sich den lieblichen Klang der Stimme ihres kleinen Mädchens in Erinnerung, als sie versucht hatte, einst zusammen mit ihr zu singen. Ein Kind, das so liebenswert und unschuldig war, hatte weder Raghnall als Vater noch seine Mutter als Großmutter verdient.

Als Tamsin zehn Sommer alt gewesen war, hatte sie ihre Mutter verloren. Ihre Erinnerung an sie war noch sehr lebendig und sie sang die gleichen Lieder, die ihre Mutter für ihre Schwester und sie gesungen hatte. Für ihren Vater war es schwer gewesen, seine beiden Töchter aufzuziehen, denn er wusste nicht, wie er mit zwei Mädchen umgehen sollte. Also hatte er so viel Zeit wie möglich von ihnen getrennt verbracht. Von morgens bis abends waren die Schwestern allein und auf sich gestellt gewesen, und sie hatten ihr Bestes getan, um die Aufgaben zu erledigen, die ihre Mutter früher erfüllt hatte: putzen, pflanzen, waschen, kochen. Mit all dem war ihr Vater aber nie so recht zufrieden, denn sie waren seiner Ansicht nach nicht schnell oder geschickt genug, und sein Gebrüll brachte ihre Schwester oft zum Weinen. Die arme Meg.

Schon sehr früh im Leben hatte Tamsin lernen müssen, stark zu sein. Jetzt würde ihr das zugutekommen.

Als sie zum nächsten Felsen weiterkroch, zuckte sie zusammen, da sie mit ihrer Handfläche an einer scharfen Kante hängenblieb und ihre zarte Haut aufriss.

Es war ihr nicht wichtig. Sie würde sich nicht von ihrem Schmerz aufhalten lassen. Dann kroch sie zum nächsten Felsen und wegen ihrer Wunden kam sie nun langsamer voran, aber der nächste

Felsen war nicht so flach wie die anderen. Sie rutschte in einen Spalt und musste sich auf ein Bein stellen, um ihr Gesicht wieder über Wasser zu bringen. Sie schlug um sich, als sie erneut ausrutschte, und tat einfach alles, um ihren Kopf über Wasser zu behalten.

Überrascht stellte sie fest, dass sie durch das Fuchteln nach oben statt nach unten getrieben wurde. Also versuchte sie es noch einmal, indem sie mit ihren Arme in einem wilden Muster konstanter Bewegungen ruderte, und stellte erfreut fest, dass sie erfolgreich war. War das die Methode zum Schwimmen?

Wenn es ihr gelingen würde, sich aus dieser misslichen Lage zu befreien, schwor sie sich, schwimmen zu lernen.

Immer wieder schaute sie nach der Sonne, um eine Vorstellung von der Zeit zu haben, die ihr noch blieb, und bewegte sich auf dieselbe Weise weiter voran. Sie bewegte sich vorwärts, schürfte sich ihr Knie an einer anderen Stelle noch einmal auf, und auch ihre Handfläche blieb nicht verschont. Dann schloss sie die Augen, wobei sie sich vorstellte, wie Alana an Land stand und sie rief, worauf sie dann weiterkroch.

Tamsin kroch voran schürfte sich die Haut auf, fiel in Felsspalten und schlug um sich. Sie weinte ein wenig, verletzte sich an der Oberseite ihres Fußes, trank Salzwasser, spuckte und weinte noch mehr.

Sie gab allerdings nicht auf. Die Sonne stand am höchsten Punkt und verlieh ihrer Haut einen rötlichen Farbton, ehe sie fast die Küste erreicht hatte. Das Gras war nicht weit entfernt, und es war nur ein kleines Stück bis zur anderen Seite des schmalen Sandstrands. Sie wusste, dass das Gras die einzige Stelle war, an der ihr die steigende Flut nichts anhaben konnte. Manchmal war der ganze Sand davon bewachsen, was sich ganz nach dem Standort richtete.

Sie kannte diese Stelle hier nicht, also musste sie vorsichtig sein.

Sie schwor sich, alle Anstrengungen zu unternehmen, um es bis zur Wiese zu schaffen, denn das war der sicherste Ort. Sollte sie dort sterben, so würde sie wenigstens von jemandem gefunden werden. Wenn es nach Raghnall ginge, dann wäre sie auf das Meer hinausgespült worden und für immer unauffindbar geblieben.

Alana hätte nie erfahren, was mit ihrer Mutter geschehen war. Sie hatte nicht den geringsten Zweifel, dass ihre garstige Schwiegermutter dem Mädchen erzählen würde, ihre Mutter hätte sie verlassen.

Als sie sich weiterschleppte, wurde sie von Müdigkeit geplagt. Spät in der Nacht hatte Raghnall sie aus dem Bett gezerrt, sodass sie wenig Schlaf gefunden hatte. Obendrein war ihr Verstand von Sorgen beherrscht.

Sie schreckte auf, schüttelte den Kopf und fröstelte. Das Wasser stand ihr bis zum Kinn und weckte sie aus einem kurzen Schlummer, dessen Zustandekommen sie gar nicht bemerkt hatte. *Ich darf nicht schlafen, nicht schlafen, nicht …*

Flatternd fielen ihr die Augenlider wieder zu, doch sie zwang sich, sie offen zu halten. Sie wusste, dass sie ans Ufer gelangen musste, wenn sie überleben wollte. Einen anderen Weg gab es nicht.

Aber wenn ich ein kurzes Weilchen schlafe, könnte ich es bis zum Gras schaffen. Dann wäre ich in Sicherheit. Wenn nicht, werde ich es nie schaffen. Ein kleiner Schlummer, nur für einen Moment. Dann bin ich für immer in Sicherheit.

Nur ein paar Augenblicke, dann krieche ich weiter ...

KAPITEL DREIUNDZWANZIG

Thane

MAGNI ERWIES SICH als überaus wissbegierig. Thane musste über den Jungen schmunzeln, der ihn ständig mit Fragen bestürmte. Er war über den erstaunlichen Einblick verblüfft, den Lia in der Situation mit ihrem Bruder zeigte. Ihr goldenes Haar hatte sich aus dem Zopf gelöst, als die Gruppe auf ihren Pferden zurück zum Castle ritt. Lia saß vor Thane, während Magni mit Artan ritt und ihm Fragen über alles stellte, was in sein Blickfeld geriet.

Lia tätschelte Thanes Hand und flüsterte: »Darf ich frei sprechen?«

»Bitte, tu das. Sprich, wie es dir beliebt, Mädchen.« Thane konnte nicht anders, als über ihre Reife für ihr Alter zu lächeln. Mora würde dieses Mädchen lieben.

»Ihr fragt euch wahrscheinlich, warum er so viel redet. Wir durften nicht sprechen, weil wir Kinder sind.«

»Vor Garvie?«

»Vor allem vor seiner Mutter. Kinder sind

ignorant, dumm und … Idioten. Ich glaube, das waren ihre Worte. Er ist nur so froh, weil er endlich seine Fragen stellen darf.«

»Ihr dürft beide sprechen, wann immer ihr wollt, solange ihr uns nachts nicht wach haltet.«

»Magni hat einen sehr gescheiten Verstand.«

»Und wo sind eure Eltern?«

»Unser Dorf auf Coll wurde angegriffen. Sie haben alle Erwachsenen umgebracht und die Kinder auf verschiedene Inseln verteilt. Wir sind auf Ulva gelandet.«

Thane konnte nicht glauben, wie gut sich dieses Kind auszudrücken wusste.

»Ich bin fast sechs.«

Konnte sie auch seine Gedanken lesen?

Sie näherten sich den Toren, und Magnis Redefluss versiegte endlich, denn die Ehrfurcht, die ihm beim Anblick des Castles ins Gesicht geschrieben stand, war beeindruckend.

»Ist das unser neues Zuhause?«, fragte Lia.

»Wenn ihr das wollt«, antwortete Thane. »Ihr könnt euch aber Zeit lassen, darüber nachzudenken.« Er wusste gar nicht, warum er das sagte. Seit er mitangesehen hatte, wie Tamsin auf einem Felsen ausgesetzt worden war, sah er seine sämtlichen Glaubensgrundsätze in Frage gestellt. Mit Ausnahme von Mora traute er den Frauen nicht, doch nun hatte er auch Dyna und Eli kennengelernt, und sie waren zwei überaus fähige und aufrichtige Frauen.

Immer hatte er sich gesagt, er wolle keine Kinder haben, weil sie zu viel Arbeit machen würden.

Nun hatte er ein fast sechsjähriges Mädchen in seiner Obhut, dem es zusammen mit seinem Bruder gelungen war, ihn seit ihrem Kennenlernen, öfter zum Lächeln zu bringen, als er im gesamten letzten Jahr gelächelt hatte.

»Lia, schau dir unser neues Zuhause an!« Jubelnd reckte Magni die Arme weit über den Kopf und seine Aufregung war ansteckend.

Sie passierten die Brücke und als sie durch das Tor geritten waren, machten sie sich auf den Weg zu den Ställen. Sobald Magnis Füße auf dem Boden aufkamen, rannte er los und drehte sich im Kreis, während er seine Umgebung in Augenschein nahm.

In der Zeit, die Thane zum Absteigen brauchte, Lia auf den Boden zu setzen und Theo die Zügel zu übergeben, war Magni bereits durch die Stallungen, über den Hof, die Treppe zum Bergfried hinauf und wieder zurück gerannt.

Bearnard blieb vor Thane stehen, blickte nach unten und fragte: »Ein Mädchen? Woher hast du sie, Chief?«

»Wir haben die beiden auf Ulva gefunden. Sie haben keine Eltern und wurden von ihrem früheren Besitzer misshandelt. Das sind Lia und ihr Bruder Magni. Sie bleiben vorerst bei uns.«

Lia lächelte. »Seid gegrüßt, Mylord. Meine Güte, Ihr seid aber beide ziemlich groß. Wärt Ihr so freundlich, mich hochzuheben, Mylord Thane?«

Thane wusste nicht, was er ihr antworten sollte, denn er hatte keine Kinder mehr gehalten, seit Mora klein war. Sein Wachmann spürte dies anscheinend, denn Bearnard trat schnell vor. Er streckte Lia beide Hände entgegen. »Was ist mit mir? Ich bin fast so groß wie er. Willst du dich denn gern von hier oben umschauen?«

Mit einem Lächeln streckte Lia die Hände nach Bearnard aus, und der Wachmann reagierte schnell. Er schwang das Mädchen in die Luft, bis sie mit einem Quieken auf seinen Schultern landete und sich mit beiden Händen an seinem Kopf festhielt, um das Gleichgewicht nicht zu verlieren.

»Nun, du darfst mir nicht die Augen zuhalten, Mädchen, aber ich werde dich in den Bergfried tragen, wenn du willst.« Dann zwinkerte er Thane zu und sagte: »Meine Tochter liebt das, Chief.«

»Lia?« Thane schaute sie an, um ihre Reaktion zu sehen, er hatte das Gefühl, dass er sie fragen sollte, aber aus ihrem Kichern schloss er, dass sie damit einverstanden war.

»Ja, bitte«, sagte sie.

»Sei vorsichtig«, sagte Thane und dachte sofort, dass er wohl verrückt geworden war.

In der großen Halle angekommen, setzte Bearnard Lia auf einen Stuhl beim Kamin, dann warf er mehr Holz auf die Glut und schürte das Feuer. Magni eilte herbei und umarmte seine Schwester. »Es wird uns hier gefallen, Lia. Da bin ich mir sicher.«

Agnes kam aus der Küche und blieb auf der Stelle stehen. »Kinder, Mylord?«

»Aye, misshandelte Kinder ohne Eltern. Haben wir noch etwas Brei und Honig? Und wenn du ihnen eine Kammer bereitmachen könntest, in der sie heute Abend zusammen schlafen werden, wäre ich dir dankbar.«

»Ich werde gleich etwas Porridge bringen.« Agnes verschwand.

»Magni, ich bringe dich nach draußen und du kannst mir alles erzählen, was du über die Insel weißt. Brian wird bei dir bleiben, Lia.«

Brian war hinter ihm hereingekommen. »Ich würde mich gerne zu dem Mädchen setzen.«

Thane führte Magni nach draußen, ging zum Wachhaus und sagte dann zu ihm: »Erzähl mir von Garvie und seiner Frau.«

»Diejenige, die er zu töten versucht? Tamsin?«

Der Junge schaute ihn so unschuldig an, dass Thane es nicht glauben konnte. »Weiß jeder, dass er versucht, seine eigene Frau zu töten?«

»Ja, alle außer Tamsin und ihrer Tochter Alana.«

Thane fluchte. Der Mann war einfach nur boshaft. »Hat er das schon einmal versucht?«

»Einmal, aber jetzt will er es wieder versuchen. Ich habe gehört, wie er sagte, dass er sie bald einmal nachts hinausfahren und dann auf dem Meer zurücklassen würde.«

Thane nahm auf, was Magni sagte, schritt zum Hintertor und führte Magni nach draußen. »Folge mir. Dies ist mein Lieblingsplatz. Von hier aus kann ich auf das Meer schauen. Dies ist so ein friedlicher Ort.«

An seinem Lieblingsplatz angekommen, blieb er stehen. Von hier aus konnte er die vielen Boote beobachten, die sich auf dem Meer tummelten, aber auch, wie hoch die Flut stand und ob sich

Besucher auf dem Weg, der hinter dem Castle entlangführte, näherten. Es waren nur wenige, die hier entlangkamen, denn die meisten zogen es vor, an der Küste entlang zu wandern. Sein Clan benutzte ihn allerdings häufig. Es war die beste Verbindung, um in den Wald zu gelangen und dort zu jagen.

»Das ist unglaublich. Ich kann bis ins Unendliche schauen«, staunte Magni, der wirklich von der Aussicht begeistert war, aber Thane hielt sich nicht lange auf.

Sie folgen dem ausgetretenen Weg noch ein Stück weiter, und Thanes Gedanken waren voller Fragen, die ihre Zukunft betrafen. In letzter Zeit hatte sich so viel verändert.

»Schau«, rief Magni. »Ist das nicht etwas Seltsames an der Küste? Ist das eine Leiche?«

Thanes Blick wanderte sofort an dieselbe Stelle, schockiert, dass er es selbst nicht bemerkt hatte. Doch er war dem Jungen zutiefst dankbar. Wenn er wetten wollte, handelte es sich bei der leblosen Gestalt um Tamsin Garvie.

Thane schlug den Weg zur Küste ein und Magni lief hinter ihm her. »Magni, lauf zu den Ställen und gib Theo Bescheid. Er soll fünf Pferde bereit machen. Wir treffen uns mit zwei von ihnen dort unten«, rief er dem Jungen zu.

»Aye, Chief. Ich werde alles erledigen.« Magni lief los und summte dabei vor sich hin. War der Junge die ganze Zeit glücklich, oder handelte es sich nur um eine Reaktion auf sein neues Zuhause?

Thane hatte sich gerade um Wichtigeres zu kümmern.

Dort lag eine leblose Gestalt.

KAPITEL VIERUNDZWANZIG

Thane

⁂

THANE GAB SICH alle Mühe, um seinen rebellierenden Magen zu beruhigen, und betete, dass die junge Frau noch nicht tot war. So sah sie jedenfalls aus. Darüber hinaus betete er, dort jemanden anderen als Tamsin vorzufinden, doch aus seinem Bauchgefühl heraus wusste er es besser. Als er schließlich unten ankam, schlug er den Pfad zum Strand ein, wobei er sich vor den Felsen und Klippen in Acht nahm, denn sie konnten ihn zu Fall bringen.

Wie immer wurde er auf den Geruch des Wassers aufmerksam und er holte tief Luft, um sich in Erinnerung zu rufen, dass er frei war, und nirgendwo eine grausame Mutter lauerte, die ihn ohrfeigte oder seinen Bruder züchtigte, während er zusehen musste.

Mit einem Mal wurden all seine Erinnerungen an das vergangene Unrecht wieder wach, als er auf den leblosen Körper zu rannte, dessen Haar umso rötlicher wurde, je näher er ihm kam. Das Gesicht war unter einem dichten Vorhang aus Haaren verborgen, und in den einzelnen Strähnen hatte sich der grüne Seetang des Meeres verfangen.

Er kniete neben dem leblosen Körper und war nun ganz sicher, dass es Tamsin war, und er musste ihr nicht einmal ins Gesicht schauen, um sich zu vergewissern. Dann geschah etwas Wunderbares. Sie bewegte sich. Behutsam strich er ihr das mit Sand, Meerwasser und Seetang verschmutzte Haar aus dem Gesicht. »Tamsin? Ich bin es, Thane.«

Keine Antwort.

Er legte die Finger an der Stelle, an der das Blut am stärksten pulsierte, seitlich auf ihren Hals und stellte hocherfreut fest, dort einen gleichmäßigen Puls zu fühlen. Sie lag auf der Seite im Gras, also rollte er sie auf den Rücken und mit einem Flattern schlug sie die Augen auf, um sie aber schnell wieder zu schließen.

»Tamsin?« Mit seinem Daumen wischte er ganz zart die Sandkörnchen von ihrer Wange und tat sein Bestes, um ihr offenes Haar glattzustreichen.

Magni kam den Hügel herunter auf ihn zugestürmt, und hinter ihm lief ein Pferd. »Die anderen Pferde werden für Euch vorbereitet, Laird. Artan wird sie herbringen. Ist sie tot? Ist das Lady Garvie?«

Überrascht darüber, in welch kurzer Zeit der Junge seine Aufgabe bewältigt hatte, hob Thane den Blick zu Magni. »Sie ist nicht tot, und aye, das ist Lady Garvie.«

Magni führte das Pferd so nahe wie möglich an ihn heran, worüber er wirklich froh war, denn sie hatten keine Zeit zu verlieren, wenn sie verhindern wollten, dass Tamsin starb. Er wollte sie wirklich nicht in seinen Armen dahinscheiden sehen.

»Halt das Pferd ruhig. Ich lege sie quer darauf und steige dann auf.«

Er hob Tamsin hoch, und sie rührte sich kurz, indem sie sich mit den Händen an seine Brust klammerte und die Augen aufschlug. Als sie den Blick auf ihn richtete, war ihre Angst darin so deutlich zu erkennen, dass es sich wie ein Faustschlag in seinen Magen anfühlte. Als sie ihn erkannte, schlug ihr Blick augenblicklich in Hoffnung um, womit er nicht gerechnet hatte.

Bei der Art und Weise, wie sie ihn anschaute, wurde ihm ganz warm ums Herz. Hatte er überhaupt ein Herz, das Wärme empfinden konnte? Gelegentlich stellte er sich die Frage, ob es von seiner Mutter, derart misshandelt und zertreten worden war, dass es nunmehr winzig klein war und unfähig, Gefühle zu empfinden.

Nun hatte Tamsin Garvie ihm das Gegenteil bewiesen.

»Magni, stell dich auf die andere Seite des Pferdes, damit sie nicht herunterfällt, während ich aufsteige. Du musst auf dem Rückweg hinter uns her laufen.«

»Das kann ich beides machen.«

Er hielt Tamsin in seinen Armen, während Magni das Pferd ausrichtete. Dann tat er etwas Seltsames.

Er küsste Tamsin auf die Wange. »Tamsin?«

Thane hielt sie fest an sich gedrückt, während er ihre makellose Haut betrachtete und ihre Lippen,

die prall und rosig sein sollten, anstatt blutleer und
gräulich. Er wollte, dass sie die Augen aufschlug
und drehte ihren Körper in Richtung des Tieres,
um die eisige Brise abzuschirmen, wobei er sie
nach besten Kräften wärmte.

Doch sie erwachte nicht.

Er hob sie auf das Pferd, das sich inzwischen
kaum noch bewegte. Dann tätschelte er dem Tier
die Flanke und saß hinter Tamsin auf.

Als Thane sie aufsetzte, um sie an seine Brust
zu lehnen, damit sie sich an ihm wärmen
konnte, bemerkte er eine Veränderung in Magnis
Gesichtsausdruck. Der Junge blickte zu ihm auf
und lächelte. »Sie ist wach, Chief.«

»Tamsin?«

Ihr Blick richtete sich auf Magni, und die
Worte, die er hörte, verunsicherten ihn. »Alana?
Du bist gesund? Hat Papa dich nicht bestraft?«

»Ich bin nicht Alana, aber ich weiß, wo sie ist«,
antwortete Magni.

Tamsin keuchte, ehe ihr die Augen wieder
zufielen.

»Magni, wir bringen sie nach drinnen und
bitten Agnes, ihr trockene Kleider anzuziehen.
Dann machen wir uns auf den Weg zum Duart
Castle. Bist du bereit für eine Reise?«

»Aye, Chief. Und Lia auch.«

»Magni? Du hast wirklich großartige Augen.
Ich weiß wirklich nicht, ob ich sie gesehen
hätte. Heute hast du ein Menschenleben gerettet,
Junge. Ich bin stolz auf dich. Wir sehen uns im
Bergfried.«

»Aye, Chief.« Der Junge errötete, und sein

braunes Haar war von der Meeresbrise ganz durcheinander, doch sein Lächeln ließ sein Gesicht erstrahlen. Thane war so dankbar, dass er diese beiden engelsgleichen Kinder gefunden hatte, aber jetzt musste er sich auf Tamsin konzentrieren.

Er musste sie zu Eli Grant beim Grantham Clan bringen.

KAPITEL FÜNFUNDZWANZIG

Eli

ELI STAND VOR dem Feuer und rieb sich die Hände. Himmel nochmal, aber ihr war einfach alles zu real erschienen.

Dyna trat hinter sie und reichte ihr einen Kelch mit Wein. »Dieser Krug ist von denen, die Maitland bei unserer Ankunft hier im Keller gefunden hat. Es ist ein guter Tropfen und die Kinder sind im Bett. Also ist es Zeit, ihn zu genießen. Du bist doch mit der Jagd fertig, nicht wahr?«

»Aye«, entgegnete sie und nahm den Kelch ein wenig zu vorsichtig. Dann trank sie zwei kräftige Schlucke von dem würzig riechenden Wein. Er schmeckte besser als er roch, dessen war sie sich sicher.

Dyna zog fragend eine Augenbraue hoch und ließ sich auf einem Stuhl vor der Feuerstelle nieder. »Du denkst wohl immer noch, dass es Logan war.«

»So ist es! Ich bekomme die Sache nicht aus dem Kopf. Ich wünschte, du wärst dabei gewesen, Dyna. Alaric hat nicht an der richtigen Stelle nachgesehen. Er hat Logan auch nicht gesehen, und ob er ihn erkannt hätte, wenn er ihn gesehen hätte, weiß ich nicht mit Sicherheit. Sie stellte ihren Kelch auf einem Tisch ab, der ganz in der Nähe stand, und ließ sich in ihren Stuhl fallen.

»Es ist nicht einfach, einen Menschen zu erkennen, wenn man nur seinen Rücken sieht.«

»Aber ich kenne Großvater. Ich kenne seinen Gang und seine Haltung auf dem Pferd. Er war es.«

»Das ist nicht auszuschließen. Letztendlich ist Logan dafür bekannt, an den seltsamsten Orten und zu den seltsamsten Zeiten aufzutauchen. Großvater erzählt, man hätte ihn den Wanderer genannt, als er noch jünger war, weil er oft einfach verschwunden wäre, ohne jemandem Bescheid zu geben. Nie wussten die anderen, wo er war oder wann er zurückkehren würde. Meines Glaubens hatte er allerdings immer einen Grund für seine Abenteuer. Damit stellt sich also die Frage: Was glaubst du, warum er hier sein könnte?« Dyna trank noch einen Schluck von ihrem Wein, bevor sie sich hinsetzte und die Beine übereinanderschlug.

»Das weiß ich nicht.« Im späten Frühjahr, als Alaric und sie geheiratet hatten, waren ihre Großeltern verschwunden. Ihre Großmutter hatte schreckliche Probleme mit ihrem Knie, und keine der Heilerinnen konnte etwas gegen den auslaufenden Eiter und die damit verbundenen starken Schmerzen unternehmen. Nachdem sie von verschiedenen Heilerinnen untersucht und behandelt worden war, hatte Großmutter ihren Kampf aufgegeben und angekündigt, dass sie gehen würde, um in Frieden in Großvaters Beisein zu sterben. Sie wünschte sich, in aller Stille aus dieser Welt zu gehen.

Damals hatte Eli ihre Großeltern das letzte Mal gesehen. Großvater hatte versprochen, dass er wiederkommen würde, und somit war es sehr gut möglich, dass er sich hier auf der Insel aufhielt. Aller Wahrscheinlichkeit nach lebte ihre Großmutter inzwischen nicht mehr, obwohl sie der Gedanke daran sehr schmerzte. »Du weißt, dass ich meine Stute Golden Gwyn genannt habe.«

»Ja, es ist ein schöner Name. Es gibt keinen Grund, ihn zu ändern. Vielleicht solltest du dein Pferd Gwynie nennen. Das würde deinen Großvater zurückbringen, nicht wahr?«

Dynas schiefes Grinsen verriet Eli, dass sie die Geschichte ebenso gut kannte wie sie selbst. Ihr Großvater, Logan Ramsay, hatte seine Frau immer Gwynie genannt. Diesen Namen zu benutzen hatte er allerdings niemandem sonst erlaubt. »Wie recht du hast, Dyna. Einmal hat Cadyn versucht, sie so zu nennen, und Großvater hätte ihn um ein Haar durch die Halle geschleudert.«

Mit liebevollen Gedanken erinnerte sie sich an ihre geliebte Großmutter. Ganz bestimmt war sie von ihnen gegangen. Tante Brenna und Tante Jennie hatten beide beteuert, nichts mehr für sie tun zu können. Doch was war mit ihrem Großvater? Wohin war er gegangen? Würde er zu den Ramsays zurückkehren?

»Das ist nicht schlüssig. Er hat absolut keinen

Grund, hier zu sein und wenn er hier wäre, dann würde er uns einen Besuch abstatten.«

Maitland kam hinzu. »Ich konnte nicht verhindern, euer Gespräch mitzuhören. Ich bin eurer Meinung. Logan würde uns besuchen. Ich kann mir nicht vorstellen, dass er sich vor einem von uns versteckt. Wenn er sich auf Mull aufhalten würde, dann wäre er hier bei uns. Meiner Ansicht nach sagt dir dein Verstand, was du dir als Wahrheit wünschst.«

Eli seufzte und sie wehrte sich dagegen, eine Träne zu vergießen. Sie hatten recht, das wusste sie, aber trotzdem tat es weh. »Du sagst die Wahrheit, das weiß ich, aber trotzdem schmerzt es. Ich bin einfach immer voller Hoffnung. Ich habe mir gewünscht und gebetet, dass beide zurückkehren.«

Die Tür ging auf und Alaric rief: »Eli, Tamsin ist zurück.«

»Oh, mein Gott. Wie schlimm ist es?«, fragte Eli, die von ihrem Stuhl aufsprang und dabei um ein Haar ihren Wein umgeschüttet hätte.

»Es steht nicht gut um sie. Bereite die Kammer vor, und ich helfe MacQuarie, sie hier hineinzubringen.«

Eli eilte in ihre Kammer, nachdem sie Murreal aufgezählt hatte, was sie alles benötigen würde. Heißes Wasser, Ziegenmilch, wenn es welche gab, und viele Leinentücher. Zudem hoffte sie, Tamsin würde ein wenig Brühe vertragen.

»Ich werde dir zur Hand gehen«, erbot sich Dyna. Vermutlich wird sie keinen schönen Anblick bieten, denn dies ist der zweite Angriff auf sie. Thane hat sie schon einmal gerettet, also vermute ich, dass der Tyrann Vorsorge getroffen hat, dass sie dieses Mal nicht überlebt.«

»Dann hat Thane sie erneut gerettet? Oder hat er ihn überwältigt?« Eli konnte sich nicht vorstellen, was die arme Tamsin alles durchmachen musste. Ganz sicher würde sie ihrem Mann ein Messer ins Herz stoßen, wenn er schlief, oder vielleicht auch in eine andere Stelle. Als sie bei diesem Gedanken grinste, wurde Dyna aufmerksam.

Dyna lachte. »Ich weiß, was du denkst, und auch ich würde das tun. Direkt in sein Geschlechtsteil.«

Die beiden kicherten bei dieser Vorstellung, bis sie beide ernüchterten. Dyna kaute auf ihrer Lippe und verschränkte ihre Arme. »Meinst du, Garvie könnte Thanes Castle angreifen, während er fort ist? Hältst du das für möglich?«

Eli stieß einen leisen Pfiff aus. »Das wollen wir nicht hoffen. Der arme Thane.« Sie konnte sich ihrer Gedanken darüber nicht erwehren, wie er in eine eheliche Auseinandersetzung zwischen Fremden verwickelt worden war und so ehrenhaft wie jeder Highlander handelte. »Dein Großvater wäre stolz auf Thane gewesen, Dyna.«

Die Tür öffnete sich und Alaric hielt sie auf, damit Thane eintreten konnte.

»Setz sie hierher, Thane. Ist sie wach?«

Er schüttelte den Kopf. »Sie ist nur einmal aufgewacht, als Magni mit ihr sprach, aber wir glauben, dass sie Magni mit ihrer Tochter verwechselt hat.«

»Magni?« Eli blickte hinter die Männer, sah aber niemanden.

Dann sprang ein Junge durch die Tür. »Ich! Ich bin hier. Darf ich bitte meine Schwester Lia hereinholen, damit sie sich setzen kann? Sie ist müde.«

Eli lachte leise, als der niedliche Junge hereingesprungen kam. Er hatte gewelltes dunkles Haar, das bis zu den Schultern reichte und zu einem Zopf zusammengenommen war. Ihm folgte ein goldhaariges Mädchen, das nur halb so groß war wie er. Sie strahlte und lächelte.

»Darf ich drinnen sitzen, wo es sicher ist, wenn Ihr erlaubt? Ich verspreche, nicht zur Last zu fallen.« Sie war mit einem schmutzigen Kleid und abgetragenen Stiefeln bekleidet, die ihr zu groß waren, und Eli warf einen Blick zu Dyna, die schneller reagierte, als sie es je könnte.

»Komm sofort hierher, Lia. Magni, du bleibst bei Thane. Lia, setz dich hier ans Feuer, zieh die schlecht sitzenden Stiefel aus und wärme dich. Hier ist ein Fell, um deine Füße zu wärmen, und ich werde dir ein sauberes Kleid suchen. Aber erst, wenn ich eine Badewanne mit warmem Wasser für dich gefüllt habe, sobald die Männer draußen sind.«

Lia lächelte und verbeugte sich, als wäre sie die Königin des Landes, und ihr natürliches Strahlen erhellte den Raum. »Vielen Dank für Eure Freundlichkeit. Und während ich bade, könnt ihr mir alle sagen, was ihr euch wünscht.«

Dynas Kopf drehte sich zu dem Mädchen. »Wünsche? Wir haben keine besonderen Wünsche.«

»Nun, ich habe nur einen. Ich wünschte, meine Großmutter würde noch leben.«

»Vermisst Ihr sie?«, fragte Lia.

»Ja. Mehr als du bergreifen kannst. Ich habe sie verehrt und sie ist zu früh gegangen. Ich würde es lieben, wenn meine beiden Großeltern auf der Insel wären. Aber ich bin sicher, dass sie schon gestorben ist.«

»Das wäre eine Freude, wenn sie noch leben würde«, fügte Dyna hinzu.

»Wir werden uns später um Euren Wunsch kümmern, Mylady«, versprach Lia.

»Ich habe ein paar Fragen an Thane, bevor er mit Magni geht, Dyna. Nur einen Moment.« Eli brachte ein sauberes Gewand und Leinentücher, um Tamsins Gesicht zu waschen, aber zuerst wollte sie Thanes Meinung hören.

Während Dyna sich mit Lia beschäftigte, stellte Eli ihre Fragen an Thane: »Wo hast du Tamsin gefunden?«

»Am Strand. Wenn man sich ihre Hände ansieht, sieht es so aus, als wäre sie über die Felsen geklettert. Ihre Haut ist aufgeschürft. An der Stelle, wo wir sie gefunden haben, gibt es jede Menge zerklüftete Felsen, die sich weit ins Meer hinausziehen. Es sieht ganz so aus, als hätte er sie weit draußen gelassen, in der Hoffnung, sie würde in der Flut schnell untergehen, doch es ist ihr gelungen, an Land zu kriechen.«

Mit einer Hand hob Eli den Saum des Gewands hoch. »Ich schätze, ihre Knie sind genauso verschrammt und blutig.«

»Kannst du sie retten?«, fragte Thane.

»Ich werde mein Bestes tun. Warum ist sie aufgewacht?«

»Weil Magni gesagt hat, dass er weiß, wo ihre Tochter ist.«

»Magni, woher kommst du?«

»Ulva. Der böse Garvie wollte uns verschachern, also bin ich mit meiner Schwester davongelaufen. Wir haben uns im Gebüsch versteckt, bis ich den Laird und seine Männer am nächsten Morgen ankommen sah. Wir hatten großes Glück, dass sie gekommen waren. Ich wusste einfach, dass sie uns in Sicherheit bringen würden, also habe ich in ihrem Boot gewartet.«

»Wie ist es dann weitergegangen?«

»Spät am Morgen«, erklärte Thane, »gingen wir auf dem Weg außerhalb unserer Mauer entlang, als Magni einen leblosen Körper am Strand entdeckte. Ich habe ihn überhaupt nicht gesehen. Tamsin verdankt Magni und seinen guten Augen ihr Leben. Als ich zum Strand hinunterlief, um nach ihr zu sehen, war mir gleich bewusst, dass sie in schlechterer Verfassung war als beim letzten Mal. Sobald Agnes ihr die nasse Kleidung ausgezogen und trockene angezogen hatte, machten wir uns sofort auf den Weg hierher.«

Maitland betrat die Halle und schloss leise die Tür, während er alles in sich aufnahm. »Magni, bist du schon hungrig? Wir haben noch Fleischpasteten übrig, falls du eine verspeisen kannst.«

»Eine Fleischpastete?« Dem Jungen liefen die Tränen über die Wangen. »Für Lia auch?«, fragte er dann.

Maitland sah, wie die Badewanne gebracht wurde »Ich denke, wir lassen Lia etwas Ziegenmilch übrig, während wir beide nach den Fleischpasteten suchen, es sei denn, du willst jetzt unbedingt baden«, schlug er vor. Maitlands Grinsen verriet Eli, dass er genau wusste, wie der Junge reagieren würde.

»Nicht baden.« Magnis große Augen sprachen Bände, und Eli gab sich alle Mühe, um ihr Lächeln zu unterdrücken.«

»Alaric, würdest du bitte Thane mitnehmen? Lia wird baden und ein neues Kleid anziehen, während die Männer etwas essen. Ist das für dich in Ordnung, Lia?«

»Ein Bad wäre schön«, flüsterte sie, wobei ihr liebenswertes Lächeln nicht von ihrem Gesicht wich. »Wenn du möchtest, Magni. Mir geht es gut hier.«

»Ich werde später baden«, antwortete Magni.

Thane lachte leise und folgte Alaric und Maitland zur Tür hinaus. Magni rannte los und erzählte allen genau, wie er sich fühlte, wenn er ein Bad nahm.

Als die Tür hinter den Männern geschlossen war, schlug Tamsin die Augen flatternd auf und sie rollte sich auf die Seite. »Bitte helft mir, meine Tochter zu retten.«

»Das werden wir. Das verspreche ich«, antwortete Eli. »Zuerst musst du deine Kräfte sammeln, damit du uns alles sagen kannst, was du weißt. Ohne deine Hilfe können wir ihr nicht helfen.«

Tamsins Blick huschte erneut in der Kammer

umher. »Thane? Hat er mich wieder gerettet? Ich habe es geschafft?«

Eli setzte sich auf einen Schemel und legte Tamsins Hand in ihre. »Aye, Thane und Magni haben dich gerettet. Du hast einen harten Kampf hinter dir, aber ich werde dir helfen, wieder gesund zu werden, damit wir deine Tochter finden können.«

Tamsins Blick wanderte zu der Wanne hinter Eli, wo Dyna Lia half, in das warme Wasser zu steigen. »Alana?«

»Nein. Das ist Lia. Sie ist ein Waisenkind, das von Thane gerettet worden ist. Die Kinder waren auf Ulva. Ich glaube, sie können dir helfen, Alana zu finden. Aber erst musst du gesund werden.«

»Bitte helft mir. Ich glaube nicht, dass Alana noch lange leben wird. Ich bin mir sicher, dass mein Mann vorhat, sie zu verkaufen.«

Eli zuckte zusammen.

Kinderhandel? Welches Verbrechen könnte verwerflicher sein?

Sie schürzte die Lippen und sagte: »Du kannst auf unsere Hilfe zählen. Dieses Scheusal wird nie wieder mit Kindern handeln.«

Kapitel Sechsundzwanzig

Thane

———— ∿ ————

THANE STARRTE IN die Flammen und wandte den Kopf, als er Magnis Freudenschrei hörte, der gerade seine Fleischpastete erhielt.

»Mein Magen hat schon bei deinem Castle geknurrt, Laird, aber dann fanden wir Lady Garvie, und ich vergaß meinen Hunger darüber.«

»Iss es langsam, Junge, sonst kommt es dir wieder hoch«, riet Maitland. »In letzter Zeit hast du meiner Vermutung nach nicht viel gegessen.«

Magni sagte: »Ich werde es versuchen, Chief.«

Am allermeisten interessierte Thane, etwas über seine Schwester zu erfahren, obwohl er schätzte, dass sie schlief, da es bereits dunkel war. »Mora? Ist sie wohlauf? Hat sie irgendwelche Schwierigkeiten gemacht?«

»Nein«, entgegnete Maitland. »Astra ist begeistert, sie hier zu haben. Die beiden Mädchen haben sich schnell angefreundet, und auch die Kinder lieben Mora. Alle schlafen zusammen in der gleichen Kammer. Ich mag ihre fröhliche Art, aber ich muss fragen. Hat ihr denn niemand beigebracht, nicht so viele Fragen zu stellen?«

»Nein.«

Maitland zog grinsend eine Augenbraue hoch.

»Ich möchte sie nicht verändern. Ich mag meine Schwester so, wie sie ist. Sie durfte nie Fragen stellen, bis wir auf der Insel allein gelassen wurden.«

Maitland rieb seine Hände. »Diese Geschichte würde ich mir gerne eines Tages anhören, aber zuerst werden wir uns auf Tamsin konzentrieren müssen.« Er nahm den Becher Ale, den Alaric für ihn gebracht hatte.

Alaric saß an einem der Tische und fragte: »Hast du mit Garvie eine gemeinsame Vergangenheit, MacQuarie? Ist er aus irgendeinem Grund hinter dir her?«

Thane dachte einen Moment nach. »Nein«, antwortete er. »Bevor sich dies hier zugetragen hat, war mir dieser Mann noch nie begegnet. Unsere einzige Begegnung beschränkt sich auf den Tag, an dem ich Zeuge wurde, wie er Tamsin zum Sterben auf einem Felsen zurückließ. Dies ist das zweite Mal, dass er sie dort zurückgelassen hat, aber heute Morgen habe ich ihn nicht gesehen. Sie war bereits am Strand, als wir sie entdeckten.«

»Der Strand ist kein guter Ort zum Sterben. Will er sie bestrafen? Vielleicht um ihr Angst zu machen?«, fragte Maitland.

»Nein, er wollte sie umbringen. Das wissen alle«, murmelte Magni mit vollem Mund.

»Alle?« Maitlands Blick wurde schmal, als er auf Magnis Antwort wartete.

Magni kaute, was er bereits im Mund hatte,

und antwortete dann. »Er sagte seinen Wachen, er wolle seine Frau töten. Er wollte eine neue Frau, die ihm einen Sohn schenken sollte, und dies ginge nur, wenn er die erste Frau sterben ließe.«

Maitland legte den Kopf schief und blickte dann zu Alaric hinüber, als wäre mit diesem Blick eine Abmachung zwischen ihnen besiegelt worden.

»Die Kirche verbietet es einem Mann, zwei Frauen zu haben. Das haben alle Dorfbewohner gesagt. Sie glauben aber, dass Raghnall nach seinen eigenen Regeln lebt. Dass er nicht von Gott regiert wird.« Magni biss noch einmal in seine Fleischpastete und seufzte. »Ihr habt eine gute Köchin.«

»Das haben wir. Murreal ist die Frau eines unserer Wächter. Sie wird die anderen in ihren Methoden unterweisen.«

»Ich will das lernen!«, rief Magni aufgeregt.

»Wir werden abwarten und herausfinden, wo du hingehörst, Magni. Deine Schwester braucht dich im Moment«, entgegnete Thane.

»Ach, aber es ist die Wahrheit. Werdet Ihr Tamsin zurückbringen?«

»Das hängt von Tamsin ab«, antwortete Thane. »Sie hatte sich zuvor schon für die Rückkehr entschieden. Ihr Mann hat ihre Tochter in seiner Gewalt, und sie wird Alana nicht im Stich lassen. Solange ihre Tochter auf Ulva ist, wird sie wohl immer wieder zurückkehren.«

»Ich weiß, wo Alana ist. Das kann ich Euch zeigen.«

Maitland blickte von Alaric zu Thane. »Bist du sicher?«

»Aye. Sie haben sie dort, wo sie Lia gehabt haben. Mich haben sie frei herumlaufen lassen und mir Aufgaben gegeben, aber Lia blieb bei der Frau im Hinterhaus, und die ist richtig gemein. Sie kümmert sich um die Kleinsten. Und sie wohnt in einem der Häuser am westlichen Ende der Insel.«

Thane machte sich seine Gedanken über diese Offenbarung und fragte sich, ob er Alana finden und sie zu Tamsin bringen könnte.

»Ich weiß, was du denkst«, meinte Alaric, »aber ich habe Fragen an dich, ehe wir einen Plan machen.«

Thane sah ihn mit fragend hochgezogener Augenbraue an und überlegte, ob Alarics Fragen vielleicht zu persönlich wären. Keinesfalls wollte er viel verraten, aber er nickte zustimmend. Schließlich musste er nicht unbedingt auf die Fragen antworten.

»Welche Gefühle bringst du Tamsin entgegen? Würdest du sie akzeptieren?« In Erwartung einer Antwort lehnte Alaric sich zurück und verschränkte die Arme vor der Brust.

»Sie akzeptieren?«

»Bist du daran interessiert, sie zur Frau zu nehmen?«, verdeutlichte Maitland. »Meines Glaubens fragt Alaric sich, wo Tamsin leben soll, wenn wir Garvie töten. Denn genau das ist unser Plan.«

»Plan? Wie bitte?« Er war so durcheinander, dass

er noch nicht einmal wusste, was er antworten sollte.

»Hast du die Möglichkeit in Betracht gezogen, Tamsin zu deiner Frau zu nehmen? Du scheinst ihr mehr Zuneigung entgegenzubringen, als es dir als ihr Retter ansteht. Falls ich mich irre, sag es bitte einfach.« Maitland erhob sich und trat an den Kamin, wo er sich die Krümel von seinen Händen wischte und sie ins Feuer schnippte. »Maeve sagt, es sei ein besserer Platz für die Krümel als in meinem Bart«, erklärte er mit einem leisen Lachen.

»Das ist ein Irrtum, Chief. Ich bin nicht daran interessiert, mich an eine Frau zu binden.« Verflixt, dieser Gedanke war ihm noch gar nicht in den Sinn gekommen. Die Wahrheit wollte Thane ihm aber nicht sagen. Niemals würde er sich eine Frau nehmen.

Niemals. Er hatte keinerlei Vertrauen in die Frauen und allem, was mit ihnen zusammenhing. Da es einzig und allein ihnen oblag, Kinder aufzuziehen, konnten sie mit diesen unschuldigen Wesen nach Belieben verfahren. Sie behandelten die Kinder gnadenlos und ließen sie Hunger leiden. Niemand schenkte den Müttern Beachtung.

Seine Schwester war die einzige Frau, die er liebte und der er auch vertraute. Allerdings musste er sich nun eingestehen, dass er auch in Eli und Dyna ein gewisses Vertrauen setzte, denn andererseits hätte er Mora niemals in ihrer Obhut gelassen.

Maitland nahm wieder auf dem großen Stuhl Platz und beugte sich vor, um die Ellbogen auf die Knie zu stützen. »Ich bitte um Entschuldigung. Hör zu, MacQuarie! Wir sind darüber im Bilde, dass es auf der Insel Schwierigkeiten gibt. Wir sind gewarnt worden, dass ihr hier Diebe und andere Probleme habt. Unsere Aufgabe besteht darin, uns um diese Schwierigkeiten zu kümmern und dafür zu sorgen, dass Frieden auf der Insel herrscht. König Robert wird den MacDougalls eine Rückkehr hierher nicht gestatten. Also müssen wir unter Beweis stellen, dass wir bleiben wollen. Wer auch immer hier Schwierigkeiten macht, auf den wartet im Namen Schottlands eine gerechte Behandlung. Wir hoffen, die Einigkeit auf dieser Insel wieder herzustellen und weiteren Ärger unterbinden zu können.«

»Im Augenblick sehen wir Garvie und seine Mutter als Problem«, fügte Alaric hinzu. »Falls erforderlich, werden wir beide außer Gefecht setzen. Den Anfang machen wir mit Raghnall, aber wenn es sich nicht vermeiden lässt, nehmen wir uns auch seine Mutter vor. Nur weil sie eine Frau ist, bedeutet das nicht, dass sie zu solchen Taten nicht imstande wäre. Unseren Erfahrungen nach können Frauen ebenso boshaft wie Männer sein. Wir werden Nachforschungen über den Laird und seine Mutter anstellen. Insbesondere ihre Aktivitäten werden wir genauestens unter die Lupe nehmen.«

Thane konnte nicht dagegen sprechen, doch das änderte wohl einen Aspekt seines Plans. Wenn die anderen beteiligt wären, würde er Ulva wahrscheinlich nicht übernehmen. Hofften sie, selbst über die Insel zu herrschen?

Oder hatten sie gar geplant die gesamte Isle of Mull zu erobern?

Er würde die Kühnheit besitzen und seine Fragen stellen, denn dies war in seiner Lage und für seine Zukunftspläne von größter Wichtigkeit. »Dir ist schon bekannt, dass Ulva von Garvie und seiner Mutter beherrscht wird? Sie haben alle anderen vertrieben. Ein Händler hat mir erzählt, sie würden einmal in der Woche dorthin kommen, um ihre Waren zu verkaufen, und das war alles. Garvie hat alle anderen Bewohner von der Insel vertrieben. Einzig diejenigen, die direkt für ihn arbeiten, sind noch dortgeblieben.«

Magni sprang von seinem Stuhl auf. »Das ist wahr. Alles ist wahr. Er will andere einladen, sich ihm anzuschließen.«

»Wer?«, fragte Maitland.

Magni zuckte mit den Schultern und nahm einen weiteren Bissen von seiner Fleischpastete. »Das weiß ich nicht. Einmal habe ich dort einen anderen bösen Mann gesehen, aber ich weiß nicht, wer das ist.«

Maitland und Alaric sahen sich wieder an, als könnten sie ihre Gedanken ohne Worte austauschen. Maitland schüttelte den Kopf. »Wir werden Tamsin fragen müssen, was sie über Garvies Pläne weiß, sobald sie in der Lage ist, zu sprechen.«

»Plant ihr, die Insel zu übernehmen?«, fragte Thane, der hoffte, damit nicht zu unverschämt zu erscheinen.

Maitland schnaubte. »Nein. Ich bin ein werdender Vater. Meine Frau wird zu uns stoßen, sobald sie das Kind geboren hat. Sie möchte von einer bestimmten Heilerin entbunden werden, weshalb sie auf dem Festland bleibt, bis sie den Jungen zur Welt gebracht hat.« Maitland schloss die Augen. »Wie sehr ich sie vermisse.«

Thane verstand diese Bemerkung nicht. Ihm waren nicht sehr viele Paare bekannt, die sich aufrichtig liebten. Der Grantham Clan gab ihm viel zu denken, denn so viele von ihren Werten standen im Gegensatz zu seinen Überzeugungen. War es an der Zeit, an den Glaubensgrundsätzen zu rütteln, an denen er so unerbittlich festhielt? Er besann sich auf seinen Albtraum, in dem das Blut um seine Füße floss. Waren seine Eltern glücklich gewesen? Könnte diese Frau seine Mutter und nicht seine Tante gewesen sein? Könnte er glücklich verheiratet sein?

Er wünschte sich so sehr, dass er wüsste, was genau sich vor so vielen Jahren ereignet hatte. Doch dann holte ihn die unbarmherzige Wahrheit immer wieder ein. Die Frau aus seinem Traum war nicht seine Mutter. Er hatte aber nicht die geringste Ahnung, wer sie war.

Dyna kam aus der Heilkammer und schritt auf die Gruppe am Kamin zu. Thane stand auf und hoffte inständig auf gute anstatt schlechte Nachrichten. »Ist sie auf dem Weg der Besserung?«

Dyna nickte und setzte sich auf einen Stuhl neben Maitland. »Sie wird wieder gesund werden. Eli sagt, sie hätte genau wie beim letzten Mal zahlreiche blaue Flecken. Anders als beim letzten Mal sind ihre Schürfwunden ein Beweis dafür, dass sie über die Felsen gekrochen ist. Ein Fußgelenk ist stark geschwollen, obwohl ich nicht glaube, dass es gebrochen ist. Sie wird eine Zeit lang nur wenig laufen dürfen. Wenn ihr Mann sie so weit draußen gelassen hat, wie sie gesagt hat, dann ist er unzweifelhaft des versuchten Mordes schuldig.«

»Ist sie bei Besinnung?«, fragte Thane.

»Ja. Sie ist wach und nippt an ihrer Brühe. Sie wird gesunden, aber nicht so rasch, wie sie hofft, fürchte ich.«

»Weil sie sich an ihrem Mann rächen will? Oder ihre Tochter retten will?«

»Beides«, antwortete Dyna. »Wenn wir sie hierbehalten wollen, müssen wir sie davon überzeugen, dass jemand anderes ihre Tochter zurückholen wird. Das ist unsere einzige Möglichkeit.«

Magni rutschte zu einer Stelle vor dem Kamin, wo er sich zusammengerollt hinlegte und die Augen schloss. Dyna deckte ihn mit einem Plaid zu. »Maitland, was sagst du?«

»Alaric? Haben wir genug ausgebildete Männer?«

Alaric rieb die Hände aneinander und blickte nachdenklich zu den Dachsparren hinauf. »Wir haben noch ein wenig Licht. Wie wäre es, wenn wir zuerst eine Patrouille losschicken? Um zu sehen, was wir lernen können? Wie viele kannst du uns schicken, MacQuarie?«

»Etwa zwanzig Männer. Ich wollte fragen, ob ich morgen, bevor ich aufbreche, mit dir auf dem Übungsplatz arbeiten kann. Ein paar neue Fähigkeiten könnte ich gut gebrauchen.«

»Gewiss. Alaric und Broc lieben es, Neuankömmlinge auf dem Übungsplatz zu haben. Sei auf der Hut«, entgegnete Maitland lachend.

»Und wie viele Wachen habt ihr zu diesem Zeitpunkt?«

»Wenn wir alle mitzählen, sind wir schon ein großer Haufen. Wir haben weitere zehn aus dem Dorf, die sich von uns ausbilden lassen. Ich rechne damit, dass nur die Hälfte von ihnen bleibt, aber sie sind stark. Wir können im Moment nur zwanzig Mann aufbieten. Wie viele MacVeys und Rankins werden dabei sein? Hast du eine ungefähre Vorstellung?«

»Ich habe keine genauen Zahlen«, antwortete Thane. »Der MacVey Clan ist größer als der Rankin Clan. Meiner Schätzung nach muss der MacVey Clan dreimal so groß wie wir sein und der Rankin Clan doppelt so groß. Über ihre Kampferfahrung kann ich nichts sagen.«

Die Tür ging auf und Eli trat ein. Leise schloss sie die Tür hinter sich. Sie ging auf Alaric zu, der sie in die Arme nahm und ihren Hals küsste, woraufhin Eli zusammenzuckte. »Bald genug, Alaric.« Dann drehte sie sich um und rieb ihren Hintern an ihm, wobei sie kicherte.

»Irgendwelche Neuigkeiten, Eli, bevor du deinen Mann schändest?«, fragte Dyna.

Thane dachte, er müsse sich verhört haben. Eli würde Alaric schänden?

Eli entfernte sich von Alaric und sagte:

»Ich werde mir alle Mühe geben, um mich zurückzuhalten. Lia und Tamsin sind beide eingeschlafen. Ich habe das Feuer gedämmt, also sollte es ihnen gut gehen.« Dann beugte sie sich vor und küsste ihren Mann, wobei sie ihn an sich zog. Als sie den Kuss beendete, lehnte sie sich an ihn, und er schlang die Arme um sie. »Können wir jetzt gehen?«

»Geht schon. Ich zeige Thane und Magni ihre Kammer.« Das Paar rannte die Treppe hinauf. Alaric packte sie und Eli kicherte, als sie sich bewegten.

»Sie sind frisch verheiratet«, erklärte Maitland.

»Genau wie ich.«

Seine wehmütige Antwort war für Thane ein eindeutiges Zeichen. Beide Paare waren glücklich verheiratet.

»Wenn ich die beiden zusammen sehe, vermisse ich meine Frau sehr.«

Thane würde über vieles nachdenken müssen. Er hatte die strikte Regel verhängt, dass seine Wachen mit ihren Frauen außerhalb des Bergfrieds leben mussten, es sei denn, sie wurden angegriffen. Sie wohnten in kleinen Häuschen, und das passte Thane ganz gut. Im Grantham Clan war alles anders. Was ihn an die Frage erinnerte, die er Dyna stellen wollte, nachdem Maitland sich verabschiedet hatte und in sein Gemach neben der großen Halle gegangen war.

Thane flüsterte: »Woher weiß Maitland, dass er einen Sohn bekommt?«

Dyna sagte: »Weil ich es ihm gesagt habe.« Sie

wackelte mit den Augenbrauen und fügte hinzu: »Ich bin eine Seherin.«

Thane hatte viel über seine neuen Nachbarn zu lernen, aber die allerwichtigste Frage, die er sich nun stellte, war eine ganz einfache: Konnte er ihnen vertrauen?

KAPITEL SIEBENUNDZWANZIG

Tamsin

TAMSIN STAND IN der düsteren Morgendämmerung und gab sich alle Mühe, die beiden Mädchen vor ihr nicht zu beachten, die ihre Pfeile so schnell abfeuern konnten wie niemand, den sie je gesehen hatte.

»Wie alt sind sie noch gleich?«

»Fünf und fast vier«, antwortete Dyna. »Meine kleinen Mädchen sind wild!«

»Mama, schau mir zu«, verlangte Tora. »Ich bin die Beste.«

»Nein, das bist du nicht«, widersprach Sylvi. »Das bin nämlich ich. Siehst du, Mama?« Die schallenden Schläge ertönten, als ihre Pfeile in die Zielscheibe aus Heu am Ende des Schießplatzes einschlugen.

»Astra, geh mit den Mädchen auf Beerensuche. Ich muss mit Tamsin allein arbeiten.«

»Och schade ...« Die beiden Stimmen erhoben sich unisono.

Kurz darauf verkündete Sylvi: »Dort werde ich dich übertrumpfen, Tora.«

»Die beiden liegen immer im Wettstreit.

Tamsin, warte, bis sie fort sind. Dann werden wir an deiner Haltung arbeiten. Nimm dir etwas zu trinken. Ich bin gleich wieder da, sobald ich die Mädchen losgeschickt habe.«

Tamsin schlenderte zum Brunnen am Rande des Hofes, wo sie einen Becher mit Wasser füllte, den sie wieder in den Eimer zurückstellte, nachdem sie getrunken hatte. Das leise Kichern eines Mädchens drang an ihr Ohr.

Eli und Alaric schlenderten über den Hof und sie waren auf dem Weg zum Übungsplatz, wenn sie raten sollte, denn Eli rief: »Ich glaube, du musst deine Tunika ablegen, bevor du das Schwert richtig schwingen kannst, Ehemann.«

Alaric riss sich die Tunika vom Leib und warf sie ihr zu. »Und möchtest du, dass ich auch mein Plaid ausziehe? Es ist kaum jemand hier.« Er deutete mit dem Kopf zur äußeren Umrandung. Dort war ein kleines Wäldchen. »Wir können es schnell machen, wenn du willst, meine Süße. Dieses Mal bist du zuerst dran.«

Tamsin hatte keine Ahnung, was er damit meinte, aber sie saß auf einer verborgenen Bank und lauschte dem Geplauder der beiden, ohne glauben zu können, was sie da hörte.

»Es gefällt mir, wenn du mich hochhebst und mich dort hältst, wo du mich haben willst. Genau so ist es richtig, Alaric. Hebe mich hinter den Bäumen auf dich oder warte bis heute Abend.« Sie schaute zu ihm hinüber. »Das Wetter ist wunderschön. Dann zog sie ihre Strumpfhose aus und trug sie über der Schulter, während sie mit dem Hinterteil wackelte.

Tamsin war über das Verhalten der beiden schockiert, und außer ihr war niemand hier, der Zeuge ihres Vorspiels war.

»Und wo soll ich dich heftig rannehmen? Dir gefällt es ja nur heftig.« Er lachte leise, als Tamsin wieder zu den beiden hinüberschaute.

»An der Wand. Wenn du mich nicht zu heftig rannimmst. Halte meinen Oberkörper still und ramme deinen Schwanz fest in mich.« Sie kicherte. »Heftig und schnell, Liebster. Du weißt, wie es mir gefällt.«

Tamsin war froh, dass die beiden nicht sehen konnten, wie sie die Augen bei diesem Satz aufriss. Sie mussten über etwas anderes reden, als sie dachte. Wie konnten sie im Stehen einen Liebesakt vollziehen? Und Eli hatte definitiv gesagt, dass es ihr gefiel.

Es gefiel ihr?

Und völlig überraschend verschwanden die beiden zwischen den Bäumen, um das zu tun, was sie vorhatten. Innerhalb kürzester Zeit klangen von beiden lustvolle Töne an Tamsins Ohr. Alaric klang ähnlich wie Raghnall, wenn man von seinen liebevollen Worten absah.

»Komm für mich, Liebling.«

»Schrei meinen Namen heraus, Mädchen.«

»Eli, drück mich.«

Doch dann geschah etwas Seltsames, was sie ganz und gar nicht verstand. Eli keuchte genauso heftig wie Alaric. Und ihre Worte waren genauso lustvoll.

»Berühre mich. Du weißt, wo.«

»Bring es zu Ende!«

»Mehr, mehr.«

»Fester!«

»Schneller!«

»Oh, Alaric!«

Dann ertönte ein Brüllen und ein Schrei, was Ausdruck ihrer Befriedigung war.

Dyna erschien vor ihr, mit einem breiten Grinsen im Gesicht.

Tamsin errötete und war froh, dass sie die beiden nicht sehen konnte, denn sonst wäre sie in noch größerer Verlegenheit gewesen. Nie hätte sie gedacht, einmal dabei ertappt zu werden, wie sie ein Liebesspiel belauschte.

Niemals.

Am seltsamsten war aber, dass es offenbar wirklich ein Liebesakt gewesen war. Eli hatte ihr Vergnügen auf eine so gutturale, von Herzen kommende Art und Weise ausgedrückt, dass Tamsin nicht anders konnte, als sich zu fragen, wie sich der Akt für sie wohl angefühlt haben musste. Es klang, als hätte Eli es genossen.

Kann der Akt auch für eine Frau lustvoll sein?

»Ich muss mich für Eli und Alaric entschuldigen.« Dyna setzte sich und schüttelte den Kopf. »Sie gehören zu den Paaren, die ihr Liebesspiel so sehr genießen, dass sie sich häufig daran erfreuen. Sie tun es öfter als die meisten von uns, und sie kennen keine Scham. Es ist ihnen einerlei, wer sie hört, und sie machen es draußen genauso oft wie drinnen. Ich muss mir für meine Kinder Geschichten ausdenken, um zu erklären, was die beiden da machen. Einmal habe ich es auf das Baumklettern geschoben. Ein anderes Mal habe ich gesagt, Eli sei an der Brunnenpumpe hängen geblieben. Das hat mir sehr gut gefallen.«

Alaric und Eli kamen über den Hof auf den Brunnen zu. Eli quiekte, weil Alaric sie auf seiner Schulter trug und sie kicherte verzückt, während sie mit ihren Händen nach seinem Hintern unter seiner Tunika griff und zudrückte. »Ich wasche dich ab, Süße.« Doch dann erblickte Alaric die beiden Frauen und drehte sich auf dem Absatz um und hielt auf die Stallungen zu. Eli bemerkte sie nicht.

Tamsin konnte den Blick nicht von dem Paar abwenden. Sie flüsterte: »Sie lieben sich wirklich, nicht wahr?«

Dyna seufzte. »Das tun sie. Wie alt bist du?«

»Achtzehn.«

»Du warst also noch nie verliebt, nicht wahr?«

Tamsin schüttelte den Kopf. »Mein Vater hat meinen Mann ausgesucht. Ich habe ihn bis zu unserem Hochzeitstag nicht gekannt. Ich wusste nicht, dass…«

»Diese Verbindung für beide angenehm sein kann? So sollte es sein, wenn der Mann ein wenig Rücksicht nimmt.«

»Ist es nicht schmerzhaft für dich?« Tamsin dachte nur daran, wie Raghnall ihre Beine auseinander gezwungen hatte und wie ein Stier in sie eingedrungen war.

»Wenn es richtig gemacht wird, sondert die Frau Sekrete ab, die ihm das Eindringen erleichtern. Es gibt eine besondere Stelle, die der Frau Freude bereiten kann. Und manchmal mag ich es, auch wenn ich nicht zum Orgasmus komme, weil wir uns so nahe sind. Als würden wir so gut harmonieren, dass wie füreinander geschaffen sein müssen. Dabei wird mir dann immer klar, wie sehr wir zusammengehören.

»Orgasmus?«

»Wenn eine Frau oder ein Mann zum Höhepunkt kommen, wird das Orgasmus genannt. Wenn du eines Tages den richtigen Mann gefunden hast, wirst du das verstehen. Das Verlangen kann sehr stark sein. Ein guter Ehemann wird deinen Lustpunkt für dich finden.«

»Raghnall kümmert sich nicht um mich.«

»Oder um irgendetwas anderes als sich selbst, würde ich vermuten. Du wirst nicht mehr lange mit ihm verheiratet sein.«

Verblüfft starrte Tamsin ihre neue Freundin an und wollte sie fragen, wie sie sich dessen so sicher sein konnte, aber Dyna stand auf und machte ihrer Unterhaltung damit ein Ende. »Komm, du musst das Bogenschießen lernen. Ich werde dir von der Frau erzählen, die es mir beigebracht hat. Das war Elis Großmutter, Gwyneth Ramsay. Sie hat einmal einem Mann durch die Hoden geschossen und ihn auf diese Weise an einen Baum genagelt.«

Tamsin konnte ihren Schrecken nicht verbergen. »Was hat er verbrochen?«

»Er hat es gewagt, ihre Tochter und Nichte in seine Gewalt zu bringen. Da er die beiden Mädchen vor ihr versteckt hatte, hat sie ihn nicht gleich umgebracht. Erst hatte sie herausfinden müssen, wo die beiden waren. Er erzählte ihr alles, als er mit seinen Hoden an den Baum genagelt war.«

»Hat er überlebt?«

»Nein. Er starb mit seinen Händen um seine Hoden, die vor Blut trieften.«

Tamsin stellte sich die Geschichte vor, die Dyna da zum besten gab, und sie war von dieser Offenbarung schockiert. »Er hat die Mädchen entführt?«

»Aye. Er hatte sie entführt und eingesperrt. Die Mädchen waren schon seit Tagen in seiner Gewalt. Gwyneth und Logan waren außer sich. Es war ein Spektakel, wurde mir erzählt.«

»Er hat seine Strafe verdient, wenn er Kindern ein Leid zufügt.«

»Das hat er tatsächlich. Über jenen Tag kursieren viele Geschichten. Bei dieser Vision sehen sich Männer dazu veranlasst, ihren Intimbereich mit den Händen zu schützen. Es ist irgendwie unterhaltsam, sie zu erzählen.«

Das konnte Tamsin sich nur zu gut vorstellen, doch der Mann hatte ein anderes Gesicht, nämlich das von Raghnall.

»Bitte unterrichte mich im Bogenschießen. Ich will es lernen.«

»Das würde ich sehr gerne tun. Aber ich habe eine andere Frage an dich. Hat deine Mutter nie mit dir über Männer gesprochen?«

Sie schüttelte den Kopf. »Meine Mutter starb, als ich noch klein war. Meine Schwester und ich wurden von unserem Vater aufgezogen. Er war nicht sehr gesprächig. Morgens verließ er in aller Frühe das Häuschen, um zu jagen, und kehrte

abends zurück, in der Erwartung, dass alles so
wäre wie zu der Zeit, als Mama noch lebte. Er war
kein glücklicher Mensch.« Auf die schlimmsten
Episoden dieser Geschichte ging sie nicht weiter
ein.

»Wo ist deine Schwester jetzt? Ist sie älter oder
jünger als du?«

»Sie ist ein Jahr jünger. Ihr Name ist Meg, und
ich habe keine Ahnung, wo sie ist. Ich habe meine
Familie nicht mehr gesehen, seit ich zu der Heirat
mit Raghnall gezwungen worden bin.«

»Es tut mir leid, das zu hören. Ich werde jetzt
sehr direkt werden, da ich die Vermutung hege,
dass dein Vater dir nie etwas von den Fähigkeiten
beigebracht hat, die jedes Mädchen kennen
muss.«

Verdutzt hielt Tamsin den Atem an, denn sie
hatte keine Ahnung, was Dyna ihr sagen wollte.
Aus ihrem Instinkt heraus wusste sie allerdings,
dass es etwas Wichtiges war. »Ich höre zu.«

»Wusstest du, dass es einem Mann schrecklich
wehtut, wenn man ihn an den Eiern verletzt? Das
ist für ihn so schlimm, dass er in die Knie gehen
muss.«

»Was?« Davon hatte sie noch nie etwas gehört.

»Du kannst ihm einen Tritt zwischen die Beine
verpassen und ihn auf diese Weise zur Räson
bringen. Wenn ein Mann versucht, sich dir
aufzudrängen, nimm seinen Hoden in die Hand
und drücke zu. Dann kann er dir nichts mehr
anhaben, und du hast Zeit zu entkommen.«

Tamsin wollte am liebsten in die Welt
hinausschreien. Warum hatte ihr bislang kein

Mensch etwas davon gesagt? Hätte sie die vielen Male verhindern können, die Raghnall sich ihr aufgedrängt hatte?

»Ein Wort der Warnung.«

»Aye?«

»Stell sicher, dass du den Mann an der richtigen Stelle triffst und du einen Plan hast, um zu entkommen, denn das wird ihm nicht gefallen. Es ist extrem schmerzhaft. Ein Mann wie Raghnall wird mit seinen Fäusten zurückschlagen, mehrmals. Aber er wird eine kurze Zeit wie erstarrt sein, während du entkommst. Du solltest aber schnell sein.«

Ganz sicher konnte sie schneller laufen als Raghnall.

KAPITEL ACHTUNDZWANZIG

Thane

A M NÄCHSTEN MORGEN, noch bevor Tamsin erwachte, brach die Gruppe auf. Mora war traurig darüber, den Grantham Clan verlassen zu müssen, und Thane hatte versprochen, sie innerhalb eines Mondes zu einem Besuch zurückzubringen. Nächstes Mal würde er auch ganz bestimmt eine Stute mitbringen, denn er hoffte, sie mit einem der edlen Hengste paaren zu können.

Die Gruppe war größer, als von ihm erwartet, denn Maitland hatte beschlossen, mit Eli und Alaric auf Patrouille zur Isle of Ulva zu fahren. Maitland hatte darauf bestanden. »Es geht nicht nur um Ulva. Ihr seid mit drei Kindern unterwegs, obwohl Mora kaum noch als solches zu bezeichnen ist, aber sie ist eine Schönheit. Ihr braucht mehr Schutz.« Thane würde sich nicht mit einem Laird des Grantham Clans streiten.

Lia ritt mit Eli und Magni mit Thane. Mora ritt auf ihrem eigenen Pferd, ihren neuen Bogen und Köcher am Sattel befestigt. Maitland hatte zudem zwei weitere Wachen mitgebracht. Zählte man noch Brian und Artan sowie ihre eigenen Wachen hinzu, waren sie nun mehr als ein Dutzend.

Thane führte die Gruppe über den meistbenutzten Weg an, doch er plante, sie zum hinteren Teil seines Landes zu bringen anstatt der Küste zu folgen. Auf beiden Wegen konnten sie sich gleichermaßen verabschieden, aber er wollte seinen neuen Verbündeten den schnelleren Weg zu seinem Castle zeigen.

Ein ungutes Gefühl hatte ihn befallen, das sich dann auch bestätigte.

Als er das letzte Wegstück zu seiner Ringmauer entlangritt, hatte er einen weiten Blick auf das Wasser – das war ein Vorteil, wenn man in einem Castle auf einem Hügel hoch über dem Meer lebte. So konnten sie direkt vor seinem Castle zwei Boote auf dem Wasser erkennen, die auf das Ufer zusteuerten, und er würde wetten, dass es sich um Garvie und seine Männer handelte. Oft sah er Fischerboote in der Bucht vor seinem Land, aber selten eine Birlinn.

Auch Alaric hatte die Männer von seinem höher gelegenen Aussichtspunkt entdeckt, der sich neben Thanes Castle befand. »Freund oder Feind?«, fragte er Thane.

»Das sind keine Freunde. Meiner Vermutung nach kommen sie von Ulva, obwohl ich nicht sagen kann, wohin sie wollen.«

»Bringen wir die Kinder hinein, dann gehen wir zur Vorderseite herum und finden heraus, worauf sie aus sind. »Habt ihr eine Hintertür in eurer Ringmauer?«

»Aye«, antwortete er und zeigte darauf.

»Wie viele Wachen sind hier, um das Castle zu schützen?«

»Beinahe zwanzig. Ich habe meine Streitmacht noch nicht ganz beisammen. Wir sind noch im Aufbau.«

»Es ist Garvie«, verkündete Magni, wobei er frustriert die Arme in die Höhe riss. »Das sind seine Schiffe. Seine Flagge. Bitte erlaubt ihm nicht, mich wieder mitzunehmen.«

»Fürchte dich nicht, Bruder. Ich bin zuversichtlich, dass unsere neuen Freunde uns beschützen werden.«

Oft war Thane über die Reife der Gedanken und des Wortschatzes des Mädchens verwundert. In seiner Wachmannschaft hatte er Männer, die nicht so deutlich sprachen.

Magni sah von Thane zu Maitland und fragte: »Hat sie recht, Chief? Werdet Ihr uns beschützen? Bitte?« Die Angst in der Stimme des armen Jungen berührte sie alle.

»Sie werden euch beide nicht anrühren, Magni.« Das versprach Alaric ihm.

»Nein, das werden sie nicht«, wiederholte Thane.

Magni drehte sich daraufhin um und umarmte Thane. »Wir werden immer bei dir bleiben.«

»Greift er oft an, Magni?«, fragte Alaric.

»Er hat keine Freunde, also ist er nur unterwegs, um jemanden anzugreifen, der sich seinen Befehlen widersetzt, oder um jemanden zu treffen, an den er die Kinder verkaufen kann. Normalerweise kommen diese Leute aus Europa.

Ich weiß nicht, wo das ist.« Magni schaute von einem Laird zum anderen.

Thane seufzte. »Ich muss herauskriegen, was er im Schilde führt. Ihr geht alle zusammen nach drinnen und ich schleiche herum und höre zu. Mal sehen, was sie geplant haben.«

»Wir gehen mit dir«, erbot Eli sich. »Brian, bring die Kinder in den Bergfried.«

»Ich gehe auch mit!«, rief Magni. »Ich kann ihn schon von weitem hören. Aber bitte bring meine Schwester an einen sicheren Ort.«

»Gut, aber dann musst du ganz still sein, Magni.« Lia warf dem Jungen einen strengen Blick zu, als wäre sie für seine Erziehung verantwortlich.

Die Gruppe teilte sich auf. Brian und Maitland gingen mit zwei Wachen, Lia und Mora, ins Innere, während die beiden anderen Wachen bei Thane blieben. Als die anderen die Mauer hinter sich gelassen hatten, wandte sich Thane um, um seine Gruppe auf einen anderen Weg zu führen, doch dann vernahm er noch etwas anderes.

Sie hörten alle dasselbe Geräusch, und Eli schoss zwei Pfeile in rascher Folge ab, wobei ein großer Bock nicht weit von ihnen entfernt niederstürzte.

»Guter Schuss, Eli«, sagte Alaric grinsend. »Wir werden heute Abend gut essen.«

Thane traute seinen Augen nicht. Er hatte den Bock kaum gehört, aber Eli hatte sich in Position gebracht und geschossen, bevor der Bock ihre Anwesenheit überhaupt bemerkt hatte. Verdammt, er würde wirklich lernen müssen, wie man einen Bogen benutzt. Ihm lief das Wasser im

Mund zusammen bei dem Gedanken, das ganze Fleisch zu räuchern. Sie würden einen Mond lang oder länger gut essen.

Alaric und Artan machten sich daran, den Bock zum Castle zu schaffen, und hatten ihn schon fast bis zur Mauer geschleppt, als sie durch ein weiteres Geräusch aufgeschreckt wurden.

Sechs Männer kamen aus dem Wald, vier davon waren zu Pferd. Einer sagte: »Holt das Mädchen.«

Alaric spuckte fast aus, und sofort zeigte sich seine Wut deutlich auf seinem Gesicht. »Von wegen. Versucht nur, in ihre Nähe zu kommen, ihr Schufte.«

Wieder schoss Eli drei Pfeile so schnell ab, dass Thane ihnen in der Luft kaum folgen konnte, aber zwei fanden ihr Ziel und sie brachten zwei Männer dazu, von ihren Pferden zu stürzen. Der dritte Pfeil verfehlte sein Ziel nur knapp.

Alaric hatte sein Schwert nicht gezückt, sondern griff stattdessen zu seinem Bogen und feuerte zusammen mit Eli. Ein weiterer Pfeil kam von der Ringmauer, und als Thane nach oben schaute, war er überrascht, Mora dort oben zu sehen, die feuerte. Sie traf den Mann ins Bein, der aufschrie, woraufhin Thane auf ihn losging, um ihn ganz zu erledigen.

Der Angriff dauerte nur wenige Augenblicke, da einige der Störenfriede in die entgegengesetzte Richtung rannten, denn sie wollten nicht gegen die die Bogenschützen kämpfen. Zwei waren tot und einer verwundet, doch er wurde von einem seiner Kameraden mitgeschleppt.

Als sie weg waren, fragte Alaric: »Wer war das?

Und hinter welchem Mädchen waren sie her? Ich kann nicht glauben, dass sie Eli wollten. Ich dachte, wir hätten uns um all diese Narren auf dem Ramsay Gebiet gekümmert.«

»Ich habe gehört, wie jemand sagte, ein Mädchen sei verschwunden. Vielleicht waren sie hinter Lia oder Mora her.« Thane suchte die Umgebung nach weiteren Angreifern ab, bevor er weiterging. »Wir können das später besprechen. Jetzt muss ich erst einmal sehen, was sich an der Küste tut. Mein erstes Ziel besteht darin, herauszufinden, ob Garvie auf dem Boot ist und ob er die Absicht hat, hierher zu kommen. Ich werde mein Pferd hier lassen. Artan, du bleibst zurück.«

»Ich komme mit«, verkündete Magni.

Thane legte die Finger an die Lippen, während er Magni hinter sich schob und in Richtung Küste schlich. Er blieb dicht bei der Mauer, während Alaric und Eli mit ihren Bögen bewaffnet folgten. Als sie nahe genug waren, um die Männer auf den beiden Booten zu hören und zu sehen, kniete Thane nieder und machte den anderen ein Zeichen, sich in einem nahen Gebüsch zu verstecken.

Die Stimmen klangen über das Wasser, als wären sie gerade einmal zwei Pferdelängen entfernt. Garvie sagte: »Ich werde diesem Schleimer das Leben aushauchen und sein Castle einnehmen. Diese Stelle hier ist eine bessere Anlegestelle für Boote als Ulva. Wir können eine viel größere Operation durchführen. Er kann nur einige wenige Leute haben und wir haben zehnmal mehr als er. Das Überraschungsmoment haben wir auch noch zu unseren Gunsten.«

»Aye, Laird«, antwortete ein Mann. »Was ist mit den Kindern?«

»Ich will das gelbhaarige Mädchen. Der Junge ist verschwunden, aber ich hatte ein gutes Geschäft für das fünfjährige Mädchen geplant, das so hübsch war. Ich weiß nicht, ob sie hier ist, aber wenn du sie siehst, bringst du sie zu mir.«

»Sollen wir nach deiner Frau suchen?«, fragte ein anderer.

»Nein. Spar dir die Mühe. Falls sie hier ist, will ich dieses Luder nicht zurück. Hoffentlich ist sie längst tot.«

Für einen Herzschlag schloss Thane die Augen, denn die Worte, die er gerade vernommen hatte, waren einfach zu schmerzhaft. Der Mann war an Boshaftigkeit nicht zu überbieten. Raghnall Garvie interessierte sich nur für sich selbst und für das Geld, das er verdienen konnte.

»Wir können sie zu ihren Booten zurückdrängen«, flüsterte Alaric ihm zu. »Die Männer sind nur mit armseligen Waffen ausgerüstet. Mit ein paar Pfeilen werden sie in ihre Boote springen und um ihr Leben rudern. Solche Männer sind es nicht gewohnt, sich mit Bogenschützen zu messen.

Thane dachte einen Moment nach und entgegnete dann: »Nur zu. Es klingt, als hätten sie es auf Lia und mein Castle abgesehen. Weder das eine noch das andere werden sie bekommen.«

»Ich brauche einen Dolch«, meldete sich Magni zu Wort. »Ich kann mich anschleichen und diesem widerwärtigen Knöterich den Dolch in sein schwarzes Herz stechen. Meine Schwester kriegt er nicht.« Der Junge hob die Faust in Raghnalls Richtung.

»Du wirst hier bleiben. Wir beide, du und ich, werden Eli und Alaric beschützen und hoffen, dass die Boote schnell nach Ulva abdrehen. Wenn nötig, werden wir mit unseren Schwertern helfen, falls jemand von ihnen sich dem Castle nähern will. Bis dahin werden wir die Männer nur beobachten und sie belauschen.«

Das Paar machte ein herrliches Spektakel und feuerte sechs Pfeile in schneller Folge ab. Die Männer reagierten genau so, wie Alaric es vorausgesagt hatte. Sie rannten und kreischten wie die Weiber, sobald der erste von ihnen einen Pfeil in der Schulter stecken hatte.

Der Getroffene war aber nicht Garvie. Denn er versteckte sich hinter seinen Männern, als der erste Pfeil ein Ziel gefunden hatte. »Holt eure Ruder! Geht in Position! Wir müssen schnell von hier weg.« Die Stimme dieses Tölpels war leicht unter den Schreien seiner Männer herauszuhören.

Magni brach in ein leises Lachen aus, und Thane hielt ihm die Hand vor den Mund. Aber je mehr sie zusahen, desto mehr musste der Junge lachen. Thane schloss sich ihm an.

Nach zwei weiteren Pfeilen drehte sich Alaric um und meinte zu Thane: »Das beantwortet unsere Frage. Wenn wir uns entschließen, seine Männer auf der Insel anzugreifen, wird der Kampf in Windeseile entschieden sein. Die Männer haben keinen Mumm und keine Waffen.«

Magni lachte schon wieder. »Die haben überhaupt keinen Mut. Das ist ein Haufen Mädchen.« Das letzte Wort betonte er ganz langsam.

Eli warf ihm einen strengen Blick zu und flüsterte: »Wie bitte?«

»Nichts! Entschuldigung.Verzeiht mir. Ihr wisst, ich liebe Mädchen. Ich liebe Lia und Mora und Euch, Mylady.«

»So ist es schon besser.« Eli zielte wieder, und ein kleines Lächeln erschien auf ihrem Gesicht.

Thane musste den armen Jungen in Schutz nehmen. »Die einzigen Mädchen, die er kennt, sind seine Schwester und gemeine Frauen. Auf der Insel gibt es nicht viele Mädchen.«

»Diese Männer sind wie Ratten. Hässliche Ratten. Sie rennen weg, sobald sich ihnen jemand entgegenstellt.« Magni begann über seinen eigenen Scherz zu lachen. Sein Kichern verwandelte sich in schallendes Gelächter, und das Boot bremste seine Fahrt für einen kurzen Moment, als hätten sie den Jungen gehört. Als Eli noch zwei Pfeile abschoss, ruderten sie weiter.

Magni machte sich bereit, zum Castle zurückzukehren, doch Thane hielt ihn mit einer Hand zurück. »Wir lassen sie nicht aus den Augen, bevor sie nicht fast auf Ulva sind. Ich traue ihnen nicht über den Weg.«

»Ich werde für Euch Wache halten, Chief«, erbot Magni sich. »Ich kann die Küste jeden Morgen nach Booten und Leichen für Euch absuchen. Ich werde hart arbeiten. Das verspreche ich.«

Magni blickte erneut aufs Wasser hinaus. »Glaubt Ihr, sie kommen zurück?«

Thane schloss diese Möglichkeit nicht aus, doch er behielt seine Befürchtungen für sich. »Nein, sie fürchten sich vor den Bogenschützen. Auf Ulva hast du nie welche gesehen, nicht wahr?«

Magni schüttelte den Kopf und hielt den Blick weiterhin auf die sich entfernenden Boote gerichtet.

Thane wandte sich wieder Alaric zu. »Was um alles in der Welt wollen sie mit den Mädchen anfangen?«

Magni sah zu Thane auf. »Ich muss Lia beschützen. Versprecht mir bitte, dass wir hier bei Euch bleiben dürfen, Chief. Ich will nicht noch einmal in den Wald zurückkehren müssen. Wären wir zusammen im Wald gewesen, hätten sie Lia gefangen.«

Thane nickte und nahm ihre Umgebung in Augenschein, bevor er durch das Haupttor und über die Brücke schritt. »Ich denke, sie sind erst einmal fort. Ich werde dich und deine Schwester beschützen, Magni. Du musst dir keine Sorgen machen.«

»Gibt es keinen Graben auf der Rückseite?«

»Nein. Nur im vorderen Bereich, denn dort war er leicht auszuheben. Auf der Rückseite hätten zu viele Bäume gefällt werden müssen. Uns hat es an der dafür nötigen Arbeitskraft gemangelt, aber der Graben auf der Vorderseite schreckt diejenigen ab, die sich vom Strand her nähern.«

»Ich hoffe, du bleibst heute Abend«, meinte Thane zu ihm. Ich könnte deinen Ratschlag gebrauchen, wie es weitergehen soll. Soll ich Alana holen und sie zu Tamsin bringen? Oder soll ich warten, bis weitere Männer ankommen?«

»Wir sollten abwarten und herausfinden, was Maitland denkt. Er ist der beste Stratege. Dyna und er haben die Erfahrung, an der es uns mangelt.«

Alaric und Maitland halfen Thane mit dem Rehbock, den Eli erlegt hatte, und alle freuten sich, dass es genug war, um seine Männer für eine lange Zeit satt zu bekommen. Als Vorspeise genossen sie einen herrlichen Eintopf, und sie kochten einen Teil des Fleisches, während sie den Rest zum Räuchern vorbereiteten. Thane hatte eine große Feuerstelle hinter seinem Castle, und zusammen verbrachten sie einen gemütlichen Abend.

Als sie um das Feuer herum saßen, fragte Maitland: »Hast du eine Ahnung, wer die ersten Angreifer waren? Könnten es Männer gewesen sein, die von Garvie geschickt wurden, um hinterrücks anzugreifen?«

Thane überlegte einen Moment, ehe er antwortete. »Das glaube ich eigentlich nicht. Seit vier Jahren leben wir hier, nachdem wir das Castle übernommen haben, das damals unbewohnt war. Ein Feuer hatte es so stark beschädigt, dass die Besitzer es anscheinend nicht wieder instand setzen wollten. Anfangs waren wir nur sechs Personen, aber als Artan zu uns stieß, wuchsen wir zu einer festen Gruppe zusammen. Unsere Zeit haben wir mit fischen, der Jagd und der Behebung der Schäden am Castle verbracht. Es hat eine Weile gedauert, aber wir haben hauptsächlich Stein verwendet, und unsere Bemühungen haben sich ausgezahlt.«

»Wie oft wurdet ihr schon angegriffen?«, fragte Alaric.

»Niemals. Wir leben hier sehr isoliert, und die meisten denken, dass das Gebäude im Inneren noch beschädigt ist, denke ich. Es gibt hier Fischer, aber wir sehen nicht viele. Artan hat uns ein paar Mal nach Tobermory gebracht, um Vorräte zu besorgen, aber wir fällen unser eigenes Holz und verwenden den Stein, den wir im Wald finden. Er hat uns beigebracht, wie man Getreide und Gemüse anbaut, aber meistens ernähren wir uns von dem, was wir sammeln und fischen.«

»Wie viele Männer hast du?«

»Wenn wir kämpfen müssten, könnten vielleicht ein Dutzend kämpfen. Wir haben Schwerter erstanden und ich habe mit einem Mann in Tobermory geübt und den anderen beigebracht, was ich konnte, aber wir könnten weiteren Unterricht sehr gut gebrauchen. Und wir würden sehr von der Kunst des Bogenschießens profitieren. Damit würde die Jagd viel einfacher als mit Speeren. Wir essen mehr Fisch als Fleisch, deshalb sind wir für jedes Reh dankbar.«

»Wer hätte euch denn sonst angreifen können?«, fragte Alaric.

»Ich habe ehrlich gesagt keine Ahnung. Die Männer trugen keine mir bekannten Plaids, also glaube ich nicht, dass sie vom MacVey Clan oder dem Rankin Clan waren. Dann habe ich noch eine Frage an euch alle, denn wir haben es von

Garvie und den Männern gehört. Warum wollen sie das Mädchen? Und welches? Mora oder Lia?«

»Oder Eli?«, fragte Maitland.

Eli schnaubte, worauf Alaric sich verschluckte und schließlich grinsend bemerkte: »Mal sehen, wie sie mit ihr zurechtkommen. Ich weiß nicht, ob sie schneller durch meine oder ihre Hand sterben würden.«

»Ich kann dir sagen, welcher Tod schmerzhafter sein wird ...«, meinte Eli gedehnt.

Maitland kicherte, doch dann antwortete er: »Ich glaube nicht, dass sie Eli wollen. Sie wollen Mora oder Lia, obwohl ich nicht weiß, warum. Es kann viele Gründe geben, warum sie eine von den beiden haben wollten.«

Eli sagte, was sie alle befürchteten. »Oder beide.«

Waren sie auf der Suche nach einem bestimmten Mädchen oder nach irgendeinem, das sie rauben konnten?

KAPITEL NEUNUNDZWANZIG

Eli

———✦———

BEI HERRLICHEM WETTER kehrten Eli, Alaric und Maitland am nächsten Tag nach Duart Castle zurück. Sie hatten noch viel zu tun, damit in ihrem Castle alles so war, wie es sein sollte, wenn sie Mitglieder für den Grantham Clan gewinnen wollten.

Mora war traurig, die Gruppe davonziehen zu sehen, aber sie hatte Lia und Magni schon sehr lieb gewonnen. Wie es ihrer Natur entsprach, lauteten ihre Abschiedsworte: »Vielen Dank, dass ich Astra besuchen durfte. Wird sie denn noch eine Weile bleiben? Könnte ich sie noch einmal besuchen? Vielleicht um die Weihnachtszeit? Sagt ihr den Kindern, dass ich sie vermisse?«

Eli umarmte sie fest. »Aye, das werden wir allen sagen«, versprach sie. Wir werden uns häufig treffen. Verzweifle nicht, Mädchen. Du gehörst jetzt zu unserer Großfamilie.« Das trieb Mora die Tränen in die Augen.

Inzwischen verstand sie Mora auch besser. Als sie es sich nach dem Abendessen am Kamin gemütlich gemacht hatten, erzählte Thane ihnen, wie die drei Geschwister aufgewachsen waren und wie sie dann von ihrer Mutter am Strand zurückgelassen worden waren, als Mora sieben Jahre alt gewesen war. Er berichtete ihnen davon, wie sie das Castle nach dem Brand wieder instand gesetzt hatten und wie der Clan auch durch neue Mitglieder gewachsen war.

»Wenn du die Frau jemals wiederfindest, würde ich sie gerne kennenlernen«, hatte Maitland leise geraunt. »Sag ihr, was ich davon halte, wie sie ihre eigenen Kinder behandelt hat.«

Der Ausdruck in Maitlands Augen sagte alles, aber Maitland erklärte: »Meine erste Frau und ich haben ein Kind verloren, also versteht sie ihren Wert anscheinend nicht. Das würde ich ihr sehr gern erklären.«

Wie Elis Vater ihr einmal gesagt hatte, gab es häufig Gründe für Dinge, die einem erst im Nachhinein bekannt werden. Mora hatte das Bedürfnis, mit mehr Frauen zusammen zu sein, und sie mussten dem MacQuarie Clan helfen.

Als sie den Hauptweg von Craignure herunterkamen, war Eli überrascht gewesen, dass die meisten Häuser des Dorfes jetzt bewohnt waren. Bei ihrer Ankunft waren sie verlassen gewesen, doch inzwischen war mehr als die Hälfte davon bewohnt. Die Leute kamen heraus, um sie zu begrüßen, und Maitland hielt an, um sich vorzustellen. Alaric lud mehrere Männer ein, sich den Wachen anzuschließen, falls sie Interesse hätten.

Auf Duart Castle angekommen, stellten sie erfreut fest, dass Derric in der Nähe einen

Ziegenhirten gefunden hatte, mit dem er eine tägliche Milchlieferung vereinbart hatte. Auch ein Schmied, der Arbeit suchte, war vorstellig geworden und eine Frau aus dem Dorf, die gern morgens kommen wollte, um die Mittagsmahlzeit vorzubereiten.

Das Leben kehrte nach Duart Castle zurück.

Die größte Überraschung war, dass Dyna mit Tamsin auf dem Bogenschießplatz arbeitete. Eli applaudierte, doch dann ging sie ins Castle.

Nachdem sie eine kleine Mahlzeit eingenommen hatten, meinte Maitland: »Ich gehe zurück ins Dorf, um weitere Wachen zu rekrutieren. Ich will mir ein Bild machen, wie viele es sind, wer lieber auf dem Feld arbeiten will und was ich sonst noch erfahren kann. Bei all diesen neuen Bewohnern könnten wir in ein paar Tagen ein schönes Reh für ein Festmahl gebrauchen. Habt ihr Lust, auf die Jagd zu gehen?« Grinsend verabschiedete er sich von den beiden.

»Das ist ein guter Vorschlag«, meinte Alaric. »Wir könnten das Fleisch gut gebrauchen. Wir haben die Möglichkeit, alles zu räuchern, was wir nicht essen, und ich freue mich auf ein Festmahl für die neuen Dorfbewohner.«

»Ich muss jemanden finden, der backen kann. Aber Fleisch kommt zuerst, also gehe ich.«

»Ich fordere dich heraus. Wer kann die größte Beute, Vogel oder Tier, erlegen? Obwohl es mir nichts ausmacht, gegen meine schöne Frau zu verlieren, muss ich zumindest ein Kaninchen treffen können.«

Eli lachte, packte ihn am Arm und zog ihn mit

sich. »Ich sage, wir gehen jetzt. Ich könnte meine Tunika wechseln, aber ich ziehe mich nach der Jagd um.«

Die beiden ritten zusammen, um die Pferde den anderen zu überlassen.

»Der Fisch schmeckt mir auch sehr gut, Eli. Wir könnten zum See reiten, wenn dir das lieber ist.« Alaric schnippte mit den Zügeln und schlug die Richtung in den Wald ein.

Eli war an Alarics Sticheleien gewöhnt. Nie machte sie ein Hehl daraus, dass sie Fleisch dem Fisch vorzog, obwohl ein schöner Lachs gelegentlich nicht zu verachten war. »Fleisch, Ehemann. Du weißt, wie sehr ich Fleisch liebe.«

Er schnaubte. »Darüber bin ich auch sehr froh.«

Lachend warf sie den Kopf in den Nacken. Doch dann wurde sie ernst. »Ich habe genug Forellen gegessen. Der Fisch hier ist gut, aber das Fleisch von dem Rehbock, das wir bei Thane gegessen haben, war köstlich. Könnte der Rothirsch schmackhafter sein als das typische Highland-Wild? Wie auch immer, es war ein Genuss für meine Geschmacksnerven. Ich brauche einen großen Hirsch für uns, Alaric. Aber wonach suche ich genau? Was noch außer Hirsch? Ich habe auf unserer Reise keine Wildschweine gesehen.«

»Laut Maitland gibt es hauptsächlich Rotwild hier. Er hat auch Fasane erwähnt. Adler, Fischadler, Kaninchen, Enten, und vielleicht auch Gänse.«

»Keine Wildschweine?«

»Die hat er nicht genannt und wir haben auch noch keine gesehen. Vielleicht entdeckst du ja eines.«

»Ich setze meine Hoffnung auf einen großen, fetten Fasan oder ein Reh.«

»Ducken, geradeaus«, flüsterte er.

Sie schoss, verfehlte aber. »Verdammt und zugenäht.«

Einige Augenblicke später verlangsamte Alaric sein Pferd. »Hirsch voraus. Ein großer Hirsch.«

»Ich sehe ihn«, flüsterte sie. Eli kletterte vorsichtig vom Pferd und Alaric half ihr, sich lautlos fallen zu lassen, während sie mit einer Hand ihren Bogen hielt, den Köcher auf dem Rücken. Sie würde das Tier nicht aus den Augen verlieren. Sie brauchten das Fleisch.

Sie schoss einen Pfeil ab, verfehlte den Hirsch aber. Er bewegte sich nur ein bisschen und drehte den Kopf zu ihr.

»Komm schon«, flüsterte sie. »Gib mir die Breitseite, großer Junge. Die ist leichter zu treffen.« Sie hielt den Atem an und wartete auf den richtigen Moment. Bevor sie ihren Schuss abgeben konnte, kreuzte ein anderer Pfeil ihren Weg. Sie schenkte ihm keine Beachtung und tat, was sie tun musste. Sie ließ ihren Pfeil fliegen und erwischte den Hirsch, der in sich zusammensackte.

Sie konnte allerdings nicht vergessen, was vorher geschehen war. Einen Augenblick später flog ein weiterer Pfeil vor ihren Augen vorbei. Er war nicht zu nahe, aber nah genug.

Sie ließ ihren Bogen fallen. »Was zum Teufel?«

»Eli, jemand schießt auf uns. Komm wieder her!«

Aber irgendetwas ließ sie innehalten. Sie stand dicht genug bei dem Pfeil, um sich sicher zu sein, dass sie die Befiederung erkannte. Sie folgte der Spur des Pfeils, bis sie ihn in einem Busch liegen sah.

»Du verfluchtes Luder! Ich weiß, wer du bist!« Sie rannte direkt auf die Quelle des Pfeils zu, in die entgegengesetzte Richtung von Alaric und ihrem Pferd. Zwei weitere kamen auf sie zu und gingen daneben.

»Eli, warte!«

Sie ignorierte ihn, da sie sich im Moment zu sehr auf ihre Beute konzentrierte, die ihr dieses Mal nicht entwischen würde.

»Eli, Arme hoch. Ich komme und hole dich.« Alarics Stimme drang aus einiger Entfernung hinter ihr, an ihr Ohr.

Sie hörte ihn, ohne jedoch stehen zu bleiben und rannte weiter so schnell ihre Beine sie trugen. Dieses Mal würde sie seine Spur nicht verlieren. Das Stampfen der Hufe hinter ihr ließ den Boden erzittern, und als Alaric sie fast erreicht hatte, blieb sie stehen und hielt die Arme über den Kopf, worauf Alaric sich herunterbeugte, um ihre Taille griff und sie auf das Pferd zog, sodass sie vor ihm zum Sitzen kam.

Eli landete mit einem »Uff«, doch ihre Wut war nicht verraucht. Sie war wütend und erfreut – aber welches Gefühl war stärker? »Sie ist es, Alaric. Ich erkenne ihre Befiederung überall.«

»Deine Großmutter? Bist du sicher?«

Zwei weitere Pfeile kamen aus einer Baumgruppe auf sie zu, die aber beide daneben gingen.

»Eli, wer auch immer das ist, hat andere

Absichten, als du denkst. Bist du nicht bei Sinnen? Sie versuchen, uns zu töten. Ich mache kehrt.«

Eli hätte fast nach den Zügeln gegriffen, aber stattdessen sagte sie: »Nein, Ehemann. Sie schießt absichtlich daneben. Diese Pfeile landen so weit von uns entfernt, dass der Schütze sich schämen sollte, aber es ist Absicht. Ich kenne sie. Sie würde nicht auf uns schießen. Es war Großpapa, den ich neulich gesehen habe. Die beiden sind hier. Das schwöre ich. Und ich will den Grund dafür wissen!«

Als sie ihr Ziel fast erreicht hatten, flogen zwei weitere Pfeile auf sie zu, die weiter daneben gingen als zuvor.

»Hör auf zu schießen, Großmutter! Logan Ramsay, halte sie vom Schießen ab!« Sie schrie aus vollem Halse, um sicherzugehen, dass man sie hörte. Sie würde sich nicht umdrehen.

Der Beschuss mit den Pfeilen hörte auf und sie näherten sich den Bäumen, also sprang sie herunter und rannte direkt im den Wald hinein.

Ihr Großvater stand neben einem Felsblock, auf dem ihre Großmutter mit einer großen Decke auf dem Schoß saß.

»Ihr habt auf uns geschossen! Das habt ihr! Ich habe euch gesehen. Willst du deine eigene Enkelin töten? Was zum Teufel soll das?« Sie rannte direkt auf ihren Großvater zu und stieß ihn gegen die Brust.

Er versuchte nicht, sie aufzuhalten, aber sein bewundernder Blick zwang sie fast in die Knie. Und dann dieses kleine Grinsen auf seinem Gesicht.

Dann wandte sie sich an ihre Großmutter. »Wie konntest du nur? Ich habe dich die ganze Zeit für tot gehalten, und jetzt bist du hier, und du siehst besser aus als je zuvor.« Sie ging zu ihrer Großmutter, um ihr den Bogen aus der Hand zu nehmen. »Gib ihn her. Wie kannst du es wagen, auf uns zu schießen? Was zum Teufel ist los mit dir? Bist du nicht bei Sinnen?«

Als sie ihrer Großmutter den Bogen entzog, wurde die Decke mitgerissen.

Zuerst keuchte Eli, als sie sah, was sich darunter verbarg, dann fiel sie neben ihre Großmutter und weinte sich die Augen aus. »Großmama, ich habe dich so sehr vermisst.«

KAPITEL DREISSIG

Eli

ELI WAR SCHOCKIERT gewesen, als sie den Stumpf ihrer Großmutter sah. Das Beinkleid war oberhalb der Stelle, an der das Knie gewesen wäre, zusammengebunden. Das erklärte, warum sie auf einem Felsen saß und schoss, anstatt von einem Baum aus zu feuern. Ihr war ein Teil des Beins amputiert worden.

Sie umarmte ihre liebe Großmutter, kletterte dann vom Felsen und stürzte sich auf ihren geliebten Großvater, während sie immer noch schluchzte. »Warum hast du es mir nicht gesagt? Und warum zum Teufel hast du auf uns geschossen? Du kennst doch unser Plaid.«

Gwyneth Ramsay sagte: »Nicht seine Schuld, Eli. Ich war verwirrt. Du weißt, dass ich nicht gut sehe. Ich dachte, es sei ein Rankin Karo.«

»Mit dieser Bemerkung redest du wie der größte Narr im ganzen Land, Großmutter«, entgegnete Eli, die sich aufrichtete und die Hände in die Hüften stemmte. »Warum lügst du so?«

Alaric trat hinter sie, seine Hände legten sich auf ihre Schultern, dann beugte er sich vor und sagte: »Erinnerst du dich an die eine Sache, die du dir mehr als alles andere gewünscht hast? Da hast du sie. Verliere sie nicht.«

Und sie lehnte sich an seinen warmen Körper zurück, während er die Arme um sie legte und sie festhielt. »Musst du immer recht haben, Ehemann?«, flüsterte sie.

Dann fragte Alaric: »Warum so geheimnisvoll, Logan?«

»Kommt hierher.«

Ihre Großmutter klopfte auf den Platz neben ihr auf dem Felsbrocken, und Eli setzte sich. »Ich verstehe das nicht.«

Ihr Großvater saß auf einem Baumstamm und antwortete: »Wir wurden beauftragt, hierher zu kommen um herauszufinden, wer für all diese Schwierigkeiten verantwortlich ist. Viehdiebstahl sollte es auf einer Insel mit so wenig Vieh eigentlich nicht geben. König Robert möchte gern erfahren, ob es noch MacDougalls gibt, die Probleme verursachen. Angesichts von Gwynies Leiden war der Zeitpunkt günstig für uns, Abschied zu nehmen. Es sollte im Geheimen geschehen, und ihr dürft niemandem außer Maitland und Dyna davon erzählen.«

»Warum hast du uns nicht eingeweiht? Warum bist du nicht bei uns geblieben? Du könntest uns besuchen und spionieren, ohne uns zu verraten, was genau du tust.«

Ihr Großvater schaute zu ihrer Großmutter, die ihr Kinn allerdings noch ein bisschen höher reckte und ihre Sturheit war in diesem Moment mehr als offensichtlich. »Großmama, warum?«

Die Pause dauerte länger als die Schatten in einem Wald in der Dämmerung lang waren, aber Eli würde auf ihre Antwort warten. »Na schön. Hast du nicht gerade eben mein Bein gesehen? Es hieß, dass ich entweder mein Bein verliere oder sterben würde, also hatte ich keine Wahl, doch mir liegt viel daran, dass mein Ruf erhalten bleibt. Mein Vermächtnis als bester Bogenschütze im ganzen Land soll gewahrt bleiben. Wenn mich jemand so sieht, bin ich für ihn ein Krüppel und mein Ruf wird darunter leiden. Ich will ...« Dann kamen ihr die Tränen.

Eli schlang ihre Arme um die Frau, die ihr so viel im Leben beigebracht hatte. »Großmama ...«

»Ich bin noch nicht fertig. Ich hoffe, mit meinem Ruf auch in Zukunft dafür zu sorgen, dass die Männer unsere Töchter und Enkelinnen fürchten. Ich möchte diesen Ruf bewahren, einem Mann in die Hoden zu schießen, damit jeder Mann meine Enkelinnen fürchtet. Ich kann sie nicht mehr selbst beschützen, doch mein Ruf kann dies bewirken.« Nun liefen ihr die Tränen ungehindert über das Gesicht und das hatte Eli noch nie erlebt.

»Elisant, das war eine schwierige Operation, und unglaublich schmerzhaft, wie auch der Prozess des Heilens«, erklärte ihr Großvater. »Es ist ihr Wunsch, dass du nur Erinnerungen daran hast, wie stark sie ist. Sie ist die stärkste und schönste Frau, die ich je gekannt habe, und ich respektiere ihren Willen in dieser Angelegenheit.«

Eli lehnte ihren Kopf an die Schulter ihrer

Großmutter. »Aber du bist so viel mehr als dein Ruf, Großmama. Du bist viel mehr als Gwyneth Ramsay für mich. Du bist meine Kraft, und ich brauche dich. Insbesondere in diesem neuen Leben. Bitte versteck dich nicht länger vor mir. Ich behalte euer Geheimnis für mich, aber darf ich euch beide nicht besuchen? Gerade hier auf der Isle of Mull brauche ich euch so sehr.«

Sie küsste ihre geliebte Großmutter auf die tränenfeuchte Wange und sah dann ihren Großvater an. »Weißt du, wie mir das Herz geblutet hat, nachdem ihr mich verlassen hattet?«

»Wir haben alle verlassen, nicht nur dich, Mädchen«, gab ihr Großvater zu bedenken. »Auch unsere Herzen haben für euch alle geschmerzt.«

»Es hat sich für mich aber angefühlt, als hättet ihr mich auf meiner Hochzeit verlassen. Duart Castle ist riesig und solide gebaut. Maitland und Derric sind gerade mit Vorräten zurückgekehrt. Wir haben zusätzliche Schlafkammern, damit ihr bei uns bleiben könnt. Du kannst in einem bequemen Bett schlafen, Großmama.«

Ihre Großmutter tätschelte ihr den Arm. »Wir haben ein schönes Bett. Ich heile gut. Jeden Tag wird es besser.«

»Versprecht ihr zwei, euch nicht vor mir zu verstecken? Ich bin die einzige Ramsay hier, also wird niemand sonst nach euch suchen.«

Eli stand auf und blickte von einem zum anderen. Die beiden schauten sich an, und schließlich war ein dezentes Nicken von ihrer Großmutter zu sehen: »Wir versprechen, dich einmal pro Woche zu besuchen. Ist dir das recht?

Wir haben Arbeit zu erledigen. Und wir werden kommen, wenn die Wachen weg sind.«

»Wo wohnt ihr?«

»Das bleibt vorerst unser Geheimnis. Wenn wir herausgefunden haben, was unser König wissen muss, dann bleiben wir gerne noch eine Weile bei euch.«

»Versprochen? Ihr beide?«

»Versprochen«, antwortete Großvater, und Großmutter wiederholte das Gleiche.

Ihre Großmutter winkte sie zurück, also setzte sich Eli wieder und Großmutter küsste sie auf die Stirn. »Ich bin so stolz auf dich und auf das, was du hier auf der Isle of Mull aufbaust«, lobte sie ihre Enkelin und küsste sie auf die Stirn.

»Ich danke dir. Ich habe von der Besten gelernt.«

»Du wirst hier nicht viele Wildschweine finden, Mädchen, nur Fasane, Enten, Gänse, Kaninchen und Rehe«, meinte ihr Großvater. »Aye, sie hat geschossen, um dich zu verfehlen. Sie hoffte, dich zu verscheuchen, aber meine Enkelin lässt sich nicht so leicht erschrecken, nicht wahr?«

»Nein, ich würde ihre Befiederung überall erkennen.«

»Gehen wir zurück, Logan«, sagte Großmutter und drückte sich an den Rand des Felsblocks.

Eli sah Alaric an und deutete auf ihre Großmutter. Er ging hinüber, um sie hochzuheben, aber Großvater war zuerst da.

»Logan Ramsay, fass mich nicht an. Lass es zur Abwechslung mal den Jungen machen. Ich werde dir noch früh genug das Genick brechen.«

»Gwynie, du wiegst jetzt so viel wie ein

Zweig.« Aber Eli bemerkte, dass der Mann nicht widersprach und stattdessen auf sein Pferd stieg.

Alaric hob sie vor ihrem Mann auf das Tier, legte ihren Arm um den seinen, und schon ritten sie los.

»Eine Woche. Ihr habt es versprochen!«, rief Eli ihnen nach.

KAPITEL EINUNDDREISSIG

Tamsin

TAMSIN STAND VOR dem See und genoss den herrlichen Anblick. Seit vier Tagen war sie nun schon hier, und ihr Knöchel war schon viel besser geworden. Laut Eli war er nicht gebrochen, sondern nur verstaucht. Damit konnte sie nirgendwohin fliehen, aber sie war in der Lage, sich ohne allzu große Schmerzen fortzubewegen, obwohl sie schon vor langer Zeit gelernt hatte, wie man mit oder ohne Schmerzen immer weitermachte. Ihr ganzes Wesen war von etwas belebt, das sie bislang nicht gekannt hatte. Es war Glück und Hoffnung. Andere mochten wohl annehmen, es läge am blauen Himmel oder dem schimmernden Wasser, doch dies war ihres Erachtens nicht das Allerbeste.

Denn das waren die Kinder.

Derric und Dyna waren mit ihren drei Kindern im Wasser und die Kleinen strampelten und quiekten vor Wonne. Sie spritzten und sprangen herum, als wären sie noch nie nass gewesen.

»Tamsin, komm auch ins Wasser! Es ist

tatsächlich ziemlich warm. Wärmer als unser See in den Highlands«, rief Dyna ihr zu.

»Es sieht verlockend aus. Ich überlege, ob ich mich euch anschließen soll.« Das tat sie dann auch. Ganz im Ernst. Wenn ihr wirklich daran gelegen war, etwas zu lernen, dann schwimmen. Nachdem sie zweimal um ein Haar in tiefem Wasser ihr Leben gelassen hätte, war es für sie von größter Bedeutung, dass sie schwimmen lernte.

»Soll ich dich begleiten? Ich zeige dir gerne ein paar einfache Manöver im Wasser.« Die Stimme erklang hinter ihr.

Tamsin sprang auf, wirbelte herum und sah Thane, der sich von der Stelle näherte, an der sie ihre Pferde abgestellt hatten. Schnell umarmte sie ihn, denn sie freute sich, ihn zu sehen. Zweimal hatte er sie nun gerettet, und beim zweiten Mal hatte sie ihre Dankbarkeit nicht angemessen zum Ausdruck gebracht.

Sie schlang ihre Arme um seinen Hals und atmete seinen Duft nach Kiefer und Pferd ein, der so ganz anders als Raghnalls Geruch war. Thane war groß und an den meisten Stellen hart. Seine Brust fühlte sich wie eine Mauer an. Auch sein Bauch war flach und fest.

Im Gegensatz zu Raghnalls weicher Mitte.

Thanes Hände waren sanft und freundlich, und sein Haar war immer sauber. Das war bei ihrem Mann ganz anders. Sie trat einen Schritt zurück und errötete. »Verzeih mir meine Ungeduld. Ich habe nicht nachgedacht.«

Thane strich ihr ein verirrtes Haar aus dem

Gesicht und sagte: »Das macht die Umarmung noch besser.«

»Warum bist du hier?«, fragte sie ihn und hoffte, dass es Mora und Brian gut ging. »Stimmt etwas nicht?«

»Nein, nichts Genaues. Wir haben gehört, dass Garvie an verschiedenen Orten angegriffen hat. Bislang haben wir noch nicht herausfinden können, wer die zweite Gruppe war, die uns angegriffen hat, aber uns sind Gerüchte und Tratsch über beide Situationen zu Ohren gekommen. Ich habe beschlossen, dass ich mich besser fühlen würde, wenn die drei Kinder hier bei euch wären.«

»Drei?«, fragte sie und neigte den Kopf.

»Mora, Lia, und Magni.«

Sie erinnerte sich vage daran, dass bei der letzten Reise zwei andere Kinder dabei gewesen waren, ohne sich jedoch richtig darauf besinnen zu können, sie wirklich kennengelernt zu haben. »Ich freue mich darauf, ihre Bekanntschaft zu machen. Woher kommen sie? Und leben sie bei euch oder sind sie zu Besuch?«

»Magni ist auf Ulva auf unser Boot gestoßen und hat dies zum Anlass genommen, einen Versuch zu wagen, von der Insel fortzukommen. Seine Schwester und er sollten verkauft werden, doch es war ihnen gelungen, aus dem Haus der boshaften Alten, wie er sie nannte, zu entkommen, und dann fand er mich. Die Kinder werden so lange bei uns bleiben, wie sie wollen.«

»Der Junge könnte also wissen, wo Alana festgehalten wird?«

»Er behauptet, Bescheid zu wissen. Wir werden auf sein Wissen bauen, wenn die Zeit gekommen ist.«

Tamsin seufzte, denn sie wusste, dass es ihr nicht gebührte, irgendwelche Forderungen zu stellen. Sie würde schwimmen lernen, Bogenschießen üben und dann ihre neuen Freunde fragen, ob sie einen Plan hätten, wie sie Alana holen könnten. »Du hast auch erwähnt, dass du von einer unbekannten Gruppe angegriffen wurdest? Wann ist das passiert?«

»Als wir in unser Gebiet zurückkehrten, wurden wir von einer kleinen Gruppe im Wald attackiert, die nach einem bestimmten Mädchen suchte. Noch haben wir nicht in Erfahrung bringen können, wer sie waren oder wen genau sie suchten. Ich wollte Maitland fragen, ob er etwas Neues darüber herausgefunden hat. Scheinbar ist er derjenige, der in der Lage ist, die Geschichten auf dieser Insel in Erfahrung zu bringen. Er hört mehr als wir.«

»Mylord, ich hoffe, ich habe eurem Clan keinen Ärger bereitet. Das war sicherlich nicht meine Absicht.« Sie würde sich schrecklich fühlen, wenn Thanes Clan von Raghnall angegriffen worden wäre. Hatte ihr Mann andere Clans attackiert? Sie wusste nichts davon, aber es war auch nicht so, als würde sie viel über seine Aktivitäten außerhalb ihres Hauses wissen.

»Nicht Mylord! Nenn mich Thane …« Er strich mit dem Handrücken über ihre Wange und seine Berührung war so sanft, dass sie fast seine Hand ergriffen hätte, um sie dort zu behalten.

»Thane. Es tut mir leid, wenn mein Mann dich belästigt«, antwortete sie, wobei ihr die Röte ins Gesicht stieg.

»Es ist nicht deine Schuld. Der Übeltäter ist dein Mann. Er will mit seinen Nachbarn einfach nicht auskommen und stellt lieber Forderungen. Ich mache mir wegen Garvie keine Sorgen.« Thane blickte ihr über die Schulter und lächelte.

»Sie vergnügen sich.« Tamsins Herz schlug höher, als sie das liebevolle Miteinander in der Familie beobachtete, und sie fragte sich, wie es sich wohl anfühlen würde, einen Ehemann zu haben, der ihr Kind wirklich liebte und der freundlich zu ihr war. Derric und Dyna waren wunderbare Eltern. Tamsin stellte sich oft vor, wie Alana mit ihren Kleinen spielte.

»Kommt zu uns, ihr beiden. Wie geht es dir, Thane?«, rief Dyna über den Lärm der fröhlichen Kinder hinweg.

»Mir geht es gut. Ich habe eure Pferde hier gesehen und wollte nachsehen, was ihr hier macht.«

»Das Wasser ist herrlich. Überrede Tamsin, sich uns anzuschließen. Aber ich warne dich, halte Abstand, Tamsin. Derric hat nichts an.«

Glücklicherweise befand sich Derric im tiefen Wasser, sodass es keine Anzeichen dafür gab, dass er nackt war. Dyna wandte sich wieder ihrer Gruppe zu, also nahm Thane Tamsin am Ellbogen und meinte: »Vermutlich wolltest du schwimmen lernen. Ich würde dir gerne helfen, wenn du mir das erlaubst.«

Tamsin blickte in seine Augen, und auch dort

war nichts anderes als Freundlichkeit zu erkennen, die sie an Thane so sehr liebte. »Ich hatte gehofft, es ein bisschen zu lernen, aber sie sind mit ihren Kindern beschäftigt.«

»Vertraust du mir? Ich könnte versuchen, dir beizubringen, auf dem Rücken im Wasser zu treiben. Das wäre ein guter Anfang. Wenn du in Schwierigkeiten gerätst, kannst du dich auf dem Rücken treiben lassen, um deinen Kopf über Wasser zu halten, und danach müsstest du nur noch lernen, mit den Füßen zu strampeln, um dich deinem Ziel zu nähern.«

Tamsin knetete ihre Hände vor sich und wackelte mit den Daumen. Zum Schwimmen hatte sie eine kurze Tunika und eine Strumpfhose angezogen. Das hatte Eli ihr vorgeschlagen, die ihr auch die entsprechenden Kleidungsstücke überlassen hatte, damit sie sich darüber keine Sorgen machen musste. Es war an der Zeit für sie, Mut zu fassen und sich nicht länger vor der Welt zu verstecken, wie es ihr auf Ulva beigebracht worden war.

»Ich würde deine Hilfe begrüßen, Thane. Natürlich vertraue ich dir. Du hast mich zweimal gerettet, obwohl ich nicht weiß, ob ich dir beim letzten Mal meinen Dank ausgesprochen habe. Falls das nicht geschehen ist, will ich dir gern jetzt danken.«

Er streckte eine Hand aus. »Das ist sehr gern geschehen. Komm jetzt und spüre das Wasser. Deine Kleidung ist perfekt, aber wir sollten beide unsere Stiefel und die Strümpfe ausziehen.«

Sie kicherte, als sie sich an ihm festhielt,

während sie seinem Vorschlag nachkam. Ihre Zehen wackelten im Gras, während er wartete, bis sie fertig war, und er dann seine eigenen Stiefel auszog. Das lange Gras war kühl und erfrischend an ihren Füßen. Jemand hatte in der Nähe des Wassers einen Weg angelegt, damit man von dort aus leichter zum Schwimmen oder Angeln ans Ufer gelangen konnte.

Thane zog seine Tunika aus und sagte: »Ich bin froh, dass ich Hosen trage.«

Dann blickte sie zu ihm auf und sagte: »Ich bin bereit. Bitte halte mich gut fest.«

»Ich verspreche, dich nie loszulassen«, entgegnete er ihr, und ein seltsames Gefühl durchströmte ihn, als er diese Worte sprach.

Thane nahm ihre Hand in die seine und führte sie zum Ufer des Sees. Die Sonne schien kurz durch die vereinzelten Wolken, als sie sich näherten, und die Wärme machte das bevorstehende Bad noch verlockender. »Ich bin nervös«, flüsterte sie.

»Das überrascht mich nicht, nach dem, was du durchmachen musstest. Du solltest immer darauf achten, dass das Wasser an der Stelle, wo du es betrittst, so flach ist, wie es für dich angenehm ist, oder tief genug für einen Sprung. Jeder See ist anders.«

»Und was ist mit diesem hier?«

»Derric und Dyna haben gut gewählt. Dieser Teil des Ufers ist recht flach und damit ideal für die Kleinen, die dort schwimmen können und den Boden unter sich spüren. Außerdem ist dieser See an den meisten Stellen flach. An einigen Stellen kann der Grund abrupt abfallen, weshalb man dies immer kontrollieren sollte, um sicher zu sein.«

Sie erreichten das Ufer und eine unbestimmte Wahrnehmung ließ ihr die Haare zu Berge stehen, ehe sie kurz zusammenzuckte und ein Schauer sie überlief. Sie schüttelte das Gefühl ab, wie auch die Bilder ihres Mannes, der sie aus dem Boot warf. Ihr Körper wirbelte von Thane weg, aber sie drehte sich wieder zu ihm um und kämpfte gegen die Bilder in ihrem Kopf an.

»Ich bin hier«, flüsterte er. »Ich werde dich nicht im Stich lassen.«

Ihre Augen wurden feucht, denn seine Worte waren wie Balsam. »Danke.«

»Am Anfang wird es ein bisschen kühl sein, doch wir werden uns schnell daran gewöhnen, denke ich.« Sie blieben stehen, als das Wasser ihre Zehen umspülte. »Nur zu. Wage einen Schritt hinein«, forderte er sie auf.

Sie tauchte einen Fuß unter Wasser und quiekte, aber dann tauchte sie auch den anderen Fuß hinein und wackelte wieder mit den Zehen. »Es fühlt sich erfrischend an, Thane. Machst du mit?«

Das tat er, doch dann überraschte er sie, indem er vier große Schritte ins Wasser machte, bevor er ihre Hand losließ. »Du schaffst das schon. Ich bin gleich wieder da.«

Tamsin beobachtete, wie Thane sich bis zu den Schultern ins Wasser duckte, bevor er sich wieder zu ihr umdrehte und dabei über den Wasser auftauchte, um festzustellen, wie tief es war, vermutete sie.

»Das ist perfekt. Komm zu mir, und wenn du nass bist, helfe ich dir beim Treibenlassen.«

Tamsin erstarrte, ihr Blick blieb auf seiner Brust haften, wo sich die dunklen Haare im Wasser bewegten. Thane war ein gut aussehender Mann mit einem herrlichen, fein modellierten Körper, der wie gemeißelt wirkte. Die Breite seiner Schultern maß das Doppelte im Vergleich zu denen ihres Mannes. Thanes kräftige Muskeln waren größer, als sie je bei einem Mann erlebt hatte. Sein Haar berührte das Wasser an seinen Schultern, bis es eintauchte und sich mit der Bewegung des Wassers wiegte. Er sah besser aus als alle Männer, die sie kannte, und die frischen Bartstoppeln, die von der Reise stammten, fand sie attraktiv.

Dyna wandte sich kurz von ihrer Familie ab und rief: »Viel Glück, Tamsin. Du wirst es lieben, wenn du erst einmal schwimmen gelernt hast. Nimm Garvie dieses Machtmittel, damit er es nicht noch einmal versucht.« Sie trottete das Ufer hinauf, ein Kind an jeder Hand. »Dreh dich um, damit Derric rauskommen kann. Wir waren lange genug drin, obwohl die Kinder den ganzen Tag drin bleiben würden, wenn wir es zulassen würden.«

Tamsin wandte sich Thane zu und winkte der Gruppe zu, als diese ging. »Sag mir, was ich als Nächstes tun soll, Thane.« Sie musste sich konzentrieren, um auf seine Anweisungen zu hören. Also musste sie seine Brust ignorieren. Im Augenblick hatte sie keine andere Wahl. Noch war sie verheiratet, obwohl sie ihre Ehe offiziell als beendet erklären würde, wenn sie die Möglichkeit dazu hätte. Jetzt gestattete sie sich nur im Traum, dass Thane zu ihr gehörte, da sie verheiratet waren und eine gemeinsame Tochter namens Alana hatten. Wie herrlich würde ihr Leben sein, wenn das wahr wäre.

»Komm zu mir, ich nehme dich an der Hand und helfe dir, dich zurückzulehnen, bis deine Füße vom Boden abheben.«

Sie sahen sich wieder an, und er flüsterte: »Keine Sorge. Ich werde dich halten.«

Ihre Stimme klang wie ein Flüstern. »Wie du es immer getan hast.« Tränen drohten ihre Wangen zu nässen, doch es gelang ihr, sie zurückzuhalten, und sie ließ sich mit jedem Schritt Zeit, bis sie Thane erreicht hatte. Diese Lektion war zu wichtig, um dafür nicht die ihr gebührende Konzentration aufzubringen.

»Viel Vergnügen!«, rief Dyna und teilte ihnen damit mit, dass Derric aus dem Wasser war und sich angezogen hatte. Tamsins Hand war mit Thanes verschränkt, aber sie löste sich, um sich in seine Arme zu lehnen.

»Jetzt vertraue mir und neige deinen Kopf so, dass deine Haare bis ins Wasser reichen, und stoße deine Füße so hoch, dass ich dich auffangen kann.«

Sie versuchte es zweimal, scheiterte aber.

»Lass uns eine Pause machen«, schlug Thane vor. Genieße einfach das Wasser mit mir. Hüpfe darin herum oder wate einfach hindurch, schwinge die Arme, oder mach, was immer dir Spaß macht.«

»Na schön. Ich fühle mich jetzt wohler, und

es kommt mir viel wärmer vor.« Sie wirbelte herum und wäre fast gestürzt, aber Thane fing sie auf. Sie kicherte, als ihre Füße wieder den Grund des Sees berührten, doch plötzlich übermannte sie das Bedürfnis, ihm eine persönliche Frage zu stellen. »Thane, bist du verheiratet?«

Er schien von ihrer Frage überrascht, aber er antwortete schnell. »Nein. Ich bin nicht verheiratet. Ich habe nicht vor zu heiraten.«

»Warum nicht?« Sie konnte diese Entscheidung eines Menschen sehr wohl respektieren, aber sie musste sich fragen, warum ein Mann wohl so etwas sagte. Denn die Männer schienen die meisten Vorteile aus einer Beziehung zu ziehen. Ein Kind, jemanden, der ihre Wäsche wusch, kochte, sich um das Haus kümmerte, während der Mann jagte und für seine Familie sorgte. Das war offenbar der Lauf der Dinge, und so dachte sie, dass jeder Mann verheiratet sein wollte. Wünschte sich nicht jeder Mann einen oder zwei Söhne?

Thane seufzte und lenkte den Blick zu den Wolken hinauf, bevor er sie wieder ansah. »Es stört mich nicht, dir das anzuvertrauen, Tamsin. Ich bin vor allem deshalb noch nicht verheiratet, weil ich noch keine Frau gefunden habe, die ich heiraten möchte. Mein Bruder und meine Schwester drängen mich zum Heiraten, aber bislang habe ich noch kein Interesse daran.«

Sie neigte den Kopf und fragte: »Hast du wirklich kein Interesse?«

»Es gibt einiges, was du nicht über mich weißt. Meine Mutter war keine gute Frau. Sie zog

Brian, Mora und mich mit strenger Hand auf. Als Mora erst sieben Winter alt war, setzte unsere Mutter uns an einem Strand ab, warf einen Sack mit Kleidern hinterher und kehrte nie wieder zurück.«

Tamsin schnappte nach Luft. Es war für sie unvorstellbar, dass man Kinder so grausam behandelte. »Und du warst damals nur wenige Jahre älter.«

»Vier Jahre. Brian ist zwei Jahre jünger als ich und Mora vier. Wir mussten uns eine Höhle suchen, in der wir leben konnten, und unsere Nahrung selbst finden. Es war ein sehr hartes Leben, aber besser als das Leben mit unserer Mutter. Ihre Grausamkeit war unbeschreiblich. Zwar mussten wir an manchen Tagen hungern, aber wir wurden nie wieder misshandelt, also akzeptierten wir unser Los. Wir trafen ein paar andere Leute und mit ihnen zusammen sind wir auf das Castle gestoßen, das vom Feuer zerstört war. Wir bauten wieder auf, was wir konnten. Es hat lange gedauert, aber ich bin stolz auf das, was wir erreicht haben.«

»Aber was hat das mit deinem Wunsch zu heiraten zu tun?«

»Weil ich niemals zusehen möchte, wie eine Frau meine Kinder misshandelt. Wenn es in den meisten Ehen so zugeht, dann will ich nichts damit zu tun haben. Ich werde allein bleiben. Ich kann es nicht tolerieren, wenn meine Kinder misshandelt werden.«

Nie zuvor war Tamsin von den Worten eines Menschen so tief berührt gewesen. Sie wollte

Thane in den Arm nehmen, ihn fest drücken und ihm sagen, dass alles gut werden würde, wenn er heiratete. Sie musste an dem Glauben festhalten, dass alles anders werden würde. Würde das wirklich passieren?

War es bei ihrer eigenen Mutter anders gewesen? Ihre Vergangenheit hatte ihr keine besseren Vorstellungen vom Eheleben vermittelt als seine. »Es tut mir leid, dass du eine so schreckliche Vergangenheit hinter dir hast. Wegen deiner Geschwister ist alles noch viel schwieriger. Meine Vergangenheit ist auch nicht viel besser. Meine Mutter starb, als ich noch klein war. Mein Vater hat mich mit Raghnall verheiratet und weder ihn noch meine Schwester habe ich je wiedergesehen. Aber fühlst du dich nicht anders, seit du den Grantham Clan kennst? Wenn ich Dyna und Derric mit ihren Kindern sehe, weckt ihr Anblick in mir die Hoffnung auf ein besseres Leben. Ist das nicht möglich?«

Thane seufzte. »Ich verstehe sehr genau, was du damit sagen willst, und ich muss zugeben, dass einen der Anblick von allem und jedem im Grantham Clan mit Hoffnung erfüllt. Ich bin mir nicht sicher, ob wir auf die gleichen Dinge hoffen, aber Hoffnung ist ein Segen.«

Sie antwortete darauf mit einem Nicken und im Stillen fragte sie sich, was er sich erhoffte, aber sie kannte ihn nicht gut genug, um diese Art von persönlichen Fragen zu stellen. »Ich glaube, Mora war hier sehr glücklich. Es hat ihr so gut getan. Sie ist ein liebes Mädchen, und du hast deine Geschwister gut erzogen.«

»Vielen Dank, und du hast recht, dass es für sie wunderbar war, mit anderen Mädchen zusammen zu sein, aber ich habe dir nun genug von meinem Leben erzählt. Komm. Bist du bereit, meine Vorschläge noch einmal auszuprobieren? Wenn du erst einmal schwimmen gelernt hast, verspreche ich dir, dass du es lieben wirst.«

Sie lächelte und richtete sich so auf, wie er sie zuvor angeleitet hatte. Sie brauchte drei Versuche, bis sie es schaffte, das zu tun, was er von ihr verlangte, doch am Ende war sie erfolgreich.

»Lege den Kopf zurück und schau in den Himmel, nicht zu mir. Je weiter du den Kopf zurücklegst, desto besser geht es dir.«

Sie tat, was er vorschlug, und zu ihrer Überraschung ließ er ihre Beine los, und sie blieb oben, erfüllt von dem Hochgefühl, ganz allein zu schweben. Sie wollte aufschreien, weil ihre Aufregung sie fast übermannte, aber dann verlor sie die Kontrolle und ihr Kopf sank unter Wasser.

»Halt die Luft an. Ich habe dich.« Thane fing sie auf und half ihr, sich aufzurichten.

Ihr Kopf brach durch das Wasser und sie fing an zu kichern. »Ich habe es geschafft! Darf ich es noch einmal versuchen? Bitte!«

Die Lektion wurde fortgesetzt, und je mehr Zeit sie mit dem Mann verbrachte, desto mehr begriff sie dieses Konzept, das völlig neu für sie war.

Ihr Herz war davon mit einer seltsamen Freude erfüllt, das sie dazu brachte, ihm näher sein zu wollen. Zudem kicherte sie wie ein kleines Mädchen. Es war etwas völlig anderes als alles, was sie bisher erlebt hatte, und sie hatte großen Gefallen daran.

Sie hatte sich in Thane MacQuarie verliebt.

KAPITEL ZWEIUNDDREISSIG

MacDougall

ULCHEL MACDOUGALL SASS auf einem Felsen und blickte auf die Bucht hinaus. Bald wäre alles wieder so, wie es immer gewesen war – der MacDougall Clan würde wieder der stärkste Clan auf der Isle of Mull sein.

Dieser Narr namens Robert the Bruce interessierte ihn nicht im Geringsten. Er hielt den Mann für den König von nichts, außer dass er vielleicht der König der Idioten war.

Sobald er seine Ziele erreicht hatte, würde er als Bruder des Lairds wieder in den Clan aufgenommen werden, anstatt verbannt zu sein, weil er einem Mädchen Schaden zugefügt hatte.

Diese Dirne hatte es nicht anders verdient, doch dies war eine Geschichte für einen anderen Tag.

Als Erstes musste er seine Stellung in seinem Clan wiedererlangen. Ohne seinen Bruder hatte er weder einen Clan noch Geld und auch kein Schlafgemach. All dies konnte er nicht ertragen.

Natürlich hatte MacClane ihn einen Narren genannt, denn er hatte geglaubt, er könne

Duart Castle von den Grants und Ramsays zurückerobern, in deren Besitz es jetzt war. Ulchel war schlauer, als man ihm zugetraut hätte.

Er wusste, dass die Ramsays zahlreiche Wachen herbeirufen konnten, um ihn auszuschalten.

Außerdem wusste er, dass der Grant Clan doppelt so viele Mitglieder hatte, wie sein eigener Clan, und sie waren als der stärkste Clan in den Highlands bekannt.

Er wusste, dass die Frauen der Ramsays Bogenschützinnen waren, die einem Mann in die Hoden schießen konnten, wenn sie es wollten.

Er war nicht so töricht, sich gegen den Ramsay oder den Grant Clan zu stellen.

Aber er hatte seinen Plan schon vor geraumer Zeit geschmiedet.

Er hatte Männer dafür bezahlt, die MacQuaries anzugreifen, damit sie sich fragen würden, was als Nächstes geschähe. Er sagte ihnen, sie sollten sich die Fee schnappen, wenn sie sie sähen. Dann setzte er Gerüchte in die Welt, den Clan anzugreifen und zu übernehmen. Das MacQuarie Castle interessierte ihn nicht.

Noch nicht.

Aber er musste die Kräfte von Duart Castle halbieren, was geschehen würde, wenn sie dem Laird der MacQuaries zu Hilfe kämen. Das war bereits veranlasst. Das Gerücht breitete sich bereits aus. Dass genau das passieren würde, sobald er Neal MacClane von seinen Plänen erzählte, wusste er. Und Neal hatte jedes Wort geglaubt, das Ulchel geäußert hatte.

Der Plan stand fest. Die Ramsays würden hören,

dass der MacQuarie Clan angegriffen werden sollte. Sie würden die Hälfte ihrer Truppen schicken, um MacQuarie zu helfen, und Duart Castle ungeschützt lassen.

Sein Bruder würde so stolz auf ihn sein.

Aber selbst sein Bruder würde nicht wissen, was Ulchel noch in die Wege geleitet hatte. Er hatte Logan Ramsay entdeckt und war ihm eines Nachts gefolgt. Da erfuhr er von der Fee, die Wünsche erfüllen konnte, aber er erfuhr auch noch etwas anderes. Es waren Informationen, die seinem Bruder helfen würden, bei König Robert wieder einen guten Ruf zu erlangen.

Er war Zeuge geworden, wie dieser Narr Logan von seinen Plänen erzählt hatte, die Insel übernehmen zu wollen. Sobald Ulchel Duart Castle für seinen Clan zurückerhalten hatte, würde er einen Boten zu Bruce schicken, um ihm mitzuteilen, wer das Vieh stiehlt, lügt und alles daransetzt, um auf der Isle of Mull Unruhe zu stiften. Er kannte die Identität des Mannes, der geschworen hatte, die Insel zu kontrollieren.

Niemand außer Logan Ramsay wusste davon. Und er würde ihn irgendwann loswerden müssen, aber noch nicht jetzt.

Sein erster Schritt war die Einnahme von Duart Castle.

Morgen würde eine große Gruppe von Duart Castle aus in den Westen der Insel aufbrechen. Das würde ihm die Zeit verschaffen, die er brauchte.

Sobald die große Gruppe abgezogen war, würde er seine Übernahme in die Wege leiten. Er würde vor dem Castle ein Feuer anzünden, um die anderen herauszulocken, und dann den Hintereingang benutzen. Wenn er raten sollte, hatten die Ramsays den geheimen Eingang, den sein Großvater gebaut hatte, noch nicht entdeckt. Ein Boot würde nicht weit entfernt auf ihn warten, und sobald er das Mädchen hatte, würde er verschwinden.

Das Mädchen wäre seine Antwort auf alles. Die Fee musste ihm nur einen Wunsch erfüllen, und er würde Duart Castle für den MacDougall Clan zurückerobern. Für seinen Bruder.

Morgen wäre sein großer Tag. Alle würden es sehen und schon bald ein Loblied auf ihn singen.

Duart Castle würde wieder ein MacDougall Castle sein.

Kapitel Dreiunddreissig

Thane

———❦———

THANE GAB SICH alle Mühe, um nicht auf sich aufmerksam zu machen, als er sich Tamsin von hinten näherte. Er hatte von ihrem Unterricht im Bogenschießen erfahren und wollte sich ein Bild machen, wie sie vorankam, ohne dass sie etwas von ihm bemerkte. Es lag ihm fern, sie in Verlegenheit zu bringen, und seiner Befürchtung nach würde sie bei seinem Anblick erstarren,.

In Wahrheit war er neidisch. Der Umgang mit dem Bogen war eine Fähigkeit, die für ihn von großem Nutzen sein konnte, und er hatte die feste Absicht, sie in Zukunft zu erlernen. Er wollte sogar einige seiner Männer zu Bogenschützen ausbilden. Ihr Wert von der Oberkante einer Ringmauer aus war unvergleichlich.

An einen Baum gelehnt wartete er, bis sie zwei Pfeile in rascher Folge abfeuerte, von denen einer das Ziel verfehlte und der zweite sein Ziel knapp neben der Mitte traf.

»Potzblitz, ich fand den ersten perfekt.«

Beinahe hätte er gekichert, doch es gelang

ihm, an sich zu halten. Offenbar hatte Eli mit ihr geübt, und nicht Dyna, denn das war einer von Elis Lieblingsausdrücken. Tamsin hatte sich eine höchst bewundernswerte Frau ausgesucht, zu der sie aufschauen konnte.

Dann ertappte er sich bei einer unbewussten Handlung, die er von sich nicht erwartet hatte. Während sie den nächsten Pfeil abfeuerte, fiel sein Blick auf ihren kurvenreichen Po und er bemerkte die süßen Rundungen, die sich unter ihrer Tunika abzeichneten. Tamsin war eine schöne Frau, aber sie befand sich in so ungewöhnlichen Umständen, dass ihm ihre üppigen Rundungen gar nicht ins Auge gefallen waren. Jetzt sah er sie allerdings.

Garvie war ein Narr. Thanes Gedanken schweiften auf gefährliches Terrain ab, aber er beschloss, abzuwarten, und zu sehen, wohin dies noch führte. Was, wenn es ihren Mann gar nicht geben würde? Würde Thane sich zu Tamsin hingezogen fühlen? Er hatte sich geschworen, sich von Frauen fernzuhalten und sich dem Ruf der Sirene zu entziehen, obwohl es ihm peinlich war, den wahren Grund dafür zu verraten.

Er hatte einen derartigen Hass auf seine Mutter entwickelt, dass er sich geschworen hatte, niemals eine Frau zu lieben, niemals zu heiraten, niemals Kinder zu haben.

Auch andere Gedanken hatten ihn in seiner Überzeugung bestärkt, dass dies die praktischste Lösung für sein Leben war, weil er die andere Möglichkeit nicht ertragen konnte.

Niemals würde er einer Frau seinen Samen

einpflanzen, aus Angst, dass sie sein Kind austrägt. Wenn er mit ansehen müsste, wie eine Frau sein Kind so aufzog, wie er und seine Geschwister aufgezogen worden waren, würde er den Verstand verlieren. Um das zu verhindern, hatte er in den seltenen Fällen, in denen er das Bedürfnis verspürt hatte, sich seines Samen zu entledigen, einen Rückzieher gemacht, ehe er sich von ihm erlöste. Obwohl es ein Mädchen wütend gemacht hatte, seinen Samen auf ihrem Bein zu sehen, anstatt dort, wo er hingehörte, schwor er sich, an dieser Praxis nichts zu ändern. Mit eben diesem Mädchen hatte er sich nie wieder eingelassen, da ihr Verhalten ihm Beweis genug gewesen war, dass sie nur eine Absicht hatte - ihn in die Ehe zu treiben.

Niemals würde er sich in dieses Los fügen.

Als er allerdings Dyna und Derric beobachtet hatte, war ihm eine andere Seite des Lebens offenbart worden, die er zuvor nie in Betracht gezogen hatte. Die beiden unterhielten eine liebevolle Beziehung miteinander und sie behandelten auch ihre Kinder liebevoll. Es war aber nicht nur das, sondern sie verwandten auch viel Zeit damit, ihnen Fertigkeiten beizubringen. Alle drei konnten bereits Pfeile mit ihren nachgemachten Bögen abschießen. Sie gaben sich wie kleine Krieger, und ein jeder von ihnen ahmte seine Mutter nach.

Nun stellte er sich die Frage, ob dies in ihrem Clan die Regel war, oder ob ihre Beziehung als eine Anomalie galt.

Die Beobachtung dieses Ehepaares hatte in ihm

zudem einen ungewöhnlichen Drang geweckt,
sich zu fragen, wie es wohl sein musste, wahre
Gefühle zu einem anderen Menschen zu haben.
Seine Neugierde drängte ihn, diese Möglichkeit
zu erforschen und genauer zu untersuchen,
warum genau die Ehe so glücklich machte. Was
um alles in der Welt war diese Liebe, von der
die Dienstmägde sprachen? Dies gibt es nur bei
Feenwesen, hatte er gedacht, aber Duart Castle
hatte ihn eines Besseren belehrt.

Dazu noch plagte ihn ein ungutes Gefühl,
das von vagen Erinnerungen an ein anderes
Paar hervorgerufen wurde, das glücklich
gewesen war. Es war eine Vision von einer lange
zurückliegenden Zeit, als er noch sehr jung und
Mora noch ein Säugling gewesen war. Er musste
annehmen, dass es sich um seinen Vater gehandelt
hatte. War seine Mutter glücklich gewesen,
als ihr Vater noch bei ihnen gewesen war? Aus
unbegreiflichen Gründen hatte er an die beiden
als Paar keine Erinnerungen.

Er wünschte sich Antworten auf diese Fragen,
doch er hatte keine Ahnung, wie er sie bekommen
sollte. Seine Mutter, sollte er sie jemals aufspüren,
würde ihm diese Antworten sicher nicht aus
freien Stücken geben. Dessen war er sich sicher.

Und als er Alaric und Eli beobachtete, wie die
beiden so offen mit ihren Intimitäten umgingen,
kamen ihm sonderbare Gedanken in den Sinn.
Hatte diese jung Frau, die er gerettet hatte, die
Vorbehalte ins Wanken gebracht, an denen er
so lange festgehalten hatte? Hatte Tamsin ihn
verändert? Oder war der Hass auf seine Mutter

so tief in ihm verwurzelt, dass es ihm nie vergönnt sein würde, sich einer neuen Situation anzupassen?

Wäre er je imstande, eine Ehe zu schließen?

Noch war es nicht so weit. Das würde er keinem anderen Menschen antun wollen, bevor er nicht diese eine Sache erreicht hätte, die sein ganzes Wesen beherrschte und ihm schlaflose Nächte bereitete. Wenn ihm bestimmte Gedanken in den Sinn kamen, verkrampfte sich sein gesamter Körper davon.

Rache. Er musste Rache nehmen, für das Unrecht, das ihm, Brian und vor allem Mora angetan worden war. Zuerst aber musste er diese Hexe finden, die ihnen Unrecht getan hatte. Sobald sie dreißig Mann zusammen hatten, wollte er mit der Suche auf den äußeren Inseln beginnen. Das hatte er sich zum Ziel gesetzt. Dann könnte er beruhigt sein, denn er würde genügend Männer zum Schutz seines Castle zurücklassen, während er mit dem restlichen Trupp nach Coll und Tiree übersetzte. Sie musste auf einer dieser Inseln sein.

Tamsin schoss einen weiteren Pfeil und traf ihr Ziel fast in der Mitte. Thane applaudierte. Er konnte sich nicht länger zurückhalten. »Tamsin, was für eine gute Bogenschützin du geworden bist. Du musst viel Zeit hier verbringen.«

Sie wirbelte herum, errötete und verbarg kurz ihren Bogen, bevor sie ihn wieder hervorholte. Thane näherte sich ihr und nahm ihre andere Hand in seine. »Ich würde nie von dir verlangen, eine solche Fähigkeit geheim zu halten. Sei stolz auf deine Errungenschaft und alles, was du erreicht hast.« Er blickte sie an, und die Röte in ihren Wangen harmonierte mit dem Rosa ihrer Lippen, was ihn vollkommen entmachtete und er nicht verhindern konnte, was er dann tat.

Er beugte sich zu ihr hinab und küsste sie. Der Kuss dauerte nur kurz, und er bereute ihn nicht, ob sie nun verheiratet war oder nicht. Denn sie schmeckte genauso süß, wie er geahnt hatte. Das Beste war allerdings, dass sie ihn nicht von sich stieß.

»Verzeih mir. Ich weiß, du bist verheiratet, aber ich konnte mich nicht beherrschen.« Er strich ihr über die Wange und dann schob er ein verirrtes Haar zurück.

»Das bin ich nicht in meinem Herzen. In meinem Herzen war ich nie mit ihm verheiratet. Meine Seele schreit nach einem anderen Leben, einem Dasein mit meiner Tochter, aber nicht mit meinem Mann. Das mag unrecht sein, aber das fühle ich. Ich muss nur eine Möglichkeit ersinnen, wie ich meine Tochter finden kann, um dann zusammen mit ihr irgendwohin zu gehen.«

»Wenn du nach jemandem suchst, der gern für dich gehen will, werde ich mich mit Freuden an diesen Bemühungen beteiligen. Hoffentlich kehrst du nicht noch einmal allein zu ihm zurück, denn ich bin mir sicher, dass es dieses Mal dein Todesurteil wäre. Nächstes Mal wird er nicht versuchen, dich auf dem Meer zurückzulassen. Er wird dir Schlimmeres antun, Tamsin. Bitte sieh dich vor.«

»Das verspreche ich. Ich habe mit Maitland und

Eli darüber gesprochen, wie wir Alana von ihm wegbekommen können. Sie sagten, wir wären hier im Grantham Clan willkommen.«

»Und ihr beide wärt auch beim MacQuarie Clan willkommen.«

Eine aufgeregte Stimme unterbrach sie. »Ich komme auch mit! Ich werde dir zeigen, wie gut ich schießen kann, Thane. Warte, bis du siehst, wie gut ich bin!« Magni kam auf das Übungsfeld gestürmt. Er hatte Pfeil und Bogen dabei, und seine Schwester trottete hinter ihm her. »Lia wird zuschauen.«

Lia kam auf sie zu, die Hände auf dem Rücken, während Magni seine Utensilien ablegte. Das Mädchen sah genauso aus, wie Thanes Vision eines Engels im Himmel aussehen würde. »Ich gebe Magni gerne Ratschläge, wenn ich kann.« Ihr Lächeln war so süß wie ihr Wesen. »Ich höre mir alle seine Lektionen genau an.«

Tamsin fragte: »Lia, dein Kleid ist wunderschön. Ist das neu?«

Sie trug ein grünes Kleid, die Farbe eines Sommerwaldes, mit goldenen Bändern über dem Mieder. »Sylvi hat es mir geschenkt. Sie sagte, sie hasse es, also war ich froh, dass es mir perfekt passt. Und Lady Dyna sagte, ich solle es als Geschenk betrachten. Ich empfinde es auch so, denn es ist für einen schönen Sommertag herrlich luftig.«

»Thane. Schau her!«, rief Magni. Und er schoss zwei Pfeile ab, die beide ihr Ziel verfehlten. »Oh.« Er rannte seinen Pfeilen hinterher und kehrte zurück, um es noch einmal zu versuchen. »Jetzt bin ich bereit. Sieh mir zu.«

Lia sagte: »Denk daran, dir Zeit zu lassen, Magni. Du kommst viel besser voran, wenn du die Dinge langsam angehst. Und bitte entspanne deine Schultern.«

Thane blickte zu Tamsin hinüber, um zu sehen, ob sie etwas über die beiden dachte. Jedes Mal, wenn er Lia zuhörte, war es, als spräche eine achtzig Jahre alte kluge Frau aus ihrem Inneren. Für eine Fünfjährige war sie so weise und umsichtig, dass er oft den Mund hielt, weil er sie voller Faszination beobachtete.

Lia war irgendwie anders.

»Ich werde Alaric suchen und mit ihm reden. Wahrscheinlich werden wir uns am Morgen verabschieden. Es freut mich zu sehen, wie schnell du wieder gesund geworden bist, Tamsin. Wenn ich dir irgendwie helfen kann, frag mich bitte.«

Dyna kehrte mit ihren drei Kindern zu ihnen. »Ich werde Magni helfen. Du gehst und tust, was du tun musst, Thane. Ich habe gehört, dass du bald Abschied nehmen wirst.«

»Das werde ich. Vielleicht kann ich mir bei meinem nächsten Besuch mehr Zeit nehmen, um Bogenschießen zu lernen? Das wollte ich schon immer lernen.«

»Aber natürlich! Ich würde mich freuen, dich zu unterrichten. Es wird interessant sein zu sehen, ob du so schnell lernst wie Tamsin.«

»Das bezweifle ich«, antwortete er lachend.

Dynas nächste Bemerkung überraschte ihn. »Tamsin, kehrst du zum MacQuarie Castle zurück oder bleibst du hier?«

Tamsin sah zu Thane auf und fragte: »Könnte

ich mit dir zu deinem Castle zurückkehren, Thane? Ich würde gerne herausfinden, ob ich meine Tochter finden kann.«

Thane hielt einen Moment inne, denn mit ihrer Bitte konnte sie ihn möglicherweise dazu verführen, mit einem seiner Mantras zu brechen. Die einzige Bedingung, die er an all seine Wachen stellte, bestand darin, dass keine erwachsenen Frauen innerhalb der Mauern des Castles leben durften. Er konnte es nicht riskieren, mitansehen zu müssen, wie ein Kind grob behandelt wurde. Wenn er Tamsin den Zugang erlaubte, musste er auch andere Frauen einlassen.

Aber er hatte keine Wahl.

»Natürlich.«

Was zum Donnerwetter sollte er jetzt unternehmen?

KAPITEL VIERUNDDREISSIG

Lennox

——◦◦◦——

»WAS UM ALLES in der Welt ist hier los?«, fragte Lennox MacVey, als er sich seinem Freund in der Nähe der Ställe näherte.

Sloan Rankin nickte mit dem Kopf in Richtung des Bergfrieds. »Wir müssen reden. Hör dir an, was der Mann zu sagen hat, und anschließend können wir unter vier Augen reden.«

Lennox nickte, ehe er sie dann in seinen Bergfried führte und auf seine Kabinettstube zuhielt. Er nickte seiner Mutter zu, um ihr zu verstehen zu geben, dass sie ihnen eine leichte Mahlzeit schicken und sich dann zu ihnen gesellen sollte. Sie wusste alles, was zwischen seinem Vater und den anderen Lairds der Region passierte, und so hielt Lennox ihre Beteiligung für unschätzbar.

Sein Vater hatte sie immer gebeten, bei allen Treffen still im Hintergrund zuzuhören und nur dann ihre Meinung zu sagen, wenn sie allein waren. Dasselbe tat sie für ihren Sohn, und Lennox war froh darüber. Andererseits war seine Mutter aber auch mit einer derart schnellen

Auffassungsgabe gesegnet, dass sie alle anderen Frauen übertrumpfte, die er kannte.

Das könnte sogar der Grund sein, warum er nie geheiratet hatte. Er wünschte sich eine intelligente Frau, doch bislang hatte er noch keine gefunden, die es wert gewesen wäre, ihr den Hof zu machen, obwohl seine Mutter ihn immer wieder zum Heiraten drängte.

Er öffnete die Tür zu seiner Kabinettstube und nahm seinen Platz hinter dem Schreibtisch ein, während Sloan und der dritte Mann sich auf zwei Stühle setzten, die auf der gegenüberliegenden Seite standen.

»Warum seid ihr beide so verärgert? Der Sommer ist da und das Wetter ist herrlich. Genießt es«, eröffnete Lennox die Unterhaltung.

Sloans Bestürzung ließ sich nicht nur an seinem Gesicht ablesen, sondern auch am Schweiß seiner Handflächen. Lennox kam nicht umhin, sich zu fragen, was seinen Freund derart aus der Fassung gebracht hatte.

Seine Mutter hatte offensichtlich das Gleiche bemerkt, denn sie kam herein, und hinter ihr trug eine Dienstmagd ein Tablett mit Humpen voller Ale und einer Platte mit Beeren und Käse. Die Dienstmagd stellte alles eilig ab und verschwand schnellstens aus dem Raum.

Seine Mutter nickte den beiden Männern zu und nahm dann an der rückwärtigen Wand Platz.

»Rut, setz dich ruhig dichter zu uns heran«, meinte Sloan. »Wir wissen, dass du alles registrierst.«

»Mir geht es hier gut, Rankin. Fahre fort, Lennox.«

Lennox versuchte nicht einmal das Glitzern in seinen Augen zu verstecken, als seine Mutter das Kinn hob und die Augen zusammenkniff. Die Frau wusste genau, wie sie sich zu geben und alle anderen zu behandeln hatte. Über die Jahre hinweg hatte er viel von ihr gelernt.

Lennox sah Neil MacClane offen an und fragte: »Welche Neuigkeiten hast du für uns?«

»MacDougalls Bruder ist noch hier. Den Verstand hat er verloren.«

Das war eine Neuigkeit, die ihn vollkommen überraschte. Ohne ein Wort zu sagen zog er eine Augenbraue hoch, denn er wusste, dass MacClane weitersprechen würde, solange er nicht sprach. Rankin fing zwar seinen Blick auf, aber er behielt seine Gedanken für sich.

»Ich habe ihn mit eigenen Augen gesehen. Ulchel, dieser Narr. Er ist nicht bei Sinnen. Wir müssen ihn aufhalten.«

»Warum?«, wollte Lennox wissen und verschränkte seine Finger vor sich, während er sich auf seinem Stuhl zurücklehnte.

»Weil er einen Angriff auf Duart Castle plant. Danach hat er es auf das MacQuarie Castle abgesehen. Das hat er mir selbst erzählt. Der Narr ist vollkommen verblödet. Sein Bruder hat ihn rausgeworfen, weil er sich an einem der Mädchen des Clans vergriffen hatte. Jetzt setzt er alles daran, die Anerkennung seines Bruders zurückzuerlangen. Er will seinen Platz im Clan zurück und er glaubt, sein Bruder würde ihm verzeihen, wenn er Duart Castle erobert. Das ist sein erster Schritt. Danach will er die Herrschaft über die Insel erlangen. Genauer gesagt plant er, Duart für seinen Bruder zurückzubekommen und dann den Rest der Insel zu übernehmen.«

Beide lächelten sie, wobei es Lennox gelang, dieses Lächeln besser zu verbergen als Sloan.

»Aye, das schließt auch euch beide ein. Er glaubt, er hätte die Wachen seines Bruders und anschließend auch MacQuaries Männer hinter sich, ehe ihr beiden dann die Nächsten seid.« Neil wischte sich den Schweiß von der Stirn, um dann zwei große Schlucke von seinem Ale zu trinken.

Sloan schnaubte. »Niemand hat genügend Kämpfer, um die Insel zu übernehmen. Nur König Robert könnte so viele Männer aufbringen. Niemand auf der Insel ist dafür groß genug. Nicht einmal zusammen haben wir genug Männer, um alle Clans zu übernehmen.«

»Ich habe dir doch gesagt, dass er nicht ganz bei Trost ist, oder nicht?« MacClane warf ihm einen verärgerten Blick zu, der Lennox um ein Haar ein Lächeln entlockt hätte. Hinter dieser Geschichte steckte allerdings noch mehr. Alle wussten sie, dass MacDougall versuchen konnte, die Herrschaft über die Clans zu erlangen, aber ohne die nötige Anzahl von geschulten Kämpfern wäre das unmöglich. Andererseits konnte jeder dieser Angriffe sie einige Männer kosten.

»Lennox, was zur Hölle sollen wir denn jetzt unternehmen?«

»Neil, MacDougall verfügt längst nicht über

genügend Männer, um Duart Castle zu erobern, geschweige denn MacQuarie Castle.«

Seine Mutter stand auf, und das war ungewöhnlich. »Da ist noch etwas anderes. Jeder weiß, dass König Robert die Ramsays angewiesen hat, die Kontrolle über Duart Castle zu übernehmen. Ihre Wachen haben zwei Anführer – der eine ist ein Grant und der andere ein Ramsay. Die Grants haben tausend Mann und die Ramsays weitere fünfhundert, weshalb König Robert auf sie zurückgegriffen hat. Es wäre ein Todesurteil, wenn man versuchen würde, Duart Castle einzunehmen. Es muss mehr dahinterstecken und ich will zu gern wissen, was.«

Lennox war über die Beteiligung seiner Mutter überrascht, und er wusste, dass sie genauso besorgt wie MacClane war. Die Frage nach dem Warum war jedoch die Frage, die ihn derzeit am meisten beschäftigte. Was hatte seine Mutter dazu veranlasst, das Undenkbare zu tun und in einer Besprechung unter Lairds ihre Meinung zu sagen?

Die Tür öffnete sich mit einem Knall, und ein großer Mann stand in der Tür, dessen ergrautes Haar mit einem Lederband zurückgebunden war.

Lennox wäre beinahe aufgestanden, doch er blieb, wo er war, weil seine Mutter den Eindringling begrüßte, ehe er sich auch nur aufgerichtet hatte. Sie verschränkte die Arme und nickte dem Mann zu. »Logan Ramsay. Was zum Teufel führt dich hierher?«

»Wir haben ein Problem, Rut. MacDougall

will die Insel übernehmen, aber auf eine Art und Weise, von der niemand etwas ahnt. Und er hat es zuerst auf MacQuarie abgesehen.«

KAPITEL FÜNFUNDDREISSIG

Tamsin

TAMSIN MUSSTE ZUGEBEN, dass dieser süße Kuss, den sie mit Thane ausgetauscht hatte, ihr Herz auf eine Weise in Schwingungen versetzte, die sie noch nie zuvor so empfunden hatte.

Sie saß an einem Tisch in der großen Halle, während die Gruppe gerade ihre Mahlzeit beendete, die von der neuen Köchin zubereitet worden war, und es war ein wunderbares Essen gewesen. Tamsin hatte der jungen Frau geholfen, die Speisen mit einigen Gewürzen zu verfeinern und selbst einen Obstkuchen zubereitet. Die Gruppe hatte die süße Leckerei sehr genossen.

Es war an der Zeit, ihren Weg weiterzugehen.

Nachdem das Mahl zu Ende war und die Kinder ihren Spielbereich aufgesucht hatten, ergriff Maitland das Wort: »Du kehrst morgen nach Hause zurück, Thane. Wie können wir dir behilflich sein? Oh, und bring bei deinem nächsten Besuch deine Stute mit. Ich denke, die Hengste werden sich bis dahin eingelebt haben.« Er schmunzelte und ein Ausdruck der Dankbarkeit erschien auf Thanes Gesicht.

»Dafür danke ich dir sehr, Maitland. Und das nächste Mal werde ich ein oder zwei Stuten mitbringen. Du darfst dir aussuchen, welche die Glückliche sein wird.«

»Midnight Moon wird seine Wahl treffen«, antwortete Dyna. »Mach dir keine Sorgen. Wir mussten Golden Gwyn bereits von ihm trennen. Er wird zu erregt.«

Eli wandte sich an Tamsin und zog damit alle Blicke auf sich. »Wie sehen deine Pläne aus, Tamsin? Ich weiß, wie gern du deine Tochter wieder bei dir haben würdest. Wie gedenkst du das anzustellen?«

Sie sprach die Worte, die ihr in den Sinn kamen, nicht aus – denn sie hatte die Qual der Wahl.

Ich werde zu ihr schwimmen.

Ich werde jemanden anheuern. Was auch immer es kostet.

Ich steche meinem Mann einen Dolch ins Auge und trete ihm dann in die Hoden.

»Ich wollte fragen, ob ihr vielleicht Vorschläge für mich habt. Was das Gesetz angeht: Da er zweimal versucht hat, mich umzubringen, könnte ich mich damit von meinem Ehegelübde entbinden? Das wäre doch nur recht und billig.«

Maitland sagte: »Meiner Befürchtung nach stellt sich das Recht auf die Seite des Ehemanns. Wenn er dich noch einmal beanspruchen will, kann er das tun. Vielleicht könnte ich mit ihm sprechen, oder Thane könnte sich ihm nähern und herausfinden, in welche Richtung der Tyrann tendiert«, entgegnete Maitland. »Thanes Worte könnten vielleicht mehr ins Gewicht fallen, da er Zeuge beider Ereignisse war. Was denkst du, Thane?«

Magni rannte mitten in die Gruppe und verkündete: »Ich habe vergessen, euch allen etwas zu sagen.« Beim Anblick seiner Miene hätte Tamsin ihn am liebsten in den Arm genommen und ihm versichert, dass alles gut werden würde. Er drückte eine Angst aus, wie sie sie noch nie zuvor erlebt hatte.

Alle hatten ihre Aufmerksamkeit auf Magni gerichtet, also begann er mit seiner Erzählung: »Als ich ... ich meine, als wir damals von Garvie weggelaufen sind, haben wir uns im Wald versteckt. Lias Kleid war grün, sodass wir uns gut verbergen konnten, aber als wir dort waren, sahen wir zwei Männer, die sich unterhielten ...« Der Junge hielt inne, um Luft zu holen, bevor er fortfahren konnte.

»Ich sah die beiden Männer, die sich darüber unterhielten, wie sie die Insel übernehmen wollten. Dass sie alle Lairds töten wollen. Sie sind Verräter, nicht wahr, Thane? Könntest du sie nicht hängen, weil sie so etwas planen?«

»Ja, sie wären Verräter an ihrem Land, weil König Robert uns in seinem Namen hierher geschickt hat. Sag uns genau, was du gehört hast, Junge«, bat Maitland, der aufgestanden war und nun zwei Schritte auf Magni zuging.

Alaric beugte sich vor und drückte Elis Hand, als die Tür aufschlug und alle aufschreckten.

Magni warf einen Blick auf den Eindringling und schrie: »Das ist er! Das ist der Verräter!«

KAPITEL SECHSUNDDREISSIG

Logan

LOGAN SCHLOSS DIE Tür mit einem Grinsen im Gesicht. »Gute Arbeit, Kleiner. Du hast ein gutes Gedächtnis, aber ich bin kein Verräter. Ich bin ihr Großvater.« Dabei deutete er auf Eli, als er sich in die Mitte der Gruppe begab. »Und ich fürchte, ich kenne die meisten dieser Menschen hier.«

Menschen, die er verzweifelt vermisst hatte.

Er musste sich ihre Wut und ihre Anschuldigungen anhören, aber er hatte getan, was er hatte tun müssen. Er hatte sich um seine Gwynie gekümmert.

Ohne sie konnte er nicht leben. So einfach war das.

»Logan«, rief Maitland und ging zu ihm hinüber, um ihn an der Schulter zu packen, bevor er ihn in die Arme nahm.

»Genug der Umarmungen und so weiter. Ich weiß, ihr habt mich alle vermisst, aber der Junge hat recht. Ich habe Neuigkeiten für euch, die wir später feiern können.«

Magni stellte sich vor ihn und starrte den schroffen Mann an. »Ihr seid Logan Ramsay?«

»Aye, mein Junge. Warum fragst du?«

»Weil Ihr böse sein solltet. Aber Ihr lächelt jetzt. Und ist Eure Frau nicht die Bogenschützin? Hat sie nicht die besten Bogenschützinnen im ganzen Land ausgebildet?«

Logan schmunzelte, denn er liebte all die Geschichten und wie sie sich vollkommen fern von der Wahrheit verbreiteten, doch auf diese Art und Weise entstanden Legenden und selbst wenn er bescheiden wäre, *waren* Gwynie und er eine Legende.

Er berührte den Jungen an der Schulter und sagte: »Komm. Setz dich, denn ich muss den Erwachsenen berichten, was ich herausgefunden habe. Insbesondere ihm.« Er ging zu Thane hinüber und schüttelte ihm die Hand. »Logan Ramsay, MacQuarie. Freut mich, Eure Bekanntschaft zu machen. Es gibt Männer, die morgen bei Einbruch der Dunkelheit Euer Castle angreifen wollen.«

»Was?«, fragte Thane erschrocken, der sich aufrichtete und Logan ansah, sich aber nicht bewegte.

»Was zum Teufel, Logan?« Dyna bellte ihn an. »Das ist ein verflucht guter Auftritt.«

Jetzt, da er ihre Aufmerksamkeit hatte und sie alle den Mund darüber hielten, ihn vermisst zu haben und all diesen Unsinn, nahm er sich einen Becher Ale und eine Fleischpastete von einer Platte, die noch auf dem Tisch stand, und setzte sich. Logan aß einen Bissen und sagte: »Sagt mir

Bescheid, wenn ihr bereit seid, und dann erzähle ich euch, was ich erfahren habe.«

Er wartete, bis sich alle gesetzt hatten, doch dann hielt ihn jemand auf. Er stellte sein Essen ab und blickte zu dem Mädchen auf, das breitbeinig und mit verschränkten Armen vor ihm stand und ihn mit zusammengekniffenen Augen ansah. »Willst du etwas, Elisant?«

Sie stupste seinen Stiefel an. »Ich warte auf eine Entschuldigung dafür, dass ihr mich angelogen habt, wohin ihr wolltet. Dafür, dass ihr nicht zu unserer Hochzeit gekommen seid.«

»Wir waren dabei, und das weißt du auch.«

»Ich warte immer noch.« Ihre geschürzten Lippen verrieten ihm, dass sie einiges von Gwyneth Cunningham in sich trug. Genau diesen Gesichtsausdruck hatte er bei seiner Frau im Laufe der Jahre schon oft gesehen.

»Das kannst du dir alles für deine Großmutter aufheben.«

Alaric trat hinter seine Frau, nahm sie bei den Schultern und führte sie zu einem Sitz. »Er hat uns etwas Wichtiges zu sagen, also heben wir uns das für später auf, Frau. Ich bin dafür, ihn in Ketten zu legen, bis er sich entschuldigt, aber im Moment könnte vielleicht mehr auf dem Spiel stehen. Thane will seine Erklärung anhören.«

»Schön, dass jemand sie unter Kontrolle hat, Grant«, lobte Logan und verdrehte die Augen dabei.

»Großvater!«

Wenn er so weitermachte, wusste er, dass sie mit großer Wahrscheinlichkeit mit einem Pfeil auf seine Hoden zielte, also beschloss er, das Mädchen nicht weiter zu reizen. Sie war jung und hatte mit all diesen Emotionen und Gefühlen, die in ihr herumschwirrten, genug zu tun. Er hatte sie noch nicht dazu erzogen, hart genug zu sein.

»Also gut, Eli. Beruhige dich, aber ich habe wichtige Neuigkeiten für euch alle.« Er stand auf und ging vor der Gruppe auf und ab. »Ulchel MacDougall will Duart Castle für seinen Bruder zurückerobern. Er wurde von seinem Clan geächtet, da er eines der Mädchen misshandelt hat, und er glaubt, sein Bruder würde ihn wieder aufnehmen, wenn er das Castle einnimmt. Aber er glaubt auch, dass er, wenn er zuerst MacQuaries Besitz einnimmt und seine Wachen unter seinem Befehl hat, würde ihm das helfen, Duart zurückzuerobern, und anschließend will er mit der Unterstützung seines Bruders die ganze Insel einnehmen, wie Magni sagte ...«

»Woher kennst du meinen Namen?«, fragte Magni und starrte zu ihm auf.

Logan gab ihm die ehrlichste Antwort, die er geben konnte. »Weil ich alles über Schottland weiß, Junge.«

»Magni, setz dich bitte zu deiner Schwester«, forderte Thane den Jungen auf.

»Ich würde das Mädchen gerne kennenlernen, Magni.«

Magni führte ihn zu ihr hinüber und sagte: »Das ist meine Schwester Lia.«

»Sie ist nicht deine Schwester, aber es ist schön, dich kennenzulernen, Lia.« Er nahm sich einen Moment Zeit, um das Mädchen genau zu betrachten. Er war noch nicht bereit, den anderen mitzuteilen, was er im Einzelnen über sie erfahren hatte, aber er wollte ihre Gegenwart selbst in sich aufnehmen.

»Sie ist doch meine Schwester.«

»Och, mein Fehler, Junge. Natürlich ist sie das.« Er zerzauste Magnis wirres Haar. Das Mädchen sah aus wie fünf oder sechs, und doch hatte sie eine Aura von mehr als hundert Jahren.

»Habt Ihr einen Wunsch, Mylord Ramsay?«, fragte sie, während ihre Finger den Rock ihres grünen Kleides auffächerten.

»Das ist die gleiche grüne Farbe, die meine Frau für ihre Strumpfhosen bevorzugt. Es ist genau die Farbe eines Frühlingswaldes.«

»Das ist auch meine Lieblingsfarbe. Dyna und Sylvi waren so freundlich, mir zu erlauben, Sylvis Kleid zu tragen, da sie lieber Strumpfhosen trägt. Als Magni und ich wegliefen, hatte ich nur das, was ich anhatte, und nachdem ich bei den Garvies gelebt hatte, nun ja ... war es nicht mehr tragbar. Die Corbetts waren so freundlich, uns beiden von ihrer Kleidung abzugeben. Dies ist mein Lieblingskleid. Euer Wunsch?«

Er sah sie aus schmalen Augen an, denn er wurde nicht ganz schlau aus dem Mädchen, und es gab weniger als fünf Menschen in seinem gesamten Leben, die er nicht auf Anhieb einschätzen konnte.

Aber sie war anders.

»Ich habe keine Wünsche. Ich bin ein glücklicher Mann, Lia. Kümmere dich um Magni.«

»Aber ich kümmere mich um ihn. Das ist meine Aufgabe«, protestierte Magni.

Logan tätschelte den Kopf des Jungen und entgegnete: »Natürlich ist es das. Mein Fehler.«

»Bei allem Respekt, könnten wir bitte auf die Einzelheiten des Angriffs auf mein Castle zurückkommen?«, bat Thane.

»Natürlich.« Logan und nahm wieder Platz. »MacDougall hat etwa zwanzig Männer, die er mit dem Geld angeheuert hat, das sein Bruder ihm gab, bevor er ihn aus dem Clan MacDougall verbannte. Sie sind miserabel ausgebildet, haben nur armselige Waffen und sie sind nur wegen des Geldes hier. Die meisten sind Engländer.«

»Kein weiteres Wort«, knurrte Maitland mit einem Schnauben.

»Und morgen?«, beharrte Thane.

»Der Plan ist, während des Nachtmahls anzugreifen.«

»Dann werden wir wohl gehen.« Thane schaute zu Maitland, um zu sehen, ob er irgendwelche Vorschläge hatte.

Maitland sagte: »Alaric und Eli werden mit dir gehen. Dyna, Derric und ich werden hier bleiben. Was ist mit den Kindern?«

»Ich gehe mit Thane!«, rief Magni.

»Nein, Magni«, widersprach Thane bestimmt. Ich werde dich und auch Lia hier lassen. Ich kann mich während eines Angriffs nicht um euch kümmern. Und ich möchte auch Tamsin helfen.«

»Ich würde empfehlen, kurz vor Sonnenaufgang aufzubrechen. Du wirst bei Sonnenaufgang zu Hause sein, um deine Männer vorzubereiten«, meinte Maitland. Mit einer Frau in der Nacht zu reisen, wäre nicht ratsam.

Logan fügte hinzu: »Lasst die Kinder hier. Ihr könnt sie später holen. Dieses Castle hat eine dickere Mauer.«

Alaric sah seine Frau an und fragte: »Bist du bereit für eine weitere Schlacht, Eli?«

»Ich setze mich auf die Ringmauer und ziele mit meinem Bogen auf die Brust des hässlichen Trolls.«

»Gwynie und ich werden hier bleiben«, verkündete Logan. »Bei Tagesanbruch werde ich sie holen. Ich werde mich jetzt verabschieden. Wir werden früh genug für den Porridge hier sein, Enkelin. Sei bereit. Gwynie wird hungrig sein.«

Er machte sich auf den Weg zur Tür, und kurz bevor er gehen wollte, erschien Eli neben ihm und hielt ihm die Tür auf.

»Und Großvater, es gibt eine neue Regel in diesem Castle. Kein Türenschlagen. Ich möchte, dass unser neues Heim in gutem Zustand erhalten bleibt. Ist dir denn nie die Delle in der Wand in der großen Halle der Ramsays ins Auge gefallen?«

Logan schnaubte und blickte grinsend zu seiner Enkelin hinüber. »Die Mauer ist aus Stein.«

Sie wölbte eine Augenbraue und blickte ihn unverwandt an.

Das konnte doch nicht ihr Ernst sein, oder? Logan beugte sich vor und drückte ihr einen Kuss auf die Stirn.

»Ich meine es ernst, Großvater. Ich liebe dich sehr, aber hör auf, die Tür zuzuschlagen.«

Zur Hölle nochmal, aber er war stolz auf das Mädchen. Sie besaß den gleichen Dickkopf wie er selbst. Gavin und Merewen hatten sie genau richtig erzogen.

Er musste grinsen und er hatte nur einen Gedanken.

Er konnte es kaum erwarten, Gwynie davon zu erzählen.

KAPITEL SIEBENUNDDREISSIG

Tamsin

TAMSINS MAGEN REVOLTIERTE ebenso wie die Landschaft, als sie sich dem MacQuarie Castle näherten. Das brachte sie auf den Boden der Tatsachen zurück, denen sie sich zu stellen hatte – man enthielt ihr ihre Tochter vor.

Wenn sie in das Herrenhaus von Garvie trat und nach ihrer Tochter verlangte, würde dies nur dazu führen, dass sie in ihrer Kammer eingesperrt würde, bis Raghnall kam, um sie mit der Strafe zu belegen, die er für ihr Vergehen für angemessen hielt.

Indem er ihr den Kontakt zu ihrem Kind verwehrte, konnte er sie vollständig kontrollieren, denn er wusste, dass Tamsin niemals riskieren würde, ihre Tochter in Gefahr zu bringen.

Sie musste eine Lösung ersinnen, wie sie Alana von Raghnall wegholen könnte. Er hatte kein Interesse an ihrer Tochter und bereits zweimal versucht, Tamsin zu töten, also war das Grund genug, ihm ihre Tochter wegzunehmen. Wenn er von ihrem Verbrechen wüsste, würde er ihr den Sheriff auf den Hals hetzen. Wenn er aber nie erfuhr, was aus Alana geworden war, konnte er keine Anschuldigung gegen sie vorbringen.

Wenn sie raten sollte, glaubte Raghnall wahrscheinlich, dass seine Ehefrau ertrunken war. Er hatte sie zum Sterben auf dem Meer zurückgelassen.

Sie musste eine Möglichkeit finden, sich in sein Haus zu schleichen.

Zuerst mussten sie allerdings das MacQuarie Castle gegen die Angreifer verteidigen. Dafür hatte sie volles Verständnis.

Sobald das Castle in Sicht kam, warf sie einen Blick auf das Meer. Wegen der Wolken glitzerte das Wasser heute nicht und die Wellen waren unruhig. An diesem Tag war die Luft etwas rauer und sie fröstelte. Doch sie war dankbar, dass dies nicht der Tag war, an dem man sie zum Sterben zurückgelassen hatte. Der Seegang war so kräftig, dass sie untergegangen wäre.

»Thane, geh und mach deine Männer bereit«, meinte Alaric. »Hast du ein Boot, mit dem wir Loch Tuath überqueren können? Wir werden das Boot verstecken und sehen, was wir über Garvies Aufenthalt auf der Insel erfahren können.«

Eli fügte hinzu: »Ich würde mir die Gegend gerne zuerst ansehen. Tolle Idee.«

Thane nickte. »Ich werde Artan bitten, dich zu begleiten. Er kann dir zeigen, was wir herausgefunden haben. Bevor du gehst, kann Tamsin noch Informationen hinzufügen, die du dann überprüfen kannst. Ich habe keine Ahnung, welche Gebäude sich hinter dem Tor befinden, also kann sie uns bei dieser Frage behilflich sein.«

»Ich kann eine Karte in den Sand zeichnen. Ich glaube, ich weiß, wo die Kinder untergebracht sind, aber ich bin mir nicht sicher. Ich kann mitkommen.«

Alaric schüttelte den Kopf. »Nein, wir wollen keine Aufmerksamkeit erregen, und ich wette, dass jeder auf der Insel weiß, wer du bist.«

Sie errötete. »So ist es. Du hast recht.«

»Gib uns genügend Zeit, um die Umgebung auf der Insel zu erkunden, damit wir einen Plan für den morgigen Tag machen können, nachdem wir Thane von MacDougalls Männern erlöst haben.«

Das leuchtete ihr ein. Es gefiel ihr sogar, denn sie war noch nicht bereit, Raghnall gegenüberzutreten.

Als sie sich von der Vorderseite des Castles näherten, führte Artan Alaric und Eli hinunter zum Wasser, während Thane Tamsin und seine beiden Wachen durch das kleine Dorf davor führte. Er hatte Brian mit Mora zu Hause gelassen.

Es dauerte nicht lange, bis viele herauskamen, um Tamsin anzuschauen.

Diese Blicke waren nicht gerade freundlich. Sie warf einen kurzen Blick auf Thane, um zu sehen, ob er das auch bemerkt hatte, aber er hielt seinen Blick auf die Tore gerichtet, überquerte die Brücke und ließ das Dorf hinter sich. Erleichtert, den neugierigen Blicken der einheimischen Frauen nicht länger ausgesetzt zu sein, hielt sie

ihr Pferd so gut es ging hinter Thane, denn es
tröstete sie, ihn in der Nähe zu haben.

Als sie sich näherten, wurden die Tore sofort
geöffnet, aber eine Wache rief ihm zu: »Lassen
wir die junge Frau auch ein, Chief?«

»Aye. Besondere Umstände. Mehr müsst ihr
nicht wissen.«

Sie blickte ihn an, nachdem sie das Gespräch
mitbekommen hatte. »Du erlaubst keine Frauen
innerhalb der Mauer?« Das konnte doch nicht
sein, was sie meinten, oder?

»Aye, das ist eine alte Regel von mir. Seit ich
meine Mutter hasse, ist die einzige Frau, die ich
in die Mauern lasse, Mora.« Er sagte kein weiteres
Wort.

Tamsin verstand plötzlich, warum die
Frauen sie so angestarrt hatten. Sie bekam eine
Sonderbehandlung.

Drinnen angekommen, wandte er sich an
Mora: »Bitte sag Agnes, sie soll eine Kammer für
Tamsin vorbereiten. Sie wird ein paar Tage hier
bleiben.«

»Sehr gerne. Tamsin, bist du das erste Mal hier?
Wie sieht es auf Duart Castle aus? Sieht das
Wetter nicht stürmisch aus? Wo sind Magni und
Lia?«

Tamsin ließ sich Zeit, beantwortete alle Fragen,
die Mora gestellt hatte und folgte ihr die Treppe
hinauf. Sie waren in der Schlafkammer und die
Tür stand offen, als sie hörte, wie jemand die
Halle betrat. Mora plapperte weiter, aber Tamsin
wurde von den Geräuschen, die von unten
kamen, abgelenkt.

Einer der Wachmänner den sie nicht kannte, fragte: »Chief, ihr lasst jetzt Frauen ins Castle? Darf ich meine Frau hereinbitten?«

»Bearnard, dies sind besondere Zeiten. Wir haben von einem bevorstehenden Angriff heute Abend gehört, also geh bitte und hole alle Frauen und Kinder und bringe sie in die Halle. Wir werden dort Pritschen aufstellen, und alle werden hier schlafen. Deine Frau kann in der gleichen Kammer schlafen wie Artans Familie. Wir haben eine große Kammer über der Treppe mit mehreren Betten. Du und Artan könnt sie für eure Familien haben. Die anderen können auf Pritschen hier in der Halle schlafen.«

»Angriff? Von wem?«

»Bitte alle herein, aber behalte den Grund vorerst für dich. Sag allen, dass wir sie heute Abend verköstigen werden. Wir haben geräuchertes Wildbret, genug für alle, zusammen mit Brot, das die Granthams geschickt haben. Wenn du das erledigt hast, erkläre ich dir den Rest. Ich werde mit unseren Männern auf der Mauer sprechen.«

»Aye, Chief.«

Tamsin hatte eine plötzliche Eingebung. »Habt ihr eine Hintertreppe für den Fall eines Angriffs, Mora?«

»Ja, am Ende des Ganges. Er führt dich zur hinteren Wand, wo die Tür nach draußen ist. Ich hoffe, dass sie nicht reinkommen werden. Meinst du, sie schaffen es? Ist keiner der Ramsays gekommen, um zu helfen? Wie viele werden angreifen? Und wann genau?«

Tamsin tat ihr Bestes, um Moras Fragen zu

beantworten, aber sie musste zugeben, dass sie sehr beschäftigt war. Sie hatte nicht vor, in der großen Halle darauf zu warten, dass all die Frauen des Dorfes den Weg zu ihr fanden, um sie anzustarren.

Sie würde durch das Hintertor gehen. Es gab keinen Grund, das Leben eines anderen zu riskieren. Sobald Eli zurückkehrte und ihr sagte, in welchem Gebäude sich ihre Tochter befand, würde sie fliehen und sich selbst um Alana kümmern.

Tamsin würde ihre Tochter retten, selbst wenn sie dabei ihr Leben lassen würde.

KAPITEL ACHTUNDDREISSIG

Dyna

NACHDEM DIE GRUPPE zum westlichen Teil der Insel aufgebrochen war, hatte Dyna ein ungutes Gefühl bei allem, was geschah. Noch konnte sie dies nicht genau benennen, aber irgendetwas stimmte nicht mit Logans Bericht.

»Das gefällt mir nicht, Derric. Bring die Kinder ins Haus. Astra soll mit ihnen in den Keller gehen, um das Versteckspiel zu spielen. Du weißt, dass sie es lieben. Nimm auch Magni und Lia mit. Magni kann Astra mit Sandor helfen.«

»Gute Idee, Diamond. Dann komme ich zurück und helfe dir.«

Maitland machte sich auf den Weg zum Eingangstor, und Dyna holte ihn ein. »Ich habe ein komisches Gefühl, aber ich kann es noch nicht definieren.«

»Das reicht, um meine Aufmerksamkeit zu wecken. Ich werde mit den Wachen sprechen und sie in Alarmbereitschaft versetzen.«

»Ich werde so weit wie möglich außen um die Mauer herumgehen. Ich suche nach allem, was sich verändert hat, nach Stellen, die leicht zu durchbrechen sind.«

»Warte mal, Dyna. Sieh mal, wer da den Weg hochkommt.«

Logan und Gwyneth ritten auf zwei Pferden nebeneinander, wobei Gwyneth ihnen zuwinkte. Dyna eilte an ihre Seite. »Ich bin so froh, dass du hier bist, und ich freue mich so, dich zu sehen, Gwyneth. Ich würde gerne mit euch plaudern, aber ich habe ein ungutes Gefühl, also gehe ich um die Mauer herum. Derric hat die Kinder in den Keller gebracht.«

»Sag nichts mehr. Wir gehen rein und helfen, wo wir können.« Logan nahm die Zügel des Pferdes seiner Frau und führte sie zu den Ställen. »Ich habe das Gefühl, dass etwas nicht stimmt. Es könnte sein, dass der Mistkerl eine List angewandt hat, um unsere Kräfte aufzuteilen.«

»Dyna, tu, was du und Maitland tun müsst. Kümmert euch nicht um uns.« Dann wandte sie sich an ihren Mann. »Logan, wir gehen auf die Mauer«, sagte Gwyneth und deutete auf eine Stelle. »Genau da. Ich will diesen Platz. Such mir einen Schemel.«

Ihre Wege trennten sich, und Dynas Unbehagen wuchs. Irgendetwas würde geschehen, aber was? Sie nahm sich die Zeit, um an der Ringmauer von Castle Duart entlangzuschlendern. Es war ihr Lieblingsspaziergang, denn man konnte das Wasser auf drei Seiten sehen, jedenfalls fast. Der Sound of Mull, der Firth of Lorne und Loch Linnhe umgaben die Küste. Sie hatte sogar versprochen, eines Tages mit den Kindern an einem Abschnitt entlangzugehen, der sehr ruhig aussah.

Heute nicht. Sie hielt ihren Bogen so fest in der Hand, dass sie wusste, dass etwas nicht stimmte. Sie öffnete das hintere Tor und umrundete die Seite des Bergfrieds, gerade in dem Moment, in dem der Ziegenhirte den Eingang passierte, um die Tagesmilch abzuliefern, aber er ging in Richtung Stall, nicht auf seinem üblichen Weg.

Vielleicht hatte er drinnen jemanden gesehen, mit dem er sprechen wollte.

Der Mann verschwand, und innerhalb kürzester Zeit sah sie den Feuerschein, als sich die Rückseite des Stalls entzündete.

»Maitland! Die Pferde!«

Sie rannte zu dem steinernen Gebäude, öffnete die Seitentür und stürmte hinein. Gleich darauf öffnete sie jede Box und klopfte den Pferden auf die Schulter. Midnight Moon wollte sich nicht bewegen, also zerrte sie an ihm und brachte ihn schließlich nach draußen. Er benahm sich seltsam, aber es war keine Zeit, herauszufinden, warum das Tier sich aufregte, sie musste ihn einfach in Sicherheit bringen. Als er draußen war, hörte sie eine Stimme.

»Diamond! Sie ist weggelaufen! Fang sie ein!«

Tora war auf dem Weg zu ihrer Mutter, weit vor Derric, und so winkte Dyna ihn zurück ins Haus. »Ich werde sie holen. Geh zurück zu den anderen, Derric. Der Angriff hat begonnen.«

Tora sagte: »Ich mag diesen Mann nicht, Mama.« Sie zeigte auf den hinteren Teil des Stalls. »Er ist da reingegangen. Ich rette dich.«

Ein Mann stürmte hinter dem Holzgebäude hervor, der Ziegenhirte, und das Schlimmste passierte. Er ging direkt auf Tora zu, die noch ein gutes Stück von ihr entfernt war.

Dyna schrie auf und griff nach Tora, bevor der Mann sie erreichen konnte, aber er stürzte sich stattdessen auf Dyna. Sie warf ihre Tochter auf den Rücken von Midnight Moon und sagte: »Reite hinten auf dem Pferd, Tora. Los!«

Tora nahm die Zügel in die Hand, und zu Dynas völliger Überraschung beruhigte sich das Tier sofort. Der Mann kam direkt auf sie zu, ein Schwert in der Hand.

Ein Pfeil durchschlug die Luft über ihrem Kopf und traf das Bein des Mannes, aber das hielt ihn nicht auf. Midnight Moon änderte seine Richtung und tanzte hinter ihnen, und dann tat er etwas, das Dyna völlig überraschte. Er bäumte sich auf, Tora hielt sich an den Zügeln fest, als das Tier auf den Rücken des Mannes stürzte und ihn zu Boden warf, während ihn ein zweiter Pfeil in den Hals traf.

Maitland war hinter ihr. »Hol deine Tochter! Ich bringe die restlichen Pferde raus.«

Gwyneth schrie: »Nimm deine Tochter und komm her, Dyna. Es kommen zehn weitere Männer auf uns zu, und sie sehen nicht freundlich aus!«

Maitland fluchte, aber die Tore waren bereits verschlossen. Dyna nahm Midnight ihre Tochter ab und küsste ihn. »Vielen Dank, Midnight Moon.«

»Ich reite ein Pferd, Mama.«

»Das hast du, und du hast dich gut gehalten. Jetzt mach deinen Bogen fertig. Wir müssen die Männer aufhalten.« Toras Pfeile würden niemanden verletzen, aber das wusste das Mädchen ja nicht. Dyna rannte mit Tora die Treppe hinauf und suchte sich dann einen Platz in einiger Entfernung von Gwyneth, wo sie sich, ihre Tochter und ihre Pfeile aufstellte, bevor sie schoss.

Logan gesellte sich fluchend zu ihnen und zückte seinen eigenen Bogen. »Bastarde. Die Drohung gegen MacQuarie war ein Ablenkungsmanöver. Ich habe gehört, dass sie vorhaben, das Mädchen zu holen.« Er warf einen Blick zu Dyna hinüber. »Was zum Teufel wollen sie von Tora?«

»War Tora diejenige, die sie wollten? Er wollte sie sich schnappen, aber ein Mädchen sieht genauso aus wie die anderen neben den Fremden«, sagte sie. »Hinter welcher war er her? Es sind vier hier.«

Die Antwort kam schneller als erwartet. Drei Männer näherten sich den Toren und sagten zu den beiden Wachen: »Gebt uns die Fee, und wir lassen euch am Leben.«

Innerhalb von Sekunden waren sie alle tot, genug Pfeile ragten aus ihren Körpern, aber sie waren noch nicht fertig. Broc kam um die Brüstung herum und brüllte: »Sie kommen durch den Hintereingang!« Er rannte die Treppe hinunter, seine Waffe bereit.

Fünf Männer kamen an der Seite des Castles innerhalb der Mauer mit Schwertern in der Hand vorbei. Maitland, Broc und zwei weitere

Wachen griffen sie an. Broc nahm es mit zwei Männern auf, parierte und stach auf beide ein, bis er einen am Bein traf und ihn zu Boden zwang.

Maitland ging auf einen anderen Mann los, aber er kicherte nur. »Du glaubst, du kannst mich mit dieser armseligen Waffe besiegen?« Die beiden kämpften, während sich die beiden Wachen um die beiden anderen Angreifer kümmerten.

Klirrende Schwerter zerrissen die Luft und Pfeile flogen, aber sie fanden ihr Ziel nicht.

Dyna griff nach Gwyneth und hielt ihre Hand zurück. »Du kommst unseren Männern zu nahe. Ich werde sie mir holen.«

»Verdammte Augen«, fluchte Gwyneth.

Logan sagte: »Meine sind nicht besser. Ich ziehe um.« Er ging den Gang an der Ringmauer hinunter, um näher an das Geschehen heranzukommen. Sein erster Pfeil traf den Mann, der mit einem der Wachmänner kämpfte, und traf ihn in den Rücken, sodass er vor Schmerz aufschrie und zu Boden stürzte.

Broc holte weit aus und traf seinen Gegner in die Seite, sodass er fast in zwei Hälften gespalten wurde. In weniger als einem Herzschlag war er tot. Logan schaltete einen weiteren Mann aus, dann fiel Maitlands Angreifer durch sein Schwert.

Dyna und Gwyneth sprangen auf, als ein einsamer Eindringling über die Mauer kam und auf dem Gehweg landete. Dyna schob ihre Tochter hinter sich, aber sie bemerkte die Erregung des Mannes, als seine Augen Tora entdeckten. »Gib mir das Mädchen!«, schrie er und rannte direkt auf sie zu. Sie feuerten beide gleichzeitig und trafen ihn an zwei Stellen. Tora rief: »Ich habe ihn erwischt, Mama.«

Die Schlacht war vorbei.

Dyna umarmte ihre Tochter fest, lehnte sich dann mit dem Rücken gegen die Wand und sagte: »Guter Schuss, Gwyneth. Ich weiß, dass es deiner war, der ihn ins Bein getroffen hat.«

»Verdammte Augen. Ich habe auf sein Herz gezielt.«

Dyna lächelte und setzte sich, sagte aber: »Das macht nichts. Du hast ihn erwischt.« Dann dachte sie an ihre Tochter, die von Derric weg zu ihr gelaufen war. Das war vollkommen ungewöhnlich.

»Tora, warum bist du rausgelaufen?«

»Ich musste dich vor dem bösen Mann retten.«

»Woher wusstest du, dass er böse ist?«

Sie zeigte auf ihre Stirn und sagte: »Ich habe ihn hier gesehen.«

Logan kam gerade noch rechtzeitig zurück, um das Gespräch zu belauschen. »Heißt das, sie ist die Fee?«

Dyna sagte: »Es sind vier Mädchen hier. Astra, Sylvi, Tora, und Lia. Ich weiß nicht, welche von ihnen die Fee ist.«

Tora sagte: »Ich weiß, Mama.« Sie schaute ihre Mutter an und lächelte breit.

Dyna, die in einiger Entfernung saß, drehte den Kopf und sah ihre Tochter an. »Wer ist die Fee?«

Tora sah ihre Mutter an und lächelte. »Das sind wir alle. Aber ich bin so eine.« Tora deutete wieder auf ihre Stirn, dann ging sie zu ihrer Mutter hinüber, beugte sich vor, um ihrer Mutter in die Augen zu sehen, neigte den Kopf nach unten und deutete auf Dynas Stirn. »Genau wie du.«

»Die anderen sind anders.«

KAPITEL NEUNUNDDREISSIG

Tamsin

———❦———

TAMSIN STAND AUF dem Steg am Ufer der Isle of Ulva. Sie hatte einen Mann entlohnt, der sie übergesetzt hatte, ohne Fragen zu stellen. Sie trug ihre Strumpfhose zu einer langen Tunika und einen Umhang mit Kapuze, dazu hohe Stiefel. Ihr Haar war zu einem Zopf geflochten und unter der Kapuze verborgen, wie sie sich erhofft hatte. Damit verhinderte sie, als Garvins Frau erkannt zu werden.

Die Dämmerung war hereingebrochen und es war schon fast dunkel. Raghnall wäre inzwischen halb betrunken, denn dies war in der Regel seine abendliche Beschäftigung, und genau so hoffte sie, ihn vorzufinden. Sie überlegte, zuerst ihre Tochter zu suchen, doch sie hatte auch noch eine Rechnung mit ihrem Mann offen.

Das Risiko, im Gefängnis zu landen, bereitete ihr inzwischen weit weniger Sorgen, da sie nun Freunde hatte, die ihr beistehen würden. Sie konnte Raghnall gar dafür danken, dass er ihr geholfen hatte, von Ulva fortzukommen, und dabei hatte sie wundervolle, liebenswerte

Menschen kennengelernt. Es war genau die Art von Menschen, zu denen man aufschaute, und die andere stets unterstützen würden. Eli, Alaric, Dyna, Maitland, Derric, Magni, Astra ... so viele hatte sie nun schon kennengelernt.

Und dann war da auch noch Thane. Noch wusste sie nicht, was sie von ihm halten sollte, denn sie fürchtete, ihn zu nahe an sich heranzulassen. Ihr Vater hatte sie schließlich wegen des Geldes einem anderen Mann ausgeliefert und ihr Mann hatte zweimal versucht, sie umzubringen. Wie sollte sie einem Mann je wieder Vertrauen schenken können?

Es würde ihr schwerfallen, einen neuen Mann in ihr Leben zu lassen, oder ihm gar zu vertrauen. Das wusste sie. Aber Thane hatte ihr etwas sehr Wichtiges gegeben – Hoffnung. Er hatte sie mit Hoffnung erfüllt, dass das Leben wunderbar sein konnte, solange man von den richtigen Menschen umgeben war.

Für den Fall, dass sie dieses Abenteuer überleben sollte, würden sie beide genügend Zeit haben, sich besser kennenzulernen. Ohne ihre Tochter würde sie die Insel nicht lebend verlassen. Das wusste sie genau.

Auf ihrem Weg vorbei an den verwaisten Marktständen und der geschäftigen Taverne, und dann am Gasthaus und allen anderen Einrichtungen, die sich unter Raghnall Garvies Kontrolle befanden, atmete sie tief durch und sprach ganz leise ein kurzes Gebet. Als sie auf den Eingang zuhielt, verharrte sie einen Moment, um sich zu vergewissern, dass Pfeil und Bogen unter ihrem Umhang gut verborgen waren. Zufrieden holte sie noch einmal tief Luft, ehe sie sich in die Höhle des Löwen begab.

Raghnalls Reich.

»Ich möchte bitte meinen Mann sprechen.«

Odart trat vor. »Lady Garvie? Seid Ihr das wirklich? Aber ich dachte…«

»Ich weiß, was du gedacht hast. Dies ist das zweite Mal, dass ich einem Anschlag auf mein Leben durch deine Hand und die meines Mannes entkommen bin. Ich bin gekommen, um meine Tochter zu holen, und dann werde ich mich verabschieden und euch beide nie wieder belästigen.«

Odarts Gesicht verriet seine Gedanken, doch das war ihr einerlei. Erst hatte er gedacht, dass sie niemals imstande sein würde, ihr Ziel zu erreichen, doch nun war er im Begriff, eine andere Tamsin Garvie in ihr zu erkennen. »Bitte führe mich zu Raghnall, Odart.«

»Natürlich, Mylady.«

Sie kamen an anderen Männern vorbei, die leise lachten und seltsame Bemerkungen über ihre Kleidung und andere Dinge machten, die sie lieber ignorierte. Nach diesem Abend würden sie ihren Namen nicht mehr vergessen. Wenn sie etwas von Dyna Grant und Elisant Ramsay gelernt hatte, dann bestand es darin, Vertrauen in seine Fähigkeiten zu haben. Eine Frau zu sein bedeutete, dass man stark war, nicht schwach, wie ihr Mann ihr immer weisgemacht hatte.

Jetzt würde er die Wahrheit erfahren.

Sie betraten das Herrenhaus und wandten

sich dem hinteren Teil des Hauses zu, der von ihrem alten Schlafgemach entfernt lag. Odart klopfte an eine Tür zu einer Kammer, die sie zuvor noch nie betreten hatte, weil sie immer verschlossen gewesen war. Raghnall forderte ihn auf einzutreten, was er auch tat, doch Odart bat Tamsin, zu warten. Nach wenigen Augenblicken kam ein junges Mädchen heraus, mit Tränen im Gesicht und einem blauen Fleck auf einer Wange. Sie rannte, und Tamsin hatte Mitleid mit ihr. Dann vernahm sie lautes Gebrüll.

Sie lächelte, denn sie erkannte das Gebaren. Es stammte von einem betrunkenen Raghnall.

Odart trat heraus und sagte: »Tretet ein, Tamsin.«

Sie betrat die Kammer, als Raghnall aus dem Bett aufstand, eine Kerze anzündete und nach der Hose griff, um sie anzuziehen, was ihm auch in Windeseile gelang. Die Kammer war doppelt so groß wie ihr Schlafgemach. Tamsin schloss die Tür hinter sich, nahm den Schlüssel und verkündete: »Ich bin wegen Alana gekommen. Lass uns einfach gehen und wir werden dich nie wieder belästigen.«

Raghnall lachte. »Du dämliche Kuh. Du bist eine Schlampe, die nicht sterben wollte. Wer ist es, der dich immer wieder rettet? Sag es mir und ich lasse ihm das Herz herausschneiden.«

»Wo ist Alana?«

»Das werde ich dir nie verraten. Ich kann mit Alana machen, was ich will. In ein paar Jahren wird sie mir gute Dienste leisten.«

Tamsins Hände zitterten, denn die Feuchtigkeit setzte ihr zu, was sie auch nicht anders erwartet hatte. Und sobald es anfing, hatte sie sich geschworen, zu handeln, sonst würde sie ihren Vorteil sicher verlieren. Der erste Schritt bestand im Ablegen ihres Umhangs, was sie auch umgehend tat, indem sie ihn einfach zu Boden fallen ließ.

Raghnall schnappte sich seine Tunika und zog sie sich über den Kopf, um ihr ein perfektes Ziel zu geben. Wie sie es immer wieder geübt hatte, holte sie ihren Bogen heraus, nahm einen Pfeil, zielte und schoss und traf ihn genau dort, wo sie beabsichtigt hatte.

Sie hatte ihren Mann völlig überrumpelt.

Der Pfeil bohrte sich in das Fleisch seiner Leiste, zwischen seinem Geschlechtsteil und seinem Bein. Er brüllte auf, stürzte zu Boden und prallte heftig auf, wobei seine Tunika verrutschte.

Sie drehte sich um und verriegelte die Tür, um Odart am Eindringen zu hindern. Dann nahm sie den Schlüssel und legte ihn zu ihrem Umhang, der nun auf dem Boden lag. Ihr Mann war niedergestreckt und hielt die Hände auf dem Pfeil und versuchte, ihn herauszuziehen, doch dabei schrie er so laut wie eine Todesfee.

»Ehemann, du schreist wie ein Mädchen.«

»Zieh ihn raus, Tamsin. Du hast ihn dort hineingeschossen. Dafür werde ich dich hängen lassen. Nimm den Pfeil raus. Ich blute. Jetzt habe ich überall Blut an den Händen.« Er rutschte näher an das Bett und packte die Decke, um sich das Blut von den Händen zu wischen, aber die Wunde blutete weiter. »Hilf mir. Ich befehle dir, das zu entfernen, oder ich bringe dich um, Tamsin.«

Sie ging hinüber und sagte: »Das hast du schon zweimal versucht. Also, wo ist Alana?«

»Tot. Sie ist tot. Ich habe sie umgebracht.«

Sie verlor fast den Verstand und tat das Undenkbare. Ihr fielen Dyna Worte ein und sie trat ihm in die Hoden. Er griff sich an sein Gemächt, drehte den Kopf und erbrach sich über seine Beine.

Unbändige Wut überkam sie. Sie wollte ihn erneut treten, aber er hob die Hände und sagte: »Es reicht. Sie ist am Leben.«

»Wo?«

»Du wirst sie nie finden«, gab er zurück.

»Wo?« Sie stellte ihren Fuß auf seinen Hodensack und drückte ihn nach unten.

Raghnall schrie und dann verlor er die Besinnung.

Wo zum Teufel war Alana?

Sie musste in einem der Häuser sein. Als sie den Schlüssel herausnahm, um die Tür zu öffnen, war sie nicht überrascht, dass Odart dort stand und schuldbewusst dreinblickte.

Tamsin trat einen Schritt zurück, damit Odart Raghnall ansehen konnte.

Odart erbleichte und hob die Hände. »Ich werde alles tun, was Ihr wünscht, Mylady.«

»Führe mich zu Alana.«

KAPITEL VIERZIG

Thane

ALS THANE VON Tamsins Verschwinden erfuhr, war es, als hätte ihm jemand in den Bauch getreten und ihn um seine eigene Achse gedreht, um den Vorgang noch einmal zu wiederholen.

Mora war außer sich, doch es war ihm gelungen, sie zu beruhigen. »Du hast keine Schuld, Mora.«

Ihr stockte der Atem und sie nahm seine Hand. »Aber ich habe ihr erklärt, wie sie gehen soll. Ich habe ihr gesagt, wo sie die Tür findet. Und ich habe ihr von dem hinteren Tor erzählt. Dafür wirst du mich für immer hassen, denn sie ist die Richtige für dich Thane. Dessen bin ich mir vollkommen sicher. Sie wird dein Herz zum Schmelzen bringen, und das auf eine wundervolle Art und Weise. Durch sie wirst du begreifen, das Leben zu leben, anstatt es zu vergeuden, indem du dich an jemandem rächen willst, der nicht von Belang ist. Sie wird dich lehren, wie man liebt.«

Noch nie hatte jemand etwas zu ihm gesagt, dass ihn so sehr traf wie die Worte seiner Schwester. Denn es war die Wahrheit. Sie waren so wahr.

Tamsin hatte ihn auf so viele Arten verändert, dass er darüber zu Tode erschrak.

Er musste sie finden.

»Bleib hier, Mora. Ich werde Alaric und Eli mitnehmen. Versprich mir, dass du hier bleibst, und ich verspreche, sie zurückzubringen.«

Sie umarmte ihn kurz, ohne noch etwas zu sagen, und drängte ihn die Treppe hinunter. Das Ausbleiben ihrer Worte hörte sich für ihn lauter an, als diejenigen, die sie zuvor geäußert hatte. So sehr wünschte sie sich das für ihn.

Und für sie.

Kurz bevor er die Tür hinter sich schloss, erreichten ihn ihre Abschiedsworte. »Wir alle brauchen sie, Thane. Finde sie und bring sie nach Hause.«

Zuhause. Das hatte er sich für seinen Bruder und seine Schwester immer gewünscht, doch so ganz hatte er dies noch nicht geschafft. Seine Rachegedanken hatten ihn viel zu sehr in Anspruch genommen. Ihm war es nur darum gegangen, ihre Mutter zu finden, um ihr Unrecht wiedergutzumachen.

Jetzt war er im Dunkeln auf dem Wasser zur Isle of Ulva unterwegs. »Hat einer von euch einen Vorschlag, wie es weitergehen soll?«

»Eli und ich dringen in das größte Gebäude ein, und ihr nehmt da nächste«, lautete Alarics Antwort. »Es gibt keine andere Möglichkeit. In der Nähe seines Hauses sind nur vier Gebäude in Benutzung. Das Hauptgebäude oder das Herrenhaus und die nächsten drei Häuser dahinter. Meiner Vermutung nach befindet sich Garvie im größten Gebäude, also gehen wir dorthin. Das Mädchen ist wahrscheinlich in einem der hinteren Gebäude untergebracht. Eines davon wird scheinbar mehr benutzt als die anderen. Wir haben gelauscht, ob wir Kinder hören, aber es war erfolglos.«

Thane sah sie mit einem schiefen Lächeln an, denn er kannte den Grund dafür ganz genau. »Magni hat mir erzählt, sie dürften nicht sprechen. Sie mussten stillsitzen, sonst wurden sie bestraft.«

Als sie sich der Anlegestelle näherten, fiel ihm noch etwas ein. »Wusstest du, dass wir genauso behandelt wurden? Das ist der Grund, warum Mora vier oder fünf Dinge auf einmal fragen darf. Sie musste alles schnell loswerden, weil sie sonst geohrfeigt wurde und alles für sich behalten musste.«

Eli legte ihm die Hand auf die Schulter und drückte sie. »Du hast mit deinen beiden Geschwistern wundervolle Arbeit geleistet.«

»Deshalb lasse ich sie so viel fragen, wie sie will.« Grinsend fügte er noch hinzu: »Als ich ihr sagte, wohin ich unterwegs bin, hat sie zum ersten Mal nichts zu sagen gehabt. Sie sagte nur, ich solle Tamsin finden.«

Als sie auf der Insel ankamen, stiegen sie alle aus dem Boot. Da es dunkel war, befand sich niemand an der Anlegestelle, also machten sie das Boot fest und gingen los. Es war nur ein kurzer Gang bis zum offenen Tor, das von niemandem bewacht wurde. Aus der Taverne ertönten die Geräusche von Betrunkenen, die sich dort vergnügten.

»Eli und ich werden das Haupthaus nehmen«,

flüsterte Alaric. »Ihr fangt in dem Gebäude dahinter an.«

Thane nickte und schlich sich auf der Rückseite an das Gebäude heran. Er lauschte aufmerksam und war überrascht, dass niemand zu sehen war. Aus dem Gasthaus, das näher am Wasser lag, waren laute Stimmen zu hören, aber das war auch schon alles.

Sobald er hinter das Herrenhaus trat, erkannte er einen Pfad, der durch den Wald und zwischen drei Gebäuden verlief: Zwei standen auf der einen Seite und eines auf der anderen Seite des Weges. Die Gebäude lagen bereits ein Stück hinter ihm, doch hinter dem Pfad, der in den Wald führte, war es so dunkel, dass er nicht das Geringste erkennen konnte.

Aus dem am weitesten entfernten Gebäude drangen Stimmen durch die Nacht, also beeilte er sich, dort nachzusehen, ob er herausfinden konnte, wer sich darin befand. Er ging näher heran und wartete.

Eine der Stimmen gehörte Tamsin, die er leicht erkannte. Auch die andere Stimme war ihm vage bekannt.

»Wo ist Alana? Ich will meine Tochter.«

»Du wirst sie nie bekommen. Sie gehört Raghnall, nicht dir. Er wird mit ihr machen, was ihm beliebt.«

»Wo ist sie? Sag es mir jetzt, oder du wirst einen Pfeil in deinem schwarzen Herzen stecken haben!«

Die Frau lachte, und es lief ihm kalt den Rücken herunter.

»Glaubst du, du machst mir Angst? Du bist ein Nichts für mich. Nur jemand, der meine Befehle ausführt ...«

Thane beugte sich in der Taille vor und hielt sich den Kopf, während ihn Erinnerungen durchfluteten, die so schmerzhaft waren, dass er es nicht mehr ertragen konnte, sie zu hören. Visionen einer schluchzenden Mora, und von Brian, der gegen diese Furie kämpfte, von ihm selbst als kleiner Junge, der seine Mutter anschrie, aufzuhören ...

Seine Mutter! Diese Stimme war die Stimme seiner Mutter! War das möglich? Sie hatte sie über Loch Tuath gebracht und auf Mull abgesetzt. Ja, gewiss. Warum hatte er an Coll oder Tiree gedacht? Seine Gedanken wirbelten in alle Richtungen durcheinander, dass er Mühe hatte, sie zu verstehen, aber die Frau plapperte weiter. Dies war eindeutig die Stimme seiner Mutter.

Eine Gestalt kam hinter dem Gebäude hervor und trug ein schlafendes Kind im Alter von etwa zwei Jahren. Alana. Das musste Alana sein.

Die Gestalt lief direkt auf den Wald zu. Sie wollte mit Alana fliehen, wahrscheinlich in der Absicht, das Mädchen dort zu verstecken, wo niemand sie jemals finden würde. Im Wald von Ulva konnte man sich wahrscheinlich viele Monde lang verstecken.

Zuerst würde er seine Mutter töten, dann diese Frau mit Tamsins Tochter. Er hatte Zeit.

Sicher hatte er Zeit. Er würde seinen Rachedurst stillen, der jahrelang von seiner Seele gezehrt hatte. Für die Geschwister, die einfach mitten in der Wildnis ihrem Schicksal ausgesetzt worden waren und nichts weiter als ein paar Kleidungsstücke bei sich gehabt hatten. Für den Missbrauch, die Grausamkeit, die Erniedrigung. Nun bekäme er endlich die Rache, die er so lange gesucht hatte. Endlich war alles in seiner Reichweite!

Ein plötzlicher Schock traf ihn, ein Ruck, als ob ein Blitz ihn in die Luft schleuderte und auf den Rücken warf.

Sein Blick schweifte auf den Pfad, der in den Wald führte.

Es ging nicht mehr um seine Mutter.

Es ging um das Kind.

Ein unschuldiges Kind, das von Menschen beherrscht wurde, denen es vollkommen egal war. Es war diesen Menschen auf Gedeih und Verderb ausgeliefert – um geschlagen, ausgehungert oder auf jede erdenkliche Weise missbraucht zu werden.

So sehr er auch das übermächtige Bedürfnis und den Wunsch verspürte, gegen seine Mutter vorzugehen und ihr ein Messer ins Herz zu stoßen, so sehr fühlte er sich zu dem unschuldigen Mädchen hingezogen, das vor seinen Augen entführt wurde.

Das Kind, das unschuldig ins Verderben geworfen wurde. Mitten hinein in ein Leben voller Verzweiflung, Orientierungslosigkeit und Hoffnungslosigkeit. Von lustlosen Wiederholungen der Verwüstung. Von Schlägen und Lügen und Hunger. Eine kleine Mora.

Tamsin hatte ihn verändert.

Thane lief den Pfad entlang, der Frau hinterher, die das Kind trug.

Alana.

Er war nicht mehr auf Rache aus, sondern er suchte nach Liebe.

Tamsin hatte ihn auf eine Weise verändert, die er nicht für möglich gehalten hatte.

Er war unwiderruflich verändert.

Das war ein enormer Fortschritt gegenüber dem Mann, dem es unablässig um Rache an dem bösen Wesen gegangen war, das sein Leben ruiniert hatte.

Er folgte der Frau auf dem Pfad tief in den Wald hinein, wo die Bäume so dicht standen, dass das Mondlicht den Weg kaum erhellte. Es dauerte nicht lange, bis er sie einholte. Sie war keine große Frau und trug ein schlafendes Kind auf dem Arm, was sie noch langsamer werden ließ.

»Halt. Wenn du sie aushändigst, werde ich dich nicht töten, wenn ich dich erreiche.«

Zu seiner Überraschung blieb die Frau stehen, drehte sich um und übergab das Kind sofort. »Bitte töte mich nicht. Sie hat mich dazu gezwungen.«

»Sie ist Alana, nicht wahr?«

»Ja. Raghnalls Kind. Ich hasse diese Frau. Sie hat mich gezwungen. Sag ihr nicht, dass ich sie aufgegeben habe. Ich bitte dich. Sie wird mich auspeitschen lassen.«

»Wer? Wie ist ihr Name?«

»Dagga.«

Beim Klang des Namens, den er in all den Jahren hatte vernehmen wollen, knickten ihm fast die Beine ein, aber er blieb standhaft und nahm die noch schlafende Alana in seine Arme. Er blickte auf sie hinunter und lächelte, weil das kleine Mädchen genau wie seine Mutter aussah.

»Geh nach Hause und komm nie wieder hierher«, sagte er zu der Frau, und sie lief davon.

Er drückte Alana fest an seine Brust, um sie warm zu halten, und kuschelte sich an sie, so gut er konnte, während er sich umdrehte und den Weg zurücklief. Sobald er aus dem Wald herauskam, erschien Tamsin, warf einen Blick auf ihn und schrie auf. »Alana? Ist es Alana, Thane?«

Er nickte. »Ich denke schon. Sie ist wunderschön und unversehrt. Sie sieht genauso aus wie du, Tamsin.«

Tamsin kam bei ihnen an und betrachtete die weichen Wangen des schlafenden Kindes, das an seine Brust gedrückt war, bevor sie in Tränen ausbrach. »Das ist sie. Meine süße Tochter.« Sie warf ihre Arme um die beiden, während ihr die Tränen über die Wangen liefen. »Ich danke dir, Thane. Ich hatte solche Angst, sie für immer verloren zu haben.«

Sie küsste ihre schlafende Tochter auf die Stirn, und das Mädchen schlug die Augen und flüsterte: »Mama? Ich mag Gwamama nicht. Bring mich weg.«

»Kannst du sie halten, Tamsin?«, fragte Thane. »Ich habe noch etwas zu erledigen.« Dann beugte er sich vor und küsste Tamsin auf die Wange.

»Kommst du zurück? Bitte, Thane?«, fragte sie, als er ihr Alana in die Arme schob.

»Oh, das verspreche ich dir. Ich möchte alles über dich erfahren, Tamsin Garvie.«

Ihr Blick verschleierte sich und sie flüsterte: »Du hast keine Ahnung, wie glücklich mich das macht.«

Thane bemerkte ein Paar, das auf sie zukam. »Alaric, wir haben Alana. Kannst du auf sie aufpassen? Ich muss mich um etwas kümmern.«

»Unbedingt. Was gibt es? Können wir helfen?«

»Nein, das geht nur mich allein etwas an. Die Frau, die Alana festgehalten hat, ist meine Mutter.«

Tamsin schnappte nach Luft. »Bist du Raghnalls Bruder?«

Thane zuckte mit den Schultern. »Das werde ich herausfinden.«

Dann schritt er auf das Haus zu, in dem Dagga wohnte.

Er pfiff, und eine Gelassenheit ergriff von ihm Besitz, wie er sie noch nie zuvor erlebt hatte.

Er war auf dem Weg zu seiner Mutter.

Endlich würde er seine Rache haben.

KAPITEL EINUNDVIERZIG

Thane

THANE TRAT DURCH die Tür, als die Frau namens Dagga sich umdrehte und schrie: »Sie ist weg, Raghnall.« Die Überraschung, die sich bei seinem Anblick auf ihrem Gesicht abzeichnete, blieb von ihm nicht unbemerkt.

»Sei gegrüßt, Mama.«

»Thane! Mein liebster Junge. Wo bist du gewesen? Du hast dich im Wald verirrt, und seitdem suche ich nach dir. Wo ist Brian? Mora. Sind sie wohlauf? Meine Güte, bist du aber ein großer Mann geworden. Du bist größer als mein Raghnall.«

Er lehnte sich gegen die Tür, um sie am Hinausgehen zu hindern, und verschränkte die Arme, während er das alte Haus betrachtete, das sich nicht sehr von dem unterschied, was es vor acht Jahren gewesen war. Hier hatten sie gelebt. Oder besser gesagt, hier waren sie eingesperrt gewesen. Sie hatten das Haupthaus nie betreten, durften nur hinten raus, um zu arbeiten. Das war seine Hölle gewesen – die Insel Ulva. Seine Mutter hatte ein Boot zur Isle of Mull genommen und ihre Kinder mitten am Strand abgesetzt, wahrscheinlich in der Hoffnung, dass sie an der Kälte sterben würden.

»Und warum sollte es dich interessieren, ob es Mora und Brian gut geht? Was wäre, wenn sie beide tot wären? Würde dich das interessieren?«

»Natürlich würde es das. Es war nicht meine Schuld.«

»Das war es nicht. Ich erinnere mich so deutlich daran, als wäre es gestern gewesen. Ich erinnere mich an jedes Wort, das aus deinem verlogenen Mund kam, liebste Mutter.« Er blickte zur Wand hinüber, wo die Haken für die Oberbekleidung an der gleichen Stelle hingen. Am mittleren Haken hing eine Peitsche.

Er lenkte seine Schritte dorthin, nahm die Peitsche heraus und seine Mutter rannte zur Tür. Er streckte einen Arm aus, und sie versuchte, nach ihm zu schlagen, doch er lachte nur darüber. »Nicht so schnell. Ich bin noch nicht fertig mit dir.«

Sie schimpfte auf ihn ein und schlug ihn, aber er hob sie einfach hoch und machte mit ihr dasselbe, was sie mit Mora gemacht hatte.

Er hängte sie an der Rückseite ihrer Kleidung an den Pflock. Wie sehr wünschte er sich, sie wären beide hier, um ihre Mutter in der Luft hängen zu sehen, alle vier Gliedmaßen vor Wut schwingend.

»Lass mich runter. Ich bin eine alte Frau. Du kannst mich nicht so behandeln.«

»Ich kann und ich werde.« Er hob die Peitsche auf und ließ sie auf den Boden knallen.

»Das würdest du nicht tun. Thane, dich habe ich immer am liebsten gehabt.«

»Wer ist mein Vater?«

Sie kicherte, und wieder ließ er die Peitsche knallen.

»Ich werde sie benutzen, wenn du mir nicht die Antworten gibst, die ich suche. Ich will nur Informationen von dir.« Dann dachte er einen Moment lang nach. »Dann wünsche ich, dich nie wiederzusehen. Der Kerker wäre ein passendes neues Zuhause für dich. Aber unser Castle ist noch nicht bereit dafür. Mein Vater. Wer ist er?«

»Du ignoranter Narr. Deine Eltern sind tot.« Sie spuckte zur Seite, weit weg von ihm. »Und jetzt lass mich runter.«

Seltsamerweise überraschte ihn das. Nie hatte er die Möglichkeit in Betracht gezogen, dass sie nicht seine richtige Mutter war. Warum zum Teufel hatten sie all die Jahre bei ihr gelebt? Und war Mora seine richtige Schwester? Brian sein Bruder? Das warf mehr Fragen auf als je zuvor. »Meine Eltern? Du bist nicht meine Mutter? Erzähl mir mehr.« Von dieser Möglichkeit aus dem Konzept gebracht, musste er nun die Wahrheit wissen.

»Nein. Ich bin nicht eure Mutter. Ihr alle wurdet gestohlen, um an einen Mann in Europa verkauft zu werden, der dann aber seine Meinung geändert hat. Also habe ich euch arbeiten lassen, um mein hartes Leben zu erleichtern, aber ich hatte euch alle drei satt, besonders eure weinerliche Schwester. Niemand wollte euch drei kaufen, weil ihr alle so unglücklich wart, also bin ich euch losgeworden.«

»Hast du die Möglichkeit in Betracht gezogen, dass wir unglücklich waren, weil du uns so behandelt hast?«

»Ich habe euch gut behandelt. Ich habe euch gefüttert, nicht wahr?«

»Ja. Kaum. Schimmeliges Brot und ... Egal. Wo hast du uns gefunden?«

»Ich weiß es nicht«, brummte sie.

Er ließ die Peitsche knallen. »Wo?«

»Raghnall!«, rief sie. »Komm und rette deine Mutter!«

Eli trat ein und nahm den Platz neben Thane ein. »Bitte. Erlaube mir, hierzubleiben«, flüsterte sie ihm zu. »Es würde mich so sehr freuen, dir behilflich zu sein.«

Er nickte Eli leicht zu, ehe er seine Frage wiederholte. »Wo?«

»Raghnall?«

Eli lächelte und trat vor sie hin. »Dein Sohn ist tot. Tamsin hat ihm einen Pfeil in seinen Intimbereich geschossen und ihn dann dort getreten, um Alanas Aufenthaltsort aufzudecken. Er hat den Pfeil herausgezogen und ist innerhalb von wenigen Augenblicken verblutet. Also hat er sich selbst umgebracht. Er kann dich nicht mehr retten.«

»Diese kleine Hure hat meinen Sohn getötet?«

Eli reagierte so schnell, dass Thane erschreckte, als sie der Frau eine Ohrfeige verpasste. »Sie ist keine Hure. Mach den Mund zu, oder ich werde dir die Lippen mit Nadel und Faden zunähen, du Hexe.«

Daggas Augen weiteten sich, dann murmelte sie: »Coll. Wir haben dich von Coll gestohlen. Euch alle drei. Raghnall hat eure Eltern getötet. Es war ein kleines Dorf mit fünf Häusern.«

Thane ließ die Peitsche auf den Boden fallen und sagte: »Du kannst sie dort lassen, wenn du willst.«

Alaric kam hinter ihm herein und sagte: »Ich fessle sie und bringe sie zum Sheriff auf Mull.«

Thane nickte, ging hinaus und lief Tamsin direkt in die Arme. Er wusste nicht, was er tun oder sagen sollte. Er brauchte sie einfach. Alana schlief an Tamsins Schulter, und er lehnte sich an sie, als wäre sie sein Ein und Alles. Dann ließ er den Emotionen freien Lauf, die sich seit Jahren in ihm aufgestaut hatten. Die Tränen brachen aus ihm heraus und flossen ungehindert, doch das war ihm einerlei.

Tamsin tat das Einzige, was noch nie jemand für ihn getan hatte: Sie hielt ihn fest.

Und er weinte. All die Tränen, die er so viele Jahre lang in sich angesammelt hatte. Er weinte um alles, was sie durchgemacht hatten. Seine Tränen flossen für die kleine Mora, für Brian und für einen kleinen Jungen namens Thane, der gezwungen worden war, zu schnell erwachsen zu werden.

Tamsin flüsterte: »Das liegt jetzt hinter uns. Alles, Thane.«

KAPITEL ZWEIUNDVIERZIG

Tamsin

TAMSIN BEREITETE IN der Küche des MacQuarie Castle Obstkuchen zu. »So macht man den Teig.«

Mora knetete den Teig, während Alana und Lia zuschauten. »Wie ist das? Ich glaube, ich habe es richtig gemacht. Sieht es richtig aus? Soll ich es mehr eindrücken? Oder weniger?«

Tamsin lobte Mora: »Das hast du gut gemacht. Es ist herrlich und wird noch besser schmecken.«

Dann gab sie Alana eine kleine Tasse Honig und sagte: »Gib ein wenig davon über die Oberfläche, so.« Und ihre Tochter tat genau, was ihr aufgetragen worden war, und kicherte die ganze Zeit, während sie den Honig verteilte. »Ich hab dich lieb, Mama.«

»Ich liebe euch alle«, sagte Tamsin und bot Lia den Honig an. »Willst du ihn probieren?«

»Nein, lass Alana das machen. Sie hat das so gut gemacht.«

Sie wusch sich die Hände und half ihrer Tochter, den Honig von ihren Fingern zu waschen, obwohl das Kind ihn schneller ableckte, als Tamsin ihre Hände reinigen konnte.

Als sie fertig waren, reichte sie Mora mit einem Lächeln ein Tablett. So sehr sich Tamsin auch bemühte, sie bekam das Bild von Mora nicht aus dem Kopf, wie sie als Kind von Dagga an den Haken aufgehängt worden war und die Alte ihr mit der Peitsche Angst einjagte. Der Sheriff von Argyll hatte Dagga am nächsten Tag verhaftet und mitgenommen. Die Liste ihrer Verbrechen war so lang, dass er kopfschüttelnd ging, während die Frau ihn verfluchte und ihre Unschuld beteuerte.

Tamsin half Alana vom Hocker. »Warum bringt ihr drei nicht das Dessert auf die Anrichte und ich räume ab. Wir können essen, wenn der Eintopf fertig ist.« Die drei machten sich kichernd auf den Weg und versuchten zu entscheiden, welcher Beerenkuchen am besten schmecken würde.

Sobald die Mädchen gegangen waren, kam Thane herein, stellte sich hinter sie, umschlang sie mit den Armen und küsste sie auf den Hals. Tamsin kicherte und riss sich von ihm los. »Ich bin bald fertig.«

Er lehnte sich gegen den Tisch in der Mitte, während sie fertig wurde. »Kann ich dir irgendwie helfen?«

»Nein. Es ist alles in Ordnung.« Sie lächelte ihn an und stellte sich auf die Zehenspitzen, um ihm einen flüchtigen Kuss zu geben, den er vertiefte, wobei sich seine Zunge kurz mit ihrer vereinigte, ehe sie den Kuss wieder beendete.

»Du bist so eine gute Mutter, Tamsin. Du beeindruckst mich jeden Tag mit deiner Geduld.«

»Vielen Dank. Hoffentlich kann ich den Schaden wiedergutmachen, den diese böse Frau angerichtet hat.« Sie beendete das Gespräch und legte ihr Leinentuch zum Trocknen hin, dann fiel sie ihm in die Arme. »Thane, ich war noch nie so glücklich wie in deinem Haus. Ich danke dir, dass du uns so willkommen geheißen hast. Es tut mir leid, dass ich unsere Beziehung nicht so schnell wieder beenden kann, wie du es möchtest, aber —«

Er legte einen Finger auf ihre Lippen. »Ich bin mit unserer Beziehung, so wie sie ist, mehr als zufrieden. Ich habe geschworen, niemals eine Frau in mein Haus zu lassen, wenn du dich erinnerst, also habe ich einen langen Weg zurückgelegt.«

»Und ich schwor, nie wieder zu heiraten. Und hätte ich die Gelegenheit dazu gehabt, hätte ich meine Schwester Meg beschworen, niemals zu heiraten. Inzwischen habe ich andere Ansichten. Hoffentlich finde ich sie eines Tages wieder.« Wenn sie nur wüsste, wo genau sie gelebt hatten, aber das wusste sie nicht. Sie hatte nie auf solche Einzelheiten geachtet, da sie ihr Grundstück nur selten verließen.

»Ich helfe dir, wenn du bereit bist.«

»Ich weiß nicht einmal, auf welcher Insel wir gelebt haben, Thane. Das wird eine ziemliche Herausforderung sein. Aber ich danke dir für deine Geduld, vor allem, was unsere Beziehungen angeht. Ich bin ziemlich naiv.«

»Ich habe keine Eile. Ich würde es vorziehen, wenn wir uns Zeit nehmen, um sicher zu sein, dass wir zueinander passen. Wir haben beide eine schwierige Vergangenheit. Es ist wichtig, dass wir mit dieser Zeit abschließen, bevor wir uns endgültig binden. Das ist meine Überzeugung. Ich werde dich nicht drängen, Mädchen.«

Sie lehnte ihren Kopf an seine Schulter. »Ich bin einverstanden«, murmelte sie. Er strich langsam über ihren Rücken, während er sie in die Arme schloss.

»Aber ich glaube, ich bin dabei, mich in dich zu verlieben, Thane. Du hast mir eine Welt gezeigt, von der ich nicht wusste, dass sie existiert«, flüsterte sie ihm daraufhin ins Ohr.

Er küsste sie auf die Stirn und sagte: »Ich liebe dich auch, Mädchen. Du hast ein nie gekanntes Glück in mein Leben gebracht.« Er berührte ihre Wangen und küsste sie.

»Ein Schritt nach dem anderen.«

Thane fuhr im Bett hoch und hätte beinahe laut aufgeschrien, doch er konnte gerade noch an sich halten, bevor er den Mund aufmachte. Wieder einmal hatte er denselben Albtraum gehabt. Sein Vater drängte ihn zu seinem Bruder und befahl ihm, zusammen mit ihm in den Wald zu rennen.

Er wischte sich den Schweiß vom Gesicht, schloss die Augen und zwang sich, ein Bild von der Frau aus seinem Traum heraufzubeschwören. Er hatte ein derart dringendes Bedürfnis, ihr Gesicht zu sehen, dass er hoffte, diesen Traum jede Nacht zu träumen.

Durch die Entdeckung von Dagga und ihren

Lügenmärchen war ihm eine weitere Erkenntnis gekommen. Hatte er die Ermordung seiner Eltern miterlebt? Wenn dem so war, konnte es dann wirklich Raghnall gewesen sein, der sie getötet hatte? Aber das wichtigere Puzzleteil, das sich aus Daggas Geständnis herauskristallisierte, war die Antwort auf die Frage nach der Identität der Frau in seinem Traum. Es handelte sich nicht um seine Tante.

Die Frau in seinem Traum war seine Mutter.

EPILOG

Dyna

D YNA, MAITLAND, ALARIC, Eli und Gwyneth saßen um den Kamin auf Duart Castle. »Glaubst du, sie werden heiraten, nach allem, was sie durchgemacht haben?«, fragte Dyna.

»Meiner Schätzung nach werden Thane und Tamsin innerhalb von sechs Monaten verheiratet sein«, meinte Maitland. »Nach dem Trauma, das beide in ihrer Vergangenheit erlebt haben, müssen sie erst wieder lernen, Vertrauen in andere zu haben. Das ist nicht so leicht. Sobald sie diesen Prozess erfolgreich gemeistert haben, werden sie heiraten. Am wichtigsten ist allerdings, dass ich nicht den Eindruck habe, als hätte Alana unter irgendwelchen negativen Folgen von ihrer Zeit in der Obhut der bösen Frau davongetragen. Sie ist ein süßes kleines Ding.«

»Glaube nicht, dass dies nicht später im Leben herauskommen kann, aber ich stimme dir zu. Ich glaube, Tamsins Güte hat das Schlechte in Alanas Leben ausgemerzt«, meinte Gwyneth.

Die Tür wurde krachend aufgerissen und Eli sprang von ihrem Sitz auf. »Verdammt noch mal, Großvater! Lass das. Klopfe. An. Der. Tür!«

Logan trat ein, blickte seine Enkelin an, trat wieder hinaus, schloss die Tür und öffnete sie leise. »Ist es meiner gebieterischen Enkelin so recht?«

»Aye, ich danke dir, Großpapa. Jetzt komm herein und erzähl uns, was du herausgefunden hast«, bat Eli ihn lachend.

Seufzend kam er herein und setzte sich auf einen Stuhl neben seine Frau. »Gwynie, wer hat unsere Enkelin dazu erzogen, so gebieterisch und starrsinnig zu sein?

Gwyneth verdrehte die Augen und beachtete ihn nicht weiter.

Logan fuhr fort: »Ich habe nicht viel erfahren – nur eine Sache. Es hieß, wir hätten eine Heilerin und Feen nach Duart Castle gebracht. Es wurden keine Namen genannt. Aber eine der Feen soll Wünsche erfüllen können. Eine grüne Fee.«

Dyna setzte sich nach vorne und machte große Augen. »Die grüne Maid?«

»Welche?«, fragte Eli. »Wer ist die grüne Maid? Ist es Lia?«

Logan hob fragend die Arme. »Was zum Teufel ist eine grüne Maid? Das wüsste ich auch gern.«

Eli lehnte sich zurück und legte ihre Hände an ihre Wangen. »Oje.«

»Was ist los?«, fragte Alaric.

»Die grüne Maid. Erfüllt sie nicht Wünsche? So etwas in der Art?«

»Das könnte sein, aber ich wüsste nicht, warum

jemand denken sollte, dass wir eine grüne Fee haben», entgegnete Logan.

»Die könnten wir aber haben«, sagte Eli leise und schaute von einem Gesicht zum anderen, um zu sehen, ob es noch jemandem dämmerte.

»Was?«, fragte Gwyneth.

Eli sah zu Dyna. »Du hast sie gehört.«

»Was zum Teufel, Eli? Raus mit der Sprache«, forderte Logan.

Dyna sagte: »Beruhige dich, Logan. Als wir Lia zum ersten Mal trafen, fragte sie uns, ob wir irgendwelche Wünsche hätten.«

Eli sprang von ihrem Stuhl auf und hüpfte dreimal auf dieselbe Stelle. »Oh ...«

»Was?«, rief Alaric, der neben ihr stand.

»Ich habe ihr gesagt, dass ich mir wünsche, dass meine Großmutter zu mir zurückkommt. Dass ich sie so sehr vermisse. Dass ich meine beiden Großeltern hier haben möchte.«

Logan schnaubte. »Und was soll das heißen?«

»Ihr seid beide hier. Sie hat meinen Wunsch erfüllt! Lia ist die grüne Maid!«

Logan schüttelte den Kopf. »Wir waren schon hier. Ihr hattet uns nur noch nicht entdeckt. Das bedeutet nicht, dass Lia die grüne Fee oder die Jungfrau oder was auch immer ist. Sie hat uns nicht erscheinen lassen, Eli. Aber eine Sache weiß ich. Lia ist nicht Magnis Schwester.«

»Woher willst du das wissen?«, fragte Eli.

»Das kann ich nicht sagen. Aber sie ist es nicht. Irgendetwas an dem Mädchen ist anders, und ich glaube, sie ist diejenige, hinter der sie her sind«, antwortete Logan.

Gwyneth sagte: »Wir werden vielleicht nie herausfinden, wer oder was sie ist, aber eines weiß ich mit Sicherheit.«

»Was?«, fragte Maitland.

»Es ist noch nicht ausgestanden.«

ENDE

www.keiramontclair.com

LIEBER LESER, LIEBE Leserin, danke, dass Sie das erste Buch meiner neuen Reihe gelesen haben!

Ich hoffe, die Serie um drei weitere Bücher erweitern zu können. Das nächste Buch wird von Lennox MacVey handeln. Seine Heldin wird ... na, Sie werden schon sehen! Wie in jeder meiner Serien können Sie darauf gefasst sein, noch viel mehr von Thane, Tamsin, Magni, Lia und allen Mitgliedern des Grantham Clans zu hören.

Und Logan und Gwyneth natürlich.

Die Schotten sind von Geschichten über Feen und Magie begeistert, also dachte ich, ich gehe ein wenig auf das Paranormale ein, in der Hoffnung, dass es Ihnen gefällt.

Ich liebe die Isle of Mull. Ich hoffe, Ihnen geht es genauso.

Wie immer ist dieses Buch vollkommen fiktiv. Lassen Sie mich unter keiramontclair@gmail. com an Ihren Gedanken teilhaben.

Viel Spaß beim Lesen!

Keira Montclair

Über die Autorin

KEIRA MONTCLAIR IST das Pseudonym einer Autorin, die mit ihrem Ehemann in South Carolina lebt. Sie schreibt aufregende historische Romane, oft mit Kindern als Nebenfiguren.

Wenn sie nicht schreibt, verbringt sie gern Zeit mit ihren Enkelkindern. Sie hat als Highschool-Mathematiklehrerin, als Krankenschwester und als Büroleiterin gearbeitet. Sie liebt Ballett, Mathematik und Rätsel, lernt gern neue Dinge und hat Spaß am Erschaffen neuer Figuren, in die sich ihre Leser verlieben können.

Sie ist erst mit ihrem Werk zufrieden, wenn ihre Leser Tränen über ihre Geschichten vergießen, aber zum Schluss gibt es immer ein Happy End!

Ihre Bestseller-Reihe ist eine Familiensaga, die das Leben zweier mittelalterlicher schottischer Clans über drei Generationen hinweg verfolgt und mittlerweile über dreißig Bücher umfasst.

Kontaktieren Sie sie über ihre Website: www.keiramontclair.net.